ROBERT OLEN BUTLER

Interview mit einem Alien

Buch

Desi, ein Außerirdischer, umkreist in seinem Raumschiff die Erde und entführt hin und wieder einzelne Menschen auf sein Raumschiff. Dies geschieht mit aller Vor- und keineswegs in böser Absicht – sondern, um sich einen Reim auf die Spezies Mensch machen zu können. Desi hat gerade einen ganzen Bus mit zwölf Insassen gekidnappt, und nach einem von seiner Frau Edna zubereiteten Essen bittet er einen nach dem anderen zum Einzelgespräch. Durch Verschmelzung seines eigenen Bewusstseins mit dem seines Gastes macht sich Desi ein Bild von unserer Zeit und Welt. In diesen Zwie-»gesprächen«, die Desi nicht unberührt lassen, lernt er die Menschen kennen als eine Art, die von eigenen Ängsten zu Gewalt getrieben werden kann und von Selbstzweifeln und unerfüllbaren Sehnsüchten geplagt ist. Nach dem Interview entlässt er die Menschen wieder, nicht ohne ihnen die Erinnerung an die Begegnung der Dritten Art genommen zu haben. All dies geschieht nicht nur zum reinen Selbstzweck, denn Desi hat eine Mission: Er soll auf der Erde landen und den Menschen offenbaren, dass sie nicht alleine im Universum sind. Aber die Ankunft Desis auf der Erde gestaltet sich ganz anders als vorgesehen …

Autor

Eigentlich wollte Robert Olen Butler Schauspieler werden. Nach dem Militärdienst in Vietnam arbeitete er jedoch zehn Jahre als Redakteur eines New Yorker Wirtschaftsmagazins. Während dieser Zeit entstanden seine ersten Romane. Mit dem Erzählband »Kinder des Staubs«, der mit dem Pulitzerpreis ausgezeichnet wurde, erlebte Butler seinen großen literarischen Durchbruch. Mittlerweile hat er neun Romane und zwei Bände mit Erzählungen veröffentlicht. Butler erhielt für seine Arbeiten die begehrten Guggenheim und National Endowment for the Arts Stipendien. Er lebt heute im US-Bundesstaat Louisiana mit seiner Frau, der Drehbuchautorin Elizabeth Dewberry.

Von Robert Olen Butler außerdem bei Goldmann lieferbar:

Das Meer so grün. Roman (Manhattan 54123)
Stimmen aus dem Wasserbett. Stories (43939)

Robert Olen
Butler

Interview mit einem Alien

Roman

Aus dem Amerikanischen
von Winfried Czech

GOLDMANN

Die Originalausgabe erschien 2000 unter dem Titel
»Mr. Spaceman«
bei Grove Press, New York

Umwelthinweis:
Alle bedruckten Materialien dieses Taschenbuches
sind chlorfrei und umweltschonend.

Deutsche Erstausgabe August 2001

Umschlaggestaltung: Design Team München
Umschlagfoto: Ifa-Bilderteam/Direct Stock
Satz: Uhl + Massopust, Aalen
Druck: Elsnerdruck, Berlin
Verlagsnummer: 44998
Redaktion: Alexander Groß/RM
Herstellung: Katharina Storz/HN
Made in Germany
ISBN 3-442-44998-7
www.goldmann-verlag.de

1 3 5 7 9 10 8 6 4 2

Für
Elizabeth Dewberry

1

Ich bin. Das Wort über der Frontscheibe des Busses lautet GLÜCK. Die Buchstaben bestehen aus hellen goldenen Glühbirnen, sodass das Wort trotz der dunklen Nacht dem Bus und seinen Passagieren vorauseilt. Ich befinde mich hoch über ihnen, aber da ich nun schon seit einigen Jahren über Land und Wasser dieser Welt geflogen bin, weiß ich, wie es da unten ist: das Summen der Reifen auf den Straßen, *wo ihre Steuergelder bleiben*, die unsichtbar vorbeihuschenden Reisfelder, die *den ganzen Tag taufrisch wie der junge Morgen* duften, Scheinwerferkegel, die sich zum nächtlichen Horizont tasten, wo andere von ihnen sich in ihren Bungalows oder ihren mobilen Wohncontainern zusammendrängen und auf das warten, was die Passagiere in diesem über die Interstate Nummer zehn rasenden Bus zu finden hoffen. Der Bus jagt die Überholspur entlang, seine Fenster sind dunkel und gewähren der Außenwelt keinen Einblick in sein Inneres, aber ich weiß, dass er voller Seelen ist, die sich in die Nacht hinaussehnen, die aus dem großen Texas in das Sportlerparadies von Louisiana überwechseln, den Pelikan-Staat, den Bayou-Staat, in dem man nach dem Motto *Let the Good Times Roll* lebt, und weiter die Interstate entlang liegt die Stadt Lake Charles, wo strahlende Lichtfinger, so grün wie die grellste Plastikzahnbürste, hoch über dem See ihre Bahnen ziehen und ruhelos durch den leeren Himmel gleiten. Als hielten sie nach mir Ausschau. Aber jeder, der in der Nacht unterwegs ist, weiß, dass es bei diesen Lichtquellen Schiffe gibt, die sie über das Wasser an einen Ort der Spiele bringen können, wo sie das zu finden versuchen, was so viele ersehnen. Soweit verstehe ich das bisher.

Aber die wesentlichen Geheimnisse verbergen sich nach wie

vor in der Dunkelheit. Ich lerne immer noch, selbst zu dieser späten Stunde, selbst jetzt noch, da der Moment meiner Ankunft feststeht. Sogar jetzt versuche ich zu lernen, was ich wissen muss, um das zu tun, was mein Auftrag von mir verlangt. Und so richte ich meine Aufmerksamkeit wieder auf den Bus, der noch zwanzig Meilen entfernt im Westen an einem großen Lastwagendoppelgespann vorbeirauscht und in den Luftturbulenzen erbebt. Ich befinde mich hoch über ihm. Ich warte. Mir stehen die *Wunder der modernen Technik* zur Verfügung. Ich kann alles sehen. Alles hören. Ich bin, wie mich diejenigen auf diesem Planeten nennen, die wirklich an ein von zahlreichen Intelligenzen bevölkertes Universum glauben, ein *Außerirdischer*, ein *Weltraummensch*. Oder häufig ein *Alien*. Es verbindet sich eine große Furcht mit dem Begriff *Alien*. Fremdartig. So viel ist fremdartig für diejenigen, die hier leben. Sogar für die unter ihnen, die an etwas glauben können, das sie nie gesehen haben.

Eigentlich sehe ich nichts. Ich höre nichts. Und ich denke, der Grund dafür ist das Mysterium dieser flüchtigen, fragilen und gleichzeitig mächtigen Dinge, die die Bewohner dieser Welt plagen, Dinge, die aus ihnen herausströmen, um sie herum, in sie hinein, durch sie hindurch und wieder aus ihnen heraus, unablässig, diese *Wörter*, diese Partikel von *Sprache*, die sie alle mit ihren Gehirnen, ihren Körpern und noch etwas anderem in ihnen erzeugen müssen, mit einer *Seele*... auch das ist ein *Wort*, wird mir bewusst... ich kleide all diese Gedanken jetzt in *Worte*, wird mir bewusst, und während ich so beginne zu versuchen, den Geheimnissen auf die Spur zu kommen, die ich lösen muss, um zu tun, was ich tun muss, falle ich tiefer in die Dunkelheit hinein... trotzdem habe ich kein anderes Wort außer *Seele* für das, was ich meine – und das ist etwas, das sogar ein Außerirdischer als ein Geheimnis erkennt, sogar in sich selbst, aber umso stärker in den Bewohnern der weiten und fremdartigen Landschaften dieses Planeten, etwas, das sich sogar den Wundern der Technologie meiner Heimatwelt entzieht … und diese Seele ist etwas, das auf diesem Planeten einen Weg finden muss, *Wörter* zu erzeugen, sein immaterielles Wesen in diesen winzigen, hastig zusammengesetzten Lautfragmenten zu artikulieren, diesen unsichtbaren Dingen, die noch immer meine wundersam hoch entwickelten Maschinen und auch meinen wundersam hoch entwickelten Kopf zu verkleistern drohen … Ich befleißige mich jetzt selbstverächtlicher Ironie, denn nicht einmal ich bin vor Abschweifungen und Zerfaserungen gefeit, wenn ich gezwungen werde, auf Worte zurückzugreifen. Die Atmosphäre dieser Welt quillt geradezu über von Wörtern, die mich umschwirren und mich in ihren Turbulenzen erbeben lassen.

Ich lasse meine Fingerknöchel knacken. Das ist ein beruhigender Trick. Ich habe ihn von einem Cowboy gelernt, den ich vor langer Zeit aus Lubbock, Texas, in mein Schiff hochgebeamt habe. Ich bin schon eine *gottverdammt* glückliche Kreatur. Ich habe acht Finger voller Knöchel an jeder Hand – zählen Sie nur nach, acht –, die ich knacken lassen kann, und während ich das tue, werde ich ruhig und warte. Der Bus entfernt sich gerade aus den Scheinwerferkegeln des Lastzuggespanns. Davor liegen rund tausend Meter leerer Interstate. Ich warte, dass der Bus tiefer in diese dunkle Lücke vorstößt. Ich sitze vor einer großen Konsole mit einem riesigen Bildschirm, auf dem ich jedes der zahllosen Bilder abspielen kann, die wir seit unserer ersten Besuche hier gesammelt haben. Das ist lange her, fast hundert Umkreisungen dieses Planeten um seine Sonne. Aufnahmen unserer Maschinen, die passiv beobachten und lauschen, und Aufzeichnungen der menschlichen Stimmen, der Worte, die aus den Tiefen der Gehirne und Seelen derjenigen, die uns von dort unten besucht haben, Momentaufnahmen abbilden. Alle, die zu uns gekommen sind, waren irgendwohin unterwegs und auf der Suche nach irgendetwas. Das sind die Bilder, die ich verstehen muss. Schnell, bevor meine festgelegte Stunde anbricht. Aber ich habe das Geheimnis immer noch nicht ergründet.

Vielleicht wird mir dieser Bus helfen. Ich betrachte ihn erneut. Er rast weiter. Seit rund hundert Jahren dieser Welt sammeln wir Bilder. Ich bin nicht der Erste. Aber jetzt bin ich allein. Ich bin der Einzige meiner Art in diesem Schiff, der Einzige von uns, der diesen Planeten zurzeit besucht. Diese Verantwortung rührt mich zutiefst.

Yippee I, yippee yay.

Ich lasse noch einmal meine Fingerknöchel knacken.

Er war kein richtiger Cowboy in dem Sinn, wie er es gern gewesen wäre. Ich berühre die Konsole. Er war der Erste all derer, denen ich jemals begegnet bin. Ich war damals noch sehr jung und nicht allein. Ich rufe ihn aus den Gedächtnisspeichern dieses Schiffes auf und lasse ihn in mich hineinfließen.

Ich bin Whiplash Willie Jones. *Mr. Griffith war zweifellos die heißeste Nummer für alle, die sich vorstellen konnten, dass aus diesen bewegten Bildern irgendwann mal was rauszuholen sein würde. Ich habe nie für Mr. Griffith gearbeitet, obwohl ich das hätte machen können, wenn ich die gleiche Chance gekriegt hätte, die ich sogar 'nem Skorpion geben würde, der morgens in einem meiner Stiefel hockt. Ich würde ihn wenigstens auf den Boden schütteln und ihm die Chance geben, abzuhauen und das zu sein, was er ist. Hätte ihn wahrscheinlich trotzdem mit dem Stiefelabsatz erschlagen. Ihn zerquetscht, bevor er einen Schritt hätte machen können. Vielleicht ist das nicht die beste Art zu erklären, was ich zu sagen versuche.*

Aber sieh mich an, Sohn. Ich hab nicht das Gesicht von Mix oder Holt oder meinem alten Kumpel Bronco Billy Anderson. Hab diese Schönlinge sowieso nie gemocht. Was ich geworden wär, wenn man mich aus 'nem Stiefel auf den Boden geschüttelt hätte, ist das, was aus mir geworden ist. Der Typ, der sich die Beute unter den Nagel reißt und damit abzuhauen versucht. Der Typ, der dich gleich bei der ersten Begegnung bescheißen würde. Der Typ, der 'ne anständige Frau in einem

Orangenhain in Los Angeles trifft, der sie heiratet, mit ihr nach Lubbock zurückkehrt und sie wie ein Stück Scheiße behandelt und einfach nicht damit aufhören kann.

Ich habe mir das alles nicht ausgesucht. Das waren nun mal die Karten, die ich gezogen habe, bevor ich überhaupt wusste, wie das Spiel hieß, das ich gespielt habe. Nimm zum Beispiel die eine Sache, wegen der man sich an mich erinnert. Das war in diesem kleinen Film, den Ed Porter 1903 gemacht hat. Der große Eisenbahnraub. Zehn Minuten lang. Ich kreuz da auf, und er stülpt mir 'nen Hut auf den Kopf, bindet mir ein gottverdammtes getupftes Halstuch um und klebt mir 'nen Riesenschnurrbart ins Gesicht. Dann richtet er die Kamera auf mich und sagt, geh da hin, tu dies, tu das.

So läuft das immer, oder?

Ich bin also der Anführer der Bande, die den Zug in dem ersten verdammten Film überfällt, der 'ne Geschichte erzählt, und was passiert? Es gibt vierzehn Szenen in dieser kleinen Geschichte, und ich werde in Szene dreizehn bei 'nem Hinterhalt getötet, erschossen, wie jeder deutlich sehen kann, und dann bin ich da in Szene vierzehn, der Letzten, nur ich allein, und ich fülle die ganze Leinwand aus. Kein Wald, keine Pferde oder sonst irgendwas. Nur Schwärze um mich herum, aber ich lebe. Ich bin wieder geboren worden. Es ist so 'ne Art Wunder. Und was mach ich? Ich dreh mich zu den Zuschauern um, ich heb meinen Revolver, runzle die Stirn und schieße. Ich erschieße die ganze Menge, ich erschieße die ganze gottverdammte Welt. Und es ist nichts, was ich mir selbst ausgesucht habe. Der Typ hinter der Kamera sagt – wie eine Stimme, die einfach in meinem Kopf erklingt, wie die gottverdammte Stimme, die man sein ganzes Leben in sich hört –, er sagt, tu dies, tu das, und ich tu's. Und überall in den Kinos sind die Frauen reihenweise in Ohnmacht gefallen, und starke Männer haben geweint. Wie also hätte ich mit Gladys besser klarkommen sollen?

Sei still, Willie. Sei jetzt fürs Erste still. Die Konsole flackert und wird dunkel. In diesem Moment würde es mir nicht helfen, mit den Fingerknöcheln zu knacken. Ich habe ein *Achy Breaky Heart*, ein weiches, mitfühlendes Herz, und es ist besser, wenn diese Stimme wieder in der Dunkelheit versinkt.

Ich richte mich ruckartig auf. Ich fürchte, ich habe meinen Bus zu weit fahren gelassen.

Nein. Alles in Ordnung, wie ich sehe. Der Bus rast dort unten allein weiter. Die Zeit ist gekommen. Ich lasse meine Hände über die dunkle Oberfläche vor mir gleiten, ich erzeuge ein strahlendes Licht, das sich unter meinem Schiff bündelt und sich dann wie eine Feuersäule herabsenkt. Es erfasst den Bus, und die Räder drehen sich weiter, rotieren wild um ihre Achsen, aber sie berühren jetzt nichts mehr außer Luft, und der Bus steigt schnell in die Höhe, so schnell, dass kein Geschöpf dort unten seinen Augen trauen würde. Und alle *Glückssucher* in ihm sind in einen tiefen Schlaf gesunken.

Ich erhebe mich. Ich trete in den glatt polierten, metallisch glänzenden Korridor, in dem vollkommene Stille herrscht. Ich bewege mich schnell. Meine Frau sagt, ich würde gleiten, etwas, das sie immer wieder belustigt.

Ja, ich bin verheiratet. Ja, mit jemandem von diesem Planeten. Trotz der Missbilligung vieler Bewohner der Welt, von der ich stamme. Und jetzt ertönt ein leises Klicken. Winzige Pfoten, die sich mir eilig von hinten nähern. Es sind die Schrittgeräusche von Eddie, des Subspeziesgefährten meiner Frau. Er ist ein *Kater*. Oder, mit den Worten meiner Frau, *meine liebste wunderbare Katze* oder *meine süße, kleine gelbe Katze* oder *meine zum Fressen niedliche Katze* – und diese letzte Bezeichnung erschreckt mich, wie ich zugeben muss, obwohl meine Frau mir versichert, dass sie diesen Ausdruck der Zuneigung für Eddie niemals in die Tat umsetzen würde, ebenso wenig, was mich betrifft – das hat sie auf meine Bitte hin ausdrücklich klargestellt.

Eddie flitzt mir voraus den Korridor entlang. Ich denke, er ist gespannt auf unsere Neuzugänge. Es fällt mir schwer zu verstehen, was in ihm vorgeht. Ich kann mit keiner Spezies außer meiner eigenen telepathisch kommunizieren, auch nicht mit anderen Primärspezies. Und bei Subspezies ist das natürlich noch schwieriger. Eddies Vokabular ist äußerst begrenzt, obwohl es Nuancen in seinen wenigen Wörtern gibt. Ich kann zwischen seinem »Gib-mir-sofort-etwas-zu-fressen«-*Miau* und seinem »Ich-werde-jetzt-versuchen-ein-Stück-von-deiner-Hand-zu-fressen-und-das-liegt-nicht-daran-dass-du-so-niedlich-bist«-*Miau* unterscheiden. Aber es gehen ständig Dinge in seinem Kopf vor, die ich gern erfahren würde. Er empfindet alles sehr intensiv, selbst seine Trägheit, seine ruhige Arroganz. Hätte ich nur genug Zeit, würde ich ihm gern aufmerksam genug zuhören, um es zu ergründen. Ich würde gern jeder Katze auf diesem Planeten zuhören. Jedem Spatzen. Jedem Fisch. Aber meine Zeit ist mittlerweile so knapp bemessen. Ich ertappe mich dabei, wie ich allein bei diesem Gedanken schneller laufe. Der Zeitpunkt für mich ist nahe. Sie haben dort unten selbst einen Moment für sich festgelegt, den Millenniumswechsel. Und so werde ich mich danach richten. Während ich den Korridor entlangeile, hoffe ich inbrünstig, dass es in diesem Bus eine Stimme geben wird, ein paar Wort-folgen, die mir helfen werden zu verstehen, wie ich das tun soll, was ich bald mit diesem Planeten anstellen muss.

Und dann ist sie da vor mir. Meine Frau. Meine Edna Bradshaw. Meine wunderbare liebenswerte Edna. Meine Edna mit dem unzensierten Wortfluss. Meine zum Fressen niedliche Edna. Ich nehme mir ein Beispiel an ihr und lasse mir diesen Gedanken durch den Kopf gehen, und ich muss gestehen, dass er ein merkwürdig angenehmes Kribbeln in mir hervorruft.

»Ich grüße dich, meine Frau Edna Bradshaw«, sage ich und gehe zu ihr. Und wieder verblüfft mich ein weiteres Paradoxon, das den Worten auf diesem Planeten innewohnt. In meinem ganz eigenen inneren Ich bin ich in der Lage, diese Worte viel flüssiger und ausdrucksstärker zu formulieren, als wenn ich versuche, sie durch meinen Mund zu artikulieren. Auf meinem Planeten haben wir immer noch Münder und die dazugehörigen Lautwerkzeuge, aber wir benutzen sie in erster Linie, um Musik zu erzeugen oder Gefühle auszudrücken, die sich der Grobschlächtigkeit rationeller und funktioneller Gedanken entziehen. Eine Zeit lang habe ich angenommen, die Diskrepanz zwischen dem, was in mir ist und was meine gesprochenen Worte wiedergeben, wäre eine Funktion meiner – sagen wir – *Fremdartigkeit*. Aber das glaube ich mittlerweile nicht mehr. Und das ist einer der Gründe, weshalb ich noch immer verzweifelt nach Antworten über die Bewohner dieses Planeten suche. Ich glaube, für sie ist es das Gleiche.

»Ich bin so aufgeregt«, sagt Edna und macht etwas mit ihrem Körper, das sich meinen rationellen Gedanken noch immer recht erfolgreich entzieht. Irgendwie schafft sie es, dieses eng anliegende, äußerst sparsame, dramatisch tief ausgeschnittene Kleid, das sie trägt, dazu zu bringen, sich überhaupt nicht zu bewegen, während sie sich in ihm windet – ich könnte sogar sagen, in ihm wallt. Ich bin ein mageres männliches Wesen, ganz außerordentlich mager, wie alle Bewohner meines Planeten, wenn auch nicht ganz so mager wie die weiblichen Exemplare unserer Spezies. Auf Edna trifft das nicht zu. Sie hadert deswegen oft mit sich, obwohl ich glaube, dass sie ziemlich stolz auf ihre Möpse ist. »Ich wette, du hast noch nie einen solchen Satz Möpse wie die hier gesehen.« Das ist für mich eine erinnerungswürdige Aussage meiner zum Fressen niedlichen Edna. Sie hat diese Feststellung damals getroffen, als wir ein Liebespaar wurden, nachdem ich sie um eine Verabredung gebeten hatte und mit ihr weit aus ihrer Galaxis heraus in einen ruhigen Weltraumquadranten geflogen war.

Jetzt schnellt Ednas Hand auf mich zu und stößt mir gegen die Brust. Ich nehme an, sie liest die gerade in mir aufsteigenden Gedankenbilder, aber natürlich tut sie das nicht. Allerdings versetzt sie mir hin und wieder in einem Überschwang von Liebe einen Stoß. »Oh, du Außerirdischer!«, sagt sie dann immer.

Diesmal aber nickt sie immer wieder in Richtung meiner Brust, die von den Nachwirkungen ihrer Liebesbekundung immer noch leicht schmerzt. Ich schaue nach. Ich trage einen Nadelstreifenanzug, der viel zu groß für mich ist, wie Edna versichert, von dem ich mich aber nicht trennen kann, weil ein netter alter Gentleman, den wir vor etwa dreißig Jahren aus einem Nachtimbiss in Chicago zu uns hochgeholt hatten, mich mit einem aufrichtigen Kompliment zu meiner Kleidung beglückwünscht hat. Ich hatte den Anzug zur Begrüßung des Mannes getragen, einen Anzug, der mir von einem meiner Vorgänger überlassen worden war, und sein Anblick trug dazu bei, Herbert Jenkins sofort zu beruhigen. Jenkins selbst hatte früher ein ganz ähnlich aussehendes Modell getragen, das *Zoot Suit* genannt wird.

»Das wird dafür sorgen, dass sich alle wie zu Hause fühlen«, sagt Edna, und ich richte meinen Blick auf das Revers meines Jacketts, an dem ein rechteckiges weißes Schildchen klebt. *Hi, ich heiße DESI* steht dort.

Jetzt hält sie ein ähnliches Schildchen in der Hand und wedelt damit vor ihrer Brust herum. »Weißt du, das ist ein Problem, das ich einfach nicht erwartet habe«, sagt sie. »Ich zeige eine ganze Menge von meinen Vorzügen, und ich mag die Vorstellung nicht, dass etwas an ihnen klebt. Mich hat mal eine Biene genau hierhin gestochen.« Sie legt einen Finger auf die Stelle, wo sich ihre Möpse in der Mitte zusammenpressen, und ohne eine Pause einzulegen – manchmal scheint meine Frau Edna Bradshaw gar nicht Luft zu holen, egal wie viele Wörter sie auch aneinander reiht –, fährt sie fort: »Und es ist so rot und so voller Pusteln geworden … entschuldige, dass ich so offen über unangenehme Dinge spreche, aber genauso war es, wirklich. Der Punkt ist, ich habe ein Pflaster auf den Bienenstich geklebt, und als ich es wieder entfernt habe, hat es sich so angefühlt, als würde ich die ganze Haut darunter abreißen. Du siehst also, ich finde im Moment keine Stelle, wo ich mein Namensschildchen hinkleben könnte, und bei Fremden braucht man Namensschildchen. Ich möchte eine gute Gastgeberin sein, besonders weil das mein erstes Mal ist, und ich versuche, das alles ohne viel Anleitung rauszufinden... Ich will nicht kleinlich sein, mein süßer geliebter Mann aus dem All, aber es macht mir Mühe.«

Sie verstummt für einen Augenblick, ihre Hand mit dem Schildchen schwebt vor ihrer Brust und senkt sich dann in einem Akt der Inspiration schnell unter ihre Möpse und klebt das Schildchen auf den geriffelten Stoff darunter. »Das müsste gehen!«, ruft Edna befriedigt.

Ich trete einen Schritt zurück – eine notwendige Maßnahme, um die Blickrichtung anzupassen –, und dort, in einem Meer von Rüschen in der Mitte ihres Bauchs, steht: *Hi, ich heiße* EDNA. Ich beuge mich tiefer, denn dort steht noch mehr, ganz klein geschrieben: *(Mrs. Desi, Ihre Weltraum-Gastgeberin. Kein Grund zur Beunruhigung.)*

Ich habe eine ziemlich schnelle Auffassungsgabe. Überflüssig zu erwähnen, dass wir auf unserem Planeten keine derartigen Namensschildchen benötigen. Aber ich erfasse ihre Funktion, und ich erkenne, dass Ednas erster Gedanke der Richtige war, diese Information höher am Körper anzubringen, damit man den Text entspannter lesen kann. Ich verstehe ebenfalls – in Anbetracht ihrer Entscheidung, mich beim Erstkontakt mit diesen Neuankömmlingen zu begleiten und zu diesem Anlass ihr spezielles Partykleid zu tragen –, warum es ihr unmöglich ist, das Schildchen an der eigentlich dafür angemessenen Stelle zu befestigen. Aus vielen Beobachtungen der Bewohner dieses Planeten weiß ich, dass dieses Problem sie gesellschaftlich verunsichern und sogar in Verlegenheit stürzen könnte. Also entferne ich das Schildchen behutsam von meinem Jackenaufschlag und befestige es ebenfalls in meiner Körpermitte.

»Wozu soll das gut sein, Liebling?«, fragt sie.

»Wir werden ihnen sagen, dass es auf meinem Heimatplaneten Sitte ist, unsere Namensschildchen auf diese Art zu tragen«, erwidere ich.

Dafür schenkt mir Edna Bradshaw ein Lächeln, ein zärtliches Lächeln, und ihre Augen füllen sich, was bei ihr sehr schnell geschieht, mit Tränen. Wie meistens, wenn ich ihre Tränen sehe, selbst wenn es Tränen der Freude oder Dankbarkeit sind, so wie es jetzt der Fall ist, wedle ich in völliger Hilflosigkeit mit den Fingern. Auch bin ich tief berührt über das Entzücken, das ich über ihre sorgfältige, geradezu zierliche Handschrift empfinde, die sie als »Mrs. Desi« identifiziert, denn sie ist in jeder Beziehung Mrs. Desi, da ich Desi bin und sie meine Frau ist. Desi ist der Name, den sie mir bei unserer ersten Begegnung gegeben hat, weil niemand hier, kein Bewohner dieses Planeten, in der Lage ist, meinen wahren und vollständigen Namen auszusprechen.

Meine Frau springt auf mich zu und umarmt mich. Ich denke an den Bienenstich auf ihren kostbaren Möpsen. Ihre Qual macht mich traurig, und gleichzeitig bin ich sehr froh, sie an mich zu drücken. Über ihre nackten Schultern und ihren Rücken lasse ich meinen Herzschlag durch meine sechzehn Fingerkuppen in sie einfließen. Edna hat meine Fingerspitzen einmal mit den Saugnäpfen an den Füßen gewisser Echsen auf diesem Planeten verglichen, und das hat mich seither immer wieder merkwürdig aufgewühlt. Ich glaube, ihr Vergleich war rein äußerlich und optisch gemeint, aber der bloße Gedanke – und sei er noch so falsch – an einen Gecko, der heute Abend selbstgefällig dort unten im Gras hockt und weiß, wie sich Ednas Fleisch anfühlt, macht mich auf eine seltsame Art unglücklich. Allerdings habe ich mir geschworen, meine Frau nie nach dieser Möglichkeit zu fragen. Sie umarmt mich weiter, aber ich möchte diese unangenehmen Gedanken aus meinem Kopf vertreiben, und es wartet ein Bus voller schlafender Passagiere auf mich, die schon bald verängstigt sein werden.

»Wir müssen jetzt nach unseren Besuchern sehen«, sage ich.

Edna löst sich von mir, tritt zurück, schlängelt sich noch einmal in ihrem Kleid und berührt prüfend ihr Haar, obwohl ihre Frisur durch ein Festigkeitsspray in bestimmten Sprühdosen – *Halt und Festigkeit für den ganzen Tag* –, die ich von Zeit zu Zeit in unser Schiff beame, völlig steif ist und ihre Form behält. Es ist schon recht bemerkenswert, dass eine der größten technischen Errungenschaften meines Planeten dafür herhalten muss, die wunderliche Vielfalt offensichtlich alltäglicher Gegenstände herbeizuschaffen. Nicht dass ich es bedauern würde. Mein eigenes Alltagsleben zeichnet sich wie das meiner Artgenossen durch eine in einem strengen und sachlichen Design gehaltene Umgebung aus, glatt geschliffene Legierungen, eng fokussierte Lichtstrahler und hohe Schatten. Ich bin Edna für all ihren Plunder dankbar, den sie in mein Leben gebracht hat. Auf einer persönlichen Ebene, natürlich, da sie meine Frau ist, aber auch in professioneller Hinsicht. Diese Dinge sind ein Teil dessen, was ich zu lernen versuchen muss.

Ich wende mich jetzt dem großen Tor zur Empfangshalle zu, bewege eine Hand, und es öffnet sich. Edna und ich haben diesen Moment nicht im Detail besprochen. Sie hat mich gefragt, ob sie bei mir sein könnte, wenn die nächsten Besucher eintreffen, und ich habe das für eine sehr gute Idee gehalten. Es gibt anfangs immer eine Phase der Ängstlichkeit, und Edna, die unverkennbar eine der ihren ist, wird meine Besucher allein durch ihre Anwesenheit beruhigen. Ich habe ihr zugestimmt, und sie hat gesagt, sie würde sich um alles kümmern. Deshalb haben mich auch die Namensschildchen und ihr Partykleid nicht überrascht. In der Empfangshalle dagegen erwarten mich einige Überraschungen.

Der Bus steht, genau wie vorgesehen, in einer großen Lichtbahn in der Mitte der Halle, die sich nach allen Seiten hin in besänftigender Dunkelheit verliert. Außer einer. So wie das Licht meines Schiffes intuitiv – so natürlich wie das Licht eines wolkenlosen Morgens – sofort auf Edna und mich fällt und uns begleitet, während wir gehen, ist ein breiter Lichtstrahl rechts von mir entstanden, rund zwanzig Schritte von dem Bus entfernt. Ich blicke aufmerksam in diese Richtung, denn die Dinge, die dort angestrahlt werden, sind sehr fremdartig für mich. Dort schwebt ein großes Tuch im Raum, an dessen Rändern sich rote Rosen entlangziehen – es verdeckt einen Tisch, wie ich jetzt begreife –, und auf ihm steht eine Fülle verschiedener Objekte.

»Komm und sieh es dir an«, fordert Edna mich auf, ergreift meine Hand und zieht mich auf den Tisch zu. »Dies wird eine herrliche Zeit für alle werden. Ich habe alles selbst gemacht, nichts fertig im Geschäft gekauft, außer den Zutaten natürlich. Das ist die Gastfreundschaft des Südens, und da du mit mir verheiratet bist, bist du auch mit der südlichen Lebensart verheiratet. Denn du stammst doch aus dem Süden deiner Welt, nicht wahr?«

Sie schweigt, damit ich ihre Worte bestätigen kann. Danach hat sie sich schon einmal erkundigt. Dort, wo ich herkomme, ist diese Unterscheidung ungewöhnlich. Ich rufe die Antwort auf ihre Frage, die sich auf den Breitengrad des Planeten bezieht, soweit ich es verstehe, erneut ab und kann ihr wieder versichern: »Ja, ich stamme aus dem Süden meiner Welt.«

»Siehst du?«, sagt meine Frau Edna Bradshaw. »Das ist genau die Einstellung, die du brauchst. Also, das da sind Käsestangen und das hier Wurstbällchen – ich musste mich zwischen Wurst der Marken *Jimmy Dean* und *Tennessees Stolz* entscheiden, aber ich neige immer zu *Nehmen Sie eine Packung Tennessees Stolz mit nach Hause*. Ich mag das, weißt du, mir vorzustellen, dass man etwas so Kostbares wie Stolz in einer Packung mit nach Hause nehmen könnte, obwohl mein Stolz eher *Alabamas Stolz* wäre, aber lassen wir das. Was man zum Schluss hat, ist einfach nur eine Portion Stolz in seiner Wurst, nicht mehr, und Tennessee kommt dem schon nahe genug.«

Dieser Gedanke lässt meine Edna Bradshaw kurz verstummen, und eine unmissverständliche Traurigkeit senkt sich auf sie herab. Ich werde sie zu einem besser geeigneten Zeitpunkt nach diesem Gefühl befragen. Sie setzt bereits wieder einen munteren und einladenden Gesichtsausdruck auf und nähert sich weiter dem Tisch. »Also, das hier ist eine Pekankugel«, erklärt sie und deutet auf einen großen runden Ball mit einer rissigen Oberfläche, der eine bemerkenswerte Ähnlichkeit mit dem äußeren Mond meines Heimatplaneten aufweist. »Getrocknetes Rindfleisch ist nicht gut genug für mich, wenn ich eine Pekankugel mache. Dieses Baby enthält drei Pfund von echter Rindfleischcharque. Erinnerst du dich noch? Ich hatte dich gebeten, ein paar Sachen aus diesem Truck Stop hochzubeamen, ganz in der Nähe, wo ich früher gewohnt habe. Ich habe mir gedacht, dass Trucker immer wissen, wo es gute Charque gibt.«

Ich strenge mich an, um zu verstehen, was Edna mir erzählt, aber ich muss mich darauf beschränken, ihre Ausführungen in meinem Gedächtnis abzuspeichern und zu hoffen, dass ich eines Tages das alles in den richtigen Zusammenhang bringen kann. Essen. Gastfreundschaft. Ich weiß, dass das äußerst wichtige Eckpfeiler in dieser Welt sind, und Ednas Selbstsicherheit in diesen Dingen macht mich zuversichtlich, auf ihren Rat zählen zu können. Und – ich sage das frei heraus, denn auf meinem Planeten verehren wir das Lernen und die Erweiterung von Wissen – durch Ednas Kenntnis dieser Konzepte wird meine Liebe zu ihr noch stärker. Sie setzt ihre Führung fort. »Hier haben wir den fettarmen Bereich unserer kleinen Zusammenstellung. Karottenlöckchen und Rettichröschen. Wir Erdlinge sind empfindliche Geschöpfe, was das Essen betrifft. Das kannst du in das Buch aufnehmen, das du über uns schreibst, oder was auch immer das ist.«

»Meine Aufzeichnungen werden zunehmend voller durch deine Weisheit«, sage ich, aber sie widersteht der deutlichen sexuellen Einladung in meinen Worten. Was, wie ich erkenne, ein Akt ebendieser Weisheit ist, die ich gemeint habe, bedenkt man die dringlichere Aufgabe, die zurzeit vor uns liegt.

»Und als Krönung von allem«, fährt sie fort, »haben wir eine kleine Leckerei für diejenigen von unseren Gästen, die Süßes mögen. Ein Tablett voller Mississippi-Schlamm.«

Ich durchstöbere in Gedanken schnell alles, was ich über die Essgewohnheiten auf diesem Planeten gelernt habe, und ich kann bei der Primärspezies keinen Beleg für eine derartige Geschmacksvorliebe finden. Nicht einmal bei irgendeiner Subspezies. Edna lacht über den offensichtlichen Ausdruck meiner Verwirrung.

»Kein richtiger Schlamm, du dummer Außerirdischer. Es ist nur ein Name. Das ist mein bestes Gebäck, bestehend aus geschmolzenen Marshmallows und zerlassener Schokolade, bestreut mit fein gehackten Pekannüssen. Genau hier kannst du sehen, wie vielseitig verwendbar Pekannüsse sind. Ich habe sie sowohl für ein Dessert als auch für ein Hauptgericht benutzt.« Sie deutet wieder auf unseren von tiefen Rissen durchzogenen äußeren Mond und zieht mich dann mit sanfter Gewalt zum Ende des Tisches und zu einer großen Schüssel, die mit einer blassgrünen Flüssigkeit gefüllt ist, genau die Farbe der Leben spendenden Substanz, die in meinen Adern fließt. Ja, die Flüssigkeit bildet sogar schäumende Wirbel, genau wie in meinem Körper. Mit Sicherheit ist der optische Eindruck dieser Schüssel meines Blutes genauso irreführend wie die Bezeichnung Mississippi-Schlamm, aber ich bin mir plötzlich sehr intensiv meiner Hände bewusst. Das sind die Körperteile, mit denen wir auf unserem Planeten Furcht verspüren. Sie werden schnell heiß und drohen, sich zu versteifen.

»Das ist Presbyterianer-Punsch«, sagt Edna. »Du bist doch kein Presbyterianer, oder? Natürlich nicht. Dumm von mir. Du siehst nur ganz plötzlich ein bisschen komisch aus, und ich möchte dich nicht beleidigen. Obwohl, die Presbyterianer, die ich kenne, nehmen an kaum irgendetwas Anstoß.«

Ednas wunderbarer, vielschichtiger, monologisierender Wortschwall hat seine übliche beruhigende Wirkung auf mich. Ich hebe meine Hände und schüttle mit einer wellenförmigen Bewegung die letzten heißen Stellen aus ihnen heraus.

»Ich liebe es, wenn du das tust«, kommentiert Edna. »Was

mich daran erinnert, ich muss mich entschuldigen, dass unsere Gäste zum Essen mit ihren Fingern vorlieb nehmen müssen.«

Sofort werden meine Hände stocksteif. Vor mir habe ich sechzehn furchtsam aufgerichtete Eichenstämme, die auf den Blitzeinschlag warten. Ich formuliere es so, um in die metaphorische Ausdrucksweise dieses Planeten einzutauchen, und plötzlich verstehe ich eine weitere bildliche Redewendung der Sprache. Das ist der große Vorteil unserer Fähigkeit, die Sichtweise derjenigen anzunehmen, denen wir nahe sind.

»Ich habe vergessen, dich ein paar Plastikutensilien hochbeamen zu lassen«, sagt Edna.

»Natürlich«, erwidere ich und lasse die Hände sinken. »Also werden die Besucher ihre Finger benutzen müssen, um das zu essen, was du für sie zubereitet hast.«

»Wir können später ein gemütliches Essen im Sitzen arrangieren«, sagt Edna, und dann nimmt ihre Stimme unvermittelt einen scharfen Tonfall an, etwas, worauf vorbereitet zu sein ich gelernt habe. »Hi, Schatz!«, ruft sie. »Willkommen! Es ist alles in Ordnung!«

Ich bin entschlossen, mit ihr Schritt zu halten. »Hi, Schatz«, antworte ich in einem ähnlich erregten Tonfall. »Ein gemütliches Essen im Sitzen ist bestimmt in Ordnung.« Doch dann bemerke ich, dass ihr Blick nicht mehr auf mich gerichtet ist. Sie sieht über meine Schulter hinweg, und ich drehe mich um.

Der Bus steht noch immer im Licht. Die Fenster sind dunkel, aber ziemlich weit vorn drückt sich ein Gesicht fest gegen die Glasscheibe, die Augen starr und vor Entsetzen über das, was sich ihnen bietet, weit aufgerissen. Das Gesicht presst sich noch stärker gegen das Fenster, die Augen werden noch größer, und ich begreife, dass ich selbst der Auslöser dieser Furcht bin. Mein Gesicht unterscheidet sich in vielerlei Hinsicht von denen der Bewohner dieses Planeten. Meine Frau Edna Bradshaw hat immer sehr liebevoll über meine recht großen Augen gesprochen, die in ihrer Form denen des Katers Eddie ähneln, über mein völliges Fehlen von Haar oder irgendeiner Art von

Fell und meinen Mund, der schmal und bogenförmig ist... Nach den Kriterien meines Planeten habe ich einen sehr schönen Mund, aber er hat keine vorgewölbten Lippen, die ich bei Edna, wie ich gestehen muss, bezaubernd finde. Ich verstehe, wieso das plötzliche Umdrehen dieses Mannes in dem weiten Anzug – damit bin ich gemeint –, der ein Gesicht wie das meine hat, die Angst erzeugt, die ich hinter dem Busfenster entdecke. Es ist schwer, mich direkt anzuschauen. Alle unsere Besucher mussten sich auf die eine oder andere Weise an unsere Gesichter gewöhnen. Aber während dieser ersten Momente der Begegnung trage ich gewöhnlich meinen breitkrempigen Filzhut, um die Wirkung zu mildern.

Das Gesicht verschwindet von der Fensterscheibe, und Edna schreitet unternehmungslustig an mir vorbei. »Komm, Desi. Diese Leute brauchen etwas zu essen.«

2

Und so geschah es, dass die zwölf Reisenden aus dem Bus mit dem Wort GLÜCK über der Frontscheibe die Empfangshalle meines Schiffes betraten. Jeder bekam von meiner Frau Edna Bradshaw ein Namensschild angeheftet, obwohl sie manchmal Mühe hatte, ihren Filzstift in der Hand, ihnen begreiflich zu machen, was sie von ihnen wollte, denn sie waren noch benommen von den Nachwirkungen des Tiefschlafs, den unser Transporterstrahl hervorruft, und schließlich sind Namen etwas Fragiles. Diese Besucher sind auch jetzt noch benebelt, obwohl sich einer von ihnen soeben dem köstlichen, von meiner Frau so einladend zubereiteten Essen genähert hat. Das ist ein gutes Zeichen, auch wenn die meisten von ihnen weiter verunsichert und orientierungslos in der Halle umherirren.

Zu der Zeit, bevor Edna meine Frau wurde, hätte ich die Besucher in diesem Stadium direkt aus dem Bus hinein in die tröstliche und warme Dunkelheit der Kammern verfrachtet, die für sie in unserem Schiff vorbereitet sind. Danach hätte ich sehr bald mit der Befragung begonnen, ihren Stimmen gelauscht und sie in den großen funkelnden Energiefeldern unserer Speichermaschinen aufgezeichnet, aus denen wir sie immer wieder abrufen und eins mit ihnen werden können. So ist unsere Vorgehensweise. Heute Abend aber bin ich zufrieden damit, den Dingen einfach ihren Lauf zu lassen. Diese spezielle Gruppe wurde mit Absicht ausgewählt. Diese zwölf Personen sind dazu bestimmt, mir in dieser Zeit meiner größten Herausforderung zu helfen. Es wird schon bald auch für ihren gesamten Planeten eine sehr große Herausforderung sein. Und deshalb stehe ich heute Abend neben dem mit Speisen gedeckten Tisch. Sie treiben auf mich zu – genau genommen werden sie von dem Charme und der Energie meiner Frau Edna Bradshaw zu mir getrieben –, und ich spreche sie mit den Worten an: »Nehmen Sie eine Käsestange. Nehmen Sie ein Wurstbällchen. Stillen Sie Ihren Durst mit einem Glas Presbyterianer-Punsch.«

Ich sage diese Sätze jetzt schon seit mehreren Minuten und habe bisher nur glasige Blicke oder ein erschrockenes Zusammenzucken geerntet. Gerade habe ich begonnen zu befürchten, einen Fehler gemacht zu haben. Die Besucher sollten jetzt in ihren dunklen Kammern liegen, um zu schlafen, sich auszuruhen und sich auf diese Situation einzustellen. Aber vor wenigen Momenten ist ein junger Mann von vielleicht dreiundzwanzig oder vierundzwanzig Jahren vor dem Tisch stehen geblieben, hat die Speisen betrachtet, heftig den Kopf geschüttelt, sich die Handballen auf die Augen gedrückt und die Arme sinken lassen. Als er die Augen wieder öffnet, weiten sie sich, während er zu begreifen versucht, was er sieht.

Hi, ich heiße JARED, steht auf seinem Namensschildchen. »Bitte, Mr. Jared«, sage ich, »nehmen Sie dieses Silbermesser und schneiden Sie ein Stück aus dem äußeren Mond meiner Welt.« Das ist ein kleiner Scherz, der sich auf meine vorherigen Gedanken über das Aussehen der Pekankugel bezieht, aber mir wird sofort klar, dass Jared nicht die erforderlichen Informationen besitzt, um den Humor in meinen Worten erkennen zu können.

Meine liebe Edna taucht neben ihm auf. »Nur zu. Es ist eine echte Pekankugel. Ich verstehe diese Sache mit dem Mond auch nicht.« Dabei zwinkert sie mir zu, um mir zu zeigen, dass ihre indirekte Kritik an mir selbst ein kleiner Scherz ist, und dann beginnt sie, für den jungen Mann ein Stück aus der Pekankugel zu schneiden. »Mein Mann glaubt, jeder müsste automatisch über seinen Heimatplaneten Bescheid wissen«, fährt sie fort. »So wie mein Daddy manchmal Sachen über Mobile gesagt und geglaubt hat, ich müsste es verstehen, obwohl ich keine Ahnung hatte, was er meinte. Ich komme aus Bovary, Alabama, wissen Sie, und es ist weit von dort bis nach

Mobile, das kann ich Ihnen sagen, und ich spreche jetzt nicht von Entfernung in Meilen. Ich bin nur einmal nach Mobile gefahren, und es hat mir nicht gefallen, obwohl ich mit meinem Mann, dem Außerirdischen, schon an viel weiter entfernten Orten gewesen bin, und die haben mir sehr gut gefallen. Das dort ist er, Jared, der Sie mit seinen großen alten Augen ansieht. Er ist ein guter Mann, das kann ich Ihnen sagen. Ein liebenswerter und freundlicher Mann. Sie können also ganz beruhigt Ihre Pekankugel essen.«

Jared blinzelt mich an, betrachtet den Brocken auf dem Pappteller in seiner Hand, und dann macht er eine kleine ruckende Bewegung mit dem Kopf – ich habe diese Geste viele Male im Laufe der Jahre beobachtet –, und ich weiß, dass er geistig wieder völlig aufnahmebereit ist. Das ist schon immer ein schwieriger Moment für Besucher gewesen, die erste Erkenntnis, nicht zu träumen. Aber Jared überrascht mich. Er hebt seinen Pappteller leicht in Ednas Richtung. »Sie haben das also selbst gemacht?«, fragt er, als würden wir schon lange zwanglos miteinander plaudern.

»Was für ein süßer Junge«, sagt meine Frau. »Ja, das stimmt.«

»Cool«, erwidert Jared. »Sie sind ein Mensch, richtig? Von der Erde?«

»Aus Alabama.«

»Wo haben Sie zwei sich getroffen?«

Edna schneidet für Jared bereits ein neues Stück aus der Pekankugel, obwohl er noch gar nicht begonnen hat, seine erste Portion zu essen. »Auf dem Parkplatz des rund um die Uhr geöffneten Wal-Mart Supercenters in Bovary. Er hatte mich schon vorher mit seinen Maschinen belauscht.« Sie legt dem jungen Mann ein weiteres Stück Pekankugel auf den Teller.

»Wir können all Ihre Worte hören«, versuche ich zu erklären, »aber sie klingen durch die Maschinen sehr verwirrend. Und deshalb … *was soll ein Mann machen*? Deshalb müssen wir Ihnen *näher, oh, so viel näher* kommen, und dann können wir *Sie besser kennen lernen.*«

»O mein Gott!«, erklingt eine Frauenstimme vom anderen Ende der Empfangshalle.

»Liebe Güte«, sagt Edna.

»Wo ist Citrus?«, fragt Jared mit einem Gesichtsausdruck, als würde ihm plötzlich wieder etwas einfallen, das er völlig vergessen hatte.

»Arthur!«, ruft die Frau.

»In dem Punsch ist Limonensorbet«, sagt Edna.

»Meine Freundin.« Jared blickt sich um. »Dort ist sie.«

Ich folge seinem Blick, als die Frau erneut »Arthur!« ruft. Edna entschuldigt sich und entfernt sich.

Etwas abseits von den anderen steht eine junge Frau, den Kopf in den Nacken gelegt, und lächelt schwach in die Dunkelheit. Ihre Kleidung lässt ihren Körper beinahe mit den Schatten verschmelzen. Sie trägt das weltraumschwarze Haar in einer stachelartigen Frisur, hat schwarze Lippen und ein Dutzend winziger glitzernder Metallstücke im Gesicht – Ringe und Knöpfe –, als würde es ohne diese Verbindungsstücke auseinander fliegen.

Ein Körper schiebt sich schlurfend vor das Mädchen in Schwarz. *Hi, ich heiße* TREY, lese ich auf dem Namensschild. »Geldspielautomaten«, murmelt dieser Mann, der unverkennbar geistig noch nicht wieder ganz da ist. »Wo sind die gottverdammten Geldspielautomaten? Habe das gottverdammte Buffet jetzt schon viermal gesehen, aber keine Geldspielautomaten.« Und weg ist er.

»Citrus, hey!«, ruft Jared, den Mund voller Pekankugel, und sprüht dabei eine Fontäne Nusssplitter in das Scheinwerferlicht. Die junge Frau lächelt weiter die unsichtbare Decke an.

»Sie ist noch nicht richtig wach«, sage ich.

Jared sieht mich an. Auch er hat Metall im Gesicht, wenn auch nur wenig, zwei Ringe in einem Ohr. Er vollführt einen kreisförmigen unbestimmten Schwenk mit dem Rest seiner Pekankugel, um meine Aufmerksamkeit, wie ich vermute, auf das gesamte Raumschiff zu richten. »Ich wusste, dass irgendetwas wie das hier im Universum passiert, wissen Sie? Das ist… so ähnlich wie das, was ich tatsächlich erwartet habe.«

»Sie sind ein weitsichtiger junger Mann«, sage ich.

Edna kommt jetzt zurück. Sie hat sich bei einer kleinen älteren Frau untergehakt, die laut ihrem Namensschild *VIOLA* heißt. »Das ist mein Mann Desi«, stellt sie mich vor.

»Citrus!«, ruft Jared.

Viola starrt mich aus großen Augen an. Edna sieht zu Jareds Freundin hinüber, die jetzt das Gesicht gesenkt hat, obwohl es immer noch verständnislos wirkt. »Oh, Sie meinen Judith?«, fragt Edna.

Jared gibt ein bellendes Lachen von sich. »Judith? Sie ist nicht mehr Judith. Darüber ist sie schon lange hinweg.«

»Nun, Schatz, das ist der Name, den sie mir für ihr Schildchen genannt hat«, sagt Edna und wendet sich wieder der Frau an ihrem Arm zu. »Also, Viola, seine Augen sind doch wirklich schön, finden Sie nicht auch?« Sie spricht von meinen Augen und versucht damit, auf Violas Erstaunen über mein Aussehen zu reagieren.

»Hat sie Ihnen wirklich gesagt, ihr Name wäre Judith, Mrs. Desi?«

»Sie sind ja ein so süßer Junge.«

»Arthur!«, ruft Viola, jetzt allerdings in einem weniger schneidenden Tonfall, sich ihrer selbst völlig bewusst.

»Ihr Name ist Citrus.« Jared, der sich so schnell in seiner neuen Umgebung zurechtgefunden zu haben schien, klingt jetzt *wie ausgelaugt, müde und der Welt überdrüssig*. Er starrt traurig auf seinen Teller mit dem Stück Pekankugel.

Das kantige Gesicht eines Mannes, dessen dunkle Hautfarbe auf seine afrikanische Herkunft schließen lässt, schwebt durch die es umgebende Dunkelheit und taucht hinter Ednas Kopf auf. Seine Augen fixieren mich. »Euer Ehren, verdammte Scheiße, warum haben die Geschworenen ihre Plätze verlassen?«, fragt er laut mit einer volltönenden weichen Stimme. »Was soll das ganze Durcheinander?«

»Wow«, sagt Jared. »Was hat der denn für ein Problem?«

Jetzt schwebt das Gesicht zur Seite, und der ganze Mann tritt in das Licht, das von seinem Namensschild reflektiert wird. *Hi, ich heiße* HUDSON. Er trägt einen dunklen maßgeschneiderten Anzug, der so gut sitzt, wie Edna sich das von meinem Anzug bei mir wünscht, vermute ich.

Ich versuche, Jared aufzumuntern. »Haben Sie gehört, wie sich dieser eindeutig gebildete Mann soeben ausgedrückt hat, Mr. Jared? Sie alle erwachen langsam aus einer Art Schlaf. Sie alle werden für eine Weile Wörter und Begriffe aus den ungeordneten Tiefen ihres Geistes benutzen. Ihre Citrus hat sich zweifellos in diesem Übergangsstadium Judith genannt.«

»Wenn sich die Geschworenen so gebärden, müssen sie entlassen werden!«, ruft Hudson.

»Sehen Sie? Vielleicht zitiert er gerade einen Dichter, den er schon lange vergessen hatte.«

»Arthur! Hilfe!« Viola blickt sich verzweifelt um.

»Kommen Sie, Schatz«, sagt Edna zu ihr. »Lassen Sie uns ihn suchen.« Die beiden Frauen gehen davon. Hudson kommt näher und starrt mich mit zusammengekniffenen Augen an.

»Was für ein Richter sind Sie?«, fragt er. »Einer von denen, die Reagan ernannt hat?«

Ich deute auf mein Namensschild. Hudson konzentriert sich stattdessen auf meine Hand, sein Blick wird noch durchdringender.

»Er ist ein Außerirdischer«, versucht Jared zu erklären. »Ein Alien. Das ist der Beginn eines neuen Jahrtausends. Wir sind in seinem Raumschiff und auf dem Weg in eine andere Galaxis, wo man uns als Repräsentanten der Erde untersuchen wird, weil alle unsere früheren Generationen diesen Planeten so gründlich versaut haben und diese überlegenen Wesen sich vor uns zu Tode fürchten. Richtig?«

»Sie haben nur einen Teil der Wahrheit erfasst, Mr. Jared«, erwidere ich, »aber ich begrüße Ihre Bemühungen, mir zu helfen.«

»Ich habe Schwierigkeiten, meine Augen scharf einzustellen«, sagt Hudson.

»Hi, ich heiße Desi«, lese ich ihm vor, was auf meinem Namensschild steht, mit einer, wie ich hoffe, munteren und fröhlichen Stimme, und folge damit dem Beispiel meiner Frau. Der Mann namens Trey läuft wieder im Hintergrund vorbei, macht eine merkwürdig pumpende Bewegung mit der Hand und wiederholt ständig ein Wort, das ich noch nicht kenne: »Ka-ching.«

Hudson richtet sich zu seiner vollen Größe auf. Er überragt mich um einen ganzen Kopf.

»Möchten Sie Wurstbällchen?«, frage ich ihn. »Sie bestehen aus *Tennessees Stolz.*« Aber ich merke, dass er jeden Augenblick vollständig erwachen wird.

»Citrus! Hier drüben!« Jared hebt seinen Teller mit den Stücken aus der Pekankugel, als wollte er sie damit anlocken, und Hudson betrachtet den jungen Mann, während er angestrengt nachzudenken versucht. Mit einem lauten Seufzen stellt Jared seinen Teller ab und geht zu seiner Freundin. Gerade erscheinen zwei weitere Besucher am anderen Ende des Tisches, Seite an Seite, ein junger Mann und eine junge Frau, deren Gesichter ihre asiatische Herkunft verraten, vielleicht ein bisschen älter als Jared.

»Habe ich vergessen, dass heute Tet ist?«, fragt der junge Mann.

»Das glaube ich nicht«, erwidert die junge Frau. »Das sind Gerichte, die ich nicht erkenne.«

Die beiden beugen sich tiefer über die Käsestangen und begutachten sie ausgiebig.

»Scheiße, was ist das?« Hudson hat begonnen, sich langsam um die eigene Achse zu drehen, und ich kann aus seiner Stimme heraushören, dass er geistig wieder völlig klar ist. Ich habe den Moment seines inneren Rucks verpasst, und seither hat er eindeutig noch keinen Blick auf seinen Gastgeber, den Außerirdischen Desi, geworfen. Noch ist mir sein Rücken zugewandt. Ich versuche, mir meinen schicken, breitkrempigen schwarzen Filzhut tiefer ins Gesicht zu ziehen, aber ich habe ihn gar nicht aufgesetzt, weil ich passend für die Begrüßungsparty meiner Frau Edna Bradshaw gekleidet bin.

»Ich hätte einen gottverdammten Wagen mieten sollen«, sagt Hudson laut, unverkennbar noch immer in ein Selbstgespräch versunken. Er beendet seine Drehung, betrachtet das asiatische Pärchen, das reglos vor den Wurstbällchen steht, dann die Gerichte auf dem Tisch, und als sein Blick schließlich auf mich fällt, weicht er zurück. Plötzlich scheint er durch tiefes morastiges Wasser zu waten.

»Hi«, sage ich. »Mein Name ist Desi. Ich bin ein freundlicher Bursche.«

»Ein freundlicher Bursche? Ein verfickter freundlicher Bursche? Nach allem, was ich sehe, haben Sie nichts mit einem *Burschen* zu tun.« Die Erkenntnis lässt ihn leicht stolpern. »O Mann.«

»Ich verstehe Ihre Besorgnis, Mr. Hudson«, versichere ich.

»Sie sehen aus wie… Ich werde es nicht aussprechen. Ich weigere mich, es zu sagen. Ist das eine Entführung? Ist es das, was hier passiert?«

»Sie befinden sich in einem Raumschiff«, sage ich. »Aber das ist kein Grund zur Beunruhigung.«

»Von jedem nur möglichen gottverdammten Zeitpunkt musste es unbedingt dieser sein, Wilhelmina. Es hätte jeder andere sein können, aber du musstest dir ja ausgerechnet diesen beschissenen Moment aussuchen, um deine Sachen zu packen und mit dem Lexus abzuhauen. Und mir ist natürlich nichts Besseres eingefallen, als sofort losziehen und mich auf das nächste Glücksspiel zu stürzen. Selbst wenn ich dazu in diesen beschissenen Bus steigen musste. Als ob mir das irgendwie weiterhelfen würde.«

Hudson hat zuerst eine Person namens »Wilhelmina« angesprochen und ist dann in ein Selbstgespräch verfallen, obwohl er sich noch immer in meiner Gegenwart befindet und mich dabei ansieht. Ich schreibe dieses Phänomen – das ich in all den Jahren meiner Befragungen häufig beobachtet habe – der den Worten innewohnenden Eigendynamik zu. Sie drängen danach, ohne Umwege diese oder jene Seele zu erreichen, doch bereits während sie entstehen, nehmen sie ihre endgültigen Eigenschaften an, die sie zu dem machen, was sie sind: eine bloße Annäherung an das, was sie ausdrücken sollen. Sie selbst erkennen ihre Grenzen, die sie dann zu ignorieren versuchen, indem sie die Ohren anderer heraufbeschwören, die nicht anwesend sind, um sie hören zu können, oder Teile des eigenen Ichs, denen sich der Sinn entzieht.

Und in diesem Moment kommt Edna zurück. Viola hängt noch immer an ihrem Arm. Mit dem anderen hat sie sich bei einem älteren Mann untergehakt, *ARTHUR*, dessen Kopf ein voller, steil aufgerichteter weißer Haarschopf ziert. Arthur wiederum hat seinen freien Arm um die Schultern eines stämmigen Mannes mit glänzender Stirnglatze, aber langen grauen Koteletten und einem Pferdeschwanz gelegt, *HANK*, der seinerseits einen Arm um Arthur gelegt hat.

»Viola und ich haben Arthur gefunden, und der hatte bereits Hank gefunden«, sagt Edna. »Hank ist der Busfahrer, aber außerdem auch Arthurs Bruder aus einem früheren Leben. Ist das nicht ein merkwürdiger Zufall, Desi?«

»Was geschieht mit uns?«, will Viola wissen.

»Ihr Mann und Hank sind noch nicht wieder bei vollem Verstand«, erkläre ich. »Dieser Eindruck, den sie jetzt haben, wird vorübergehen.«

»Wir sind Brüder«, sagt Arthur

»In diesem Leben bin ich jünger als du, aber davor war ich der ältere Bruder.« Hank drückt Arthurs Schulter und schüttelt ihn so kräftig, dass ich ein klapperndes Geräusch aus Arthurs Mund dringen höre.

»Daran kann ich mich nicht erinnern«, murmelt Arthur.

»Vertrau mir, kleiner Kumpel«, sagt Hank.

»Seid ihr Typen verrückt geworden?«, ruft Hudson plötzlich. »Wovon redet ihr da? Man hat uns alle entführt und in ein beschissenes Raumschiff gebracht!«

»Bitte, Mr. Hudson«, unterbricht ihn Edna sehr liebenswürdig. »Sie sollten nicht solche Ausdrücke benutzen. Es sind Damen anwesend.«

Hudson schüttelt vehement den Kopf und versucht, sich einen weiteren inneren Ruck zu geben. Doch es gibt keinen weiteren Ruck mehr für ihn. Dies ist die Realität. Sein Blick wandert von Edna über Viola zu mir, und er zwingt sich zu einem sorgfältig beherrschten Tonfall. »Sie haben Recht. Aber nicht wegen der Damen. Mir steht die reiche Vielfalt der englischen Sprache zur Verfügung. Ich bin ein Absolvent der Juristischen Fakultät von Harvard und habe es trotz aller Anspannung nicht nötig, in die beschissene Gossensprache zurückzufallen.« Er verstummt und knurrt, als ihm erneut dieses Wort entschlüpft.

Ich kann keine telepathische Verbindung mit Hudson herstellen, aber er ist ein sehr gebildeter und selbstbewusster Mann, und ich bin mir sicher, dass er über die merkwürdige Art nachdenkt, in der die Wörter seines Planeten anscheinend ein eigenes Bewusstsein, einen eigenen *Willen* annehmen können. Die unabhängigen Entitäten dieser Welt sind die *Wörter*, nicht diejenigen, die sie aussprechen. Was allerdings nicht auf mich zutrifft. Ich bin keine natürliche Brutstätte für Wörter. Ich bin sogar unfähig, genau diese Gedanken Hudson gegenüber verbal auszudrücken, obwohl ich überzeugt bin, dass er sich beruhigen würde, wenn ich es könnte. Dann würde ein Band zwischen uns entstehen, wie das zwischen Arthur und Hank, wobei sich Letzteres, nebenbei bemerkt, gerade auflöst, denn Hank scheint jetzt endgültig erwacht zu sein und betrachtet verblüfft seinen Arm, den er um die schmalen Schultern des Mannes an seiner Seite gelegt hat.

»Scheiße, was zum Teufel…«, sagt er.

Hudson stößt ein kurzes Schnauben aus, ein ironisches Lachen, aber es ist ein weiteres Geheimnis der *Wörter* dieser Welt, dass in Hanks Version von *Scheiße* ein weicher, beinahe liebevoller Klang mitschwingt, der sich in der Stimmungslage erheblich von Hudsons Version des gleichen Wortes unterscheidet.

Hank nimmt seinen Arm von Arthurs Schultern, sieht mich an und zuckt zurück.

Gleichzeitig ertönt vom Ende des Tisches ein lautes, gefräßiges Malmen und dann ein Schrei: »Ich *liebe* Karotten!« Ich richte meine Aufmerksamkeit auf die Geräuschquelle, und es folgt ein zusätzliches »Ich liebe sie!« Beide Aussagen sind bemerkenswert klar verständlich angesichts der Mengen an Karotten, die die Wangen der Sprecherin blähen, einer schlanken Frau, deren Augen ziemlich groß und attraktiv für ein Mitglied ihrer Spezies sind und deren Möpse sogar denen von Edna Konkurrenz machen. Sie stopft sich noch mehr Karottenlöckchen mit beiden Händen in den Mund. Der Name auf ihrem Schildchen ist *MISTY*.

Das Pärchen asiatischer Herkunft direkt hinter ihr hat sich zu ihr umgedreht und ist gefesselt vom Anblick der Karottenmassen in Mistys Mund, der wallenden Bewegungen unter den aufgeblähten Wangen. Jetzt kann ich auch ihre Namensschilder lesen. Sie heißt *MARY*. Und auf seiner Brust prangt eine Abwandlung des Wortes, das diese Gruppe als Leitmotiv beherrscht: *LUCKY*.

»Yo. Desi.« Das ist Hudsons Stimme. »Hören Sie zu.«

Gerade ist ein Mann hinter Misty aufgetaucht. Er schlingt seine Arme um sie und legt sofort seine Hände auf ihre Brüste. Sie reagiert überhaupt nicht auf die Berührung, sieht man davon ab, dass sie ihn anspricht. »Digger, Baby. Karotten.«

»Misty, wisty«, sagt Digger mit der Stimme eines kleinen Kindes, obwohl er ein großer Mann ist, so groß wie Hudson. Er hat kaukasische Züge, aber seine Haut ist ziemlich dunkel.

Ich erkenne darin die Auswirkungen, die auftreten, wenn die Haut eines Menschen den Strahlen der Sonne dieses Planeten übertrieben lange ausgesetzt ist. »Möchtest du in der Dunkelheit ein bisschen mit meiner großen Bohrmaschine auf Ölsuche gehen?«, fragt er.

Misty kann sich keine Karotten mehr in den Mund stopfen. Sie senkt ein wenig den Kopf und versucht zu kauen. Anscheinend verschwendet sie nicht den geringsten Gedanken an Diggers Vorschlag, der seinem traumartigen Geisteszustand entsprungen ist.

»Desi«, sagt Hudson.

Meine Aufmerksamkeit wird noch immer von Diggers Händen gefesselt – sogar auf seinem Namensschild steht *DIGGER*. Seine Hände quetschen jetzt Mistys *Stolz und Freude in voller Ausprägung*. Sie hat seine Hände offensichtlich sofort erkannt, denn sie hat keinen Blick über die Schulter geworfen, um zu sehen, wer hinter ihr steht. Ich frage mich, ob meine Frau Edna Bradshaw ihren Mann Desi auch allein an der Berührung seiner Hände auf ihren Möpsen erkennen würde.

»*Mister* Außerirdischer«, sagt Hudson.

Ich drehe mich zu ihm um. »Natürlich würde sie das«, erwidere ich. »Ich habe acht Finger an jeder Hand.«

»Was?«

Das lässt mich innehalten. Meine Bemerkung war nicht für Hudson gedacht. »Wie interessant«, sage ich. »Vielleicht entstehen jetzt doch Worte mit einem eigenen Willen in mir.« Ich halte erneut inne. »Auch das war nicht für Sie gedacht. Oder das. Oder das. Oder das.«

Atemlos durch diese Entdeckung, verstumme ich vollständig.

»Ich verlange zu erfahren, was Sie mit uns vorhaben«, sagt Hudson.

In diesem Moment peitscht ein Schuss auf.

»Jesus!«, schreit Hudson, Viola kreischt, und ich ziehe Edna an mich, um sie mit meinem Körper abzuschirmen. Ich werde auch Viola abschirmen, da ich das Geräusch durch meine jahrelangen Studien dieses Planeten kenne. Hudson greift nach Hank und Arthur, die ihm am nächsten sind, drückt sie zu Boden und ruft: »Runter, schnell!« Meine Hände liegen auf Ednas Schultern. Sie ist still, dreht den Kopf in Richtung der Geräuschquelle, und ich ziehe sie und damit auch Viola mit mir. Jetzt, da Arthur und Hank mit Hudson zu Boden sinken, kann ich die Empfangshalle überblicken, und vor dem Bus steht eine Frau, einen Arm steil in die Höhe gereckt, eine noch qualmende Pistole in der Hand, die auf die Decke zielt, einen Ausdruck der Verblüffung im Gesicht.

Ich lasse Edna los, schiebe mich hinter ihr vorbei und gleite schnell durch die Halle. Wir, die Primärspezies meines Planeten, können uns sehr schnell bewegen, wenn wir wollen, obwohl ich die Frau nicht erschrecken möchte. Ich nähere mich ihr und sehe, dass sie eine stämmige Frau in einem eng geschneiderten Damenanzug ist, *kraftvolles Rot für die Karrierefrau auf dem Weg nach oben*, und ich rechne mir aus, dass nur ich durch die nächste Entladung ihrer Waffe gefährdet sein würde, sollte sie durch meine sehr schnelle Annäherung und meinen Anblick in Panik geraten, und diese Möglichkeit ziehe ich weiteren, aus Angst abgegebenen ungezielten Schüssen vor. Außerdem muss ich schnell eine klare öffentliche Ansprache an all meine Besucher richten, denn ich vermute stark, dass der plötzliche Lärm auch den Rest von ihnen schlagartig aus ihrem benebelten Zustand gerissen hat.

Dann bin ich auch schon bei ihr. Sie hat die Pistole sinken lassen und zielt genau auf meine Brust, auch wenn sie nicht richtig zu begreifen scheint, was sie tut. Ihre geweiteten Augen sind auf mein Gesicht gerichtet, ihre Hand zittert. Zu ihren Füßen liegt eine geöffnete Handtasche. »Also gut«, sage ich, »wie ich Ihrem Namensschild entnehme, heißen Sie *CLAUDIA*.«

Technisch gesehen ist sie mittlerweile geistig wach, aber es strömen zu viele Eindrücke übergangslos auf sie ein. »Ihr Namensschild«, wiederhole ich, denn ich habe das Gefühl, dass dieser Anblick beruhigend auf sie wirken könnte. Tatsächlich blickt sie auf das Schildchen an ihrem Revers herab, und im selben Augenblick schnellt meine Hand vor und umfasst die ihre.

»Ich vermute, Sie waren sich nicht einmal bewusst, was Sie da in der Hand halten«, fahre ich fort, während ich ihr sanft die Pistole entwinde, die sie bereitwillig loslässt.

»Wo bin ich?«, fragt sie. »Was sind Sie?«

»Das sind wichtige Fragen«, erwidere ich. »Ihre Mitbesucher erwarten die gleichen Antworten wie Sie.«

Ich drehe mich um, und plötzlich verstehe ich eine Redewendung, die ich immer als abstoßend empfunden habe. Alle Augen haben sich auf mich geheftet. Ich konnte nie den Impuls unterdrücken, mir diese Redewendung bildlich vorzustellen. Jetzt aber verstehe ich. Ich fühle diese Augen wie eigenständige Druckpunkte auf mir. Diese Augen, die meisten vor Angst geweitet, lasten *auf* mir und machen mich zu einem nervösen Nervenbündel. In diesem Moment fällt es mir sogar noch schwerer als sonst, die so unpräzisen Worte dieses Planeten zu formulieren.

»Hi«, sage ich. »Mein Name ist Desi. Ich bin ein freundlicher Bursche. *Heute Abend liegt eine Art atemloser Stille über der ganzen Welt. Ich würde die Welt gern das Singen lehren. Ich würde der Welt gern eine Coke spendieren.*«

»Aber heute Abend haben wir nur Presbyterianer-Punsch«, meldet sich Edna zu Wort. Jetzt richten sich alle Augen auf sie. Ich bin erleichtert. Ich muss viele komplexe Dinge erklären, aber ich höre meine eigenen Worte, als würde ich in meinem Raumschiff hoch über ihnen schweben, als würden sie mich von dort unten durch unsere Maschinen erreichen. »Für diejenigen unter Ihnen, die es nicht wissen«, fügt sie hinzu, »das ist Limonensorbet und Ginger Ale. Aber Desi kann Ihnen auch ein paar Flaschen Coke besorgen, wenn irgendwer das vorzieht.«

Edna legt eine kurze Pause ein, wahrscheinlich nur, um Luft zu holen. Ich bin ihr dankbar für ihre Bemühungen, meine Unbeholfenheit in der Wortwahl zu kompensieren, aber das fällt unter meine Verantwortung, und so fahre ich an ihrer Stelle fort: »Das ist meine Frau Edna Bradshaw.« Sie winkt unseren Gästen zu, und ihre Blicke kehren zu mir zurück. »Wir sind ein glückliches Paar. *Das weiß nur ihr Friseur ganz genau.*«

Edna lacht. »O Desi, du Außerirdischer.« Dann wendet sie sich wieder an unsere Besucher. »Ich *war* Friseuse, als wir uns begegnet sind. Er ist ja so ein Spaßvogel.«

»*Durch deine Liebe habe ich den Gipfel der Welt erklommen*«, sage ich zu ihr, und mir wird bewusst, dass ein wahres Gefühl aus mir spricht, das gerade über mich gekommen ist. Aber es währt nicht lange.

»Was wollen Sie von uns?«, ruft der Mann namens Digger.

Das lenkt mich von dem ab, woran ich gerade denke. Ich verstehe, dass Diggers Frage auch alle anderen beschäftigt, mehr als mein Verhältnis zu Edna Bradshaw, obwohl ich glaube, dass meine Ehe mit einer menschlichen Frau sie eigentlich beruhigen müsste. Also konzentriere ich mich auf Mr. Diggers Frage. »Ich möchte mich nur mit Ihnen unterhalten. Ich möchte, dass Sie für kurze Zeit meine Gäste sind, damit Sie mir von Ihrem Leben auf diesem Planeten erzählen können.«

»Werden Sie uns wehtun?«, erklingt zitternd Violas Stimme. Ich kann sie nicht sehen.

»Desi könnte nicht einmal einer Fliege etwas zu Leide tun«, sagt Edna. »Er ist der liebste und sanftmütigste Mann – nun, der männliche Vertreter einer Primärspezies, wie er sich selbst bezeichnen würde – im ganzen Universum.«

Es folgt eine längere Stille. »Was, wenn wir nichts damit zu tun haben wollen?«, ruft Hudson dann.

»Sie müssen nicht mit mir sprechen«, versichere ich.

»Was, wenn wir gleich auf die Erde zurückkehren wollen?«, hakt er nach.

Das ist ein heikler Punkt, da ich eine gemischte Besuchergruppe auf einmal an Bord geholt habe. Ich bemühe mich, die richtigen Worte zu finden. Meine Gäste müssen als Gruppe zurückkehren, aber ich möchte nicht, dass sich einer von ihnen eingekerkert fühlt.

Edna kommt mir einmal mehr zu Hilfe. »Soweit ich weiß, waren Sie alle auf dem Weg zu dem Casino in Lake Charles, um dort zu spielen. Also, mein Desi ist zufällig der klügste Mann, dem ich jemals begegnet bin. Ich wette, er kann Ihnen beibringen, wie man wirklich groß gewinnt, wenn Sie einfach noch ein Weilchen bei uns bleiben. Sie alle haben Ihr Glück in ihm gefunden.«

Ein Murmeln wogt wie Wellen durch die Halle. Ich kann fühlen, wie sich die Suche nach dem Glück eines jeden meiner Besucher auf mich fokussiert, so wie ihre Augen, wie ein fordernder Druck auf meinem Körper. Ich weiß nicht, ob ich tun kann, was Edna behauptet, aber ich spüre eine Woge des Glaubens, ein Glaube, der sich an einem Dutzend Stellen förmlich in mich bohrt. Das ist nach all den Jahren meiner Arbeit auf diesem Planeten etwas Neues.

»Stimmt das? Können Sie uns das wirklich beibringen?« Das ist die Stimme des Mannes namens Trey.

»Haben Sie keine Angst«, antworte ich. »Folgen Sie mir, Partner.«

3

Ich verfüge über bestimmte Fähigkeiten. Eine davon ist es, diese Geschöpfe einschlafen lassen zu können. Mein Schiff ist groß und hat viele Räume. Jeder meiner Gäste träumt jetzt in einer angenehm abgedunkelten Kammer. Ich habe Claudias Pistole in die Objekthalle gebracht. Es ist spät, und ich bin sehr müde, aber ich sitze, von Dunkelheit umgeben, vor meiner Konsole. Ich würde jetzt gern vor mich hinsingen, meine Stimme ihrem wahren Zweck zuführen, doch etliche unausgesprochene Wörter dieses Planeten verkleistern mir den Gaumen, die Zunge und die Innenseiten meiner Wangen und machen mir das Singen unmöglich. Stattdessen summe ich. Eine andere meiner Fähigkeiten besteht darin zuzuhören. Einen Besucher von diesem Planeten zum Sprechen zu bringen, die empfindliche Balance von Licht und Schatten, von Ozon und summender Stille und sanftem Hineingleiten in den Schlaf zu erzeugen, sodass der Besucher sich öffnet und eine Stimme findet, um von dem Aufruhr in seinem Inneren zu erzählen, von den Dingen, von denen ich inständig hoffe, dass sie sich zu der Essenz der Geschöpfe dieser Welt zusammenfügen. Und obwohl ich mit meinen Gästen nicht telepathisch kommunizieren kann, habe ich die Möglichkeit, ihre Stimmen immer wieder abzurufen und in mich aufzunehmen, nachdem sie mit mir gesprochen haben, und so selbst zum Sprecher zu werden. Ich tue das, um der darin verborgenen Musik zu lauschen – eine schwierige Aufgabe, da das Instrument dieser Stimmen nur auf der dünnen Saite aus *Wörtern* gezupft wird –, aber ich lausche den Stimmen sehr aufmerksam, bemühe mich, aus ihnen das Lied des Ethos herauszuhören, um so ein Verständnis zu erlangen.

Denn das muss ich. Um zu tun, was man mir aufgetragen

hat, muss ich verstehen. Meine Hand tastet über die Konsole, um die Direktive noch einmal abzuspielen. Aber ich bin dessen überdrüssig. Es muntert mich nicht mehr auf. Ich wünschte, der Kelch würde an mir vorübergehen. Soll doch irgendein anderer Außerirdischer von ihm trinken. Ich hebe die Hände, um meine Fingerknöchel knacken zu lassen. Aber sie erweisen sich als nicht dazu in der Lage, weil meine Finger wieder völlig steif sind. Der Gedanke an das, was ich tun muss, macht mich nicht nur müde, er macht mir auch Angst. Am Vorabend des neuen Jahrtausends dieses Planeten, an der Trennlinie zwischen Licht und Dunkelheit, die sie den einunddreißigsten Dezember nennen, am Endpunkt der Kreisbahn ihres Planeten um ihren Stern, die sie für die zweitausendste Umdrehung seit der Geburt einer geheimnisvollen und einflussreichen Gestalt ihrer Geschichte halten, in dieser Nacht, die sich rasch nähert, habe ich den Auftrag, einen angemessenen öffentlichen Ort zu finden, um mein Schiff sichtbar zu machen und es dann in meiner wahren Gestalt zu verlassen und so allen Bewohnern dieses Planeten diese große und fundamentale Wahrheit des Kosmos zu enthüllen.

Die Konsole ist dunkel. Ich habe das Bedürfnis, die Augen zu schließen. Aber ich summe mir den Weg in eine Reprise. Ah, eine Reprise, die Wiederaufnahme eines vertrauten musikalischen Themas. *Verdoppeln Sie Ihr Vergnügen, verdoppeln Sie Ihren Spaß. Schenk noch mal nach, Barkeeper. Das ist die Zeit Ihres Lebens.* Ich befinde mich in einer nostalgischen Stimmung. Schon jetzt beginnen sich Worte in mir aufzutürmen. Doch statt meiner eigenen unvollkommenen, von Wörtern infizierten Stimme, suche ich eine Stimme, die jenseits von mir existiert. Vielleicht ist es der Einfluss von Whiplash Willie Jones, aber ich werde einmal mehr in die Vergangenheit zurückgezogen, in die frühe Zeit, als ich über diesem Planeten schwebte, in die späten Sechziger dieses Jahrhunderts. Damals begegnete ich einer Frau, die von einer dunklen Hügelkuppe in Virginia zu mir kam. Ich unterhielt mich mit ihr während der Phase, in der unser Schiff in tiefe Dunkelheit getaucht war. Die beiden anderen Angehörigen meiner Spezies schliefen, aber ich war hellwach. Ich war noch sehr jung, und Minnie war ebenfalls wach. Nach den Kriterien dieses Planeten war sie bereits sehr alt. Sie war an diesem Morgen eingetroffen, und sie hatte von Anfang an keine Angst vor uns. Ich fand sie im Korridor. Sie stand reglos da, die Augen geschlossen, den Kopf leicht zur Seite geneigt. Ich fragte sie, was sie täte. Sie sagte, sie würde versuchen, die Motorengeräusche unseres Schiffes zu hören.

Ich denke an sie, und ich weiß, dass sie dieses Leben mittlerweile verlassen hat, und ich atme bebend ein. Meine Finger schwanken langsam vor mir, wie eine Seeanemone unter Wasser. Ich führe eine dieser trauernden Hände über die Konsole. Minnies Stimme erwacht, und ich nehme sie in mich auf.

Ich bin Minnie Butterworth. *Papa ließ mich hin und wieder allein weggehen, um einfach ein bisschen umherzulaufen, nachzudenken und zu träumen. Er wusste, dass ich die Dinge eher schwer nahm. Er wollte, dass ich heiratete, aber ich versuchte, zuerst mit mir selbst zurechtzukommen. Trotzdem, warum hätte er sich Gedanken um mich machen sollen? Es war nicht die Zeit, in der man viel Nachsicht mit einem Mädchen übte. Das ist immer noch nicht so, aber damals war es noch schlimmer. Papa war ein guter Mann. Mama war tot, aber Maidie, meine ältere Schwester, kümmerte sich um die Probleme des Alltags. Sie und ihr Mann John lebten bei uns. John arbeitete als Fischer mit meinem Vater. Sie befuhren die Kitty Hawk Bay und den Albemarle Sound und hielten sich von den großen Booten draußen auf dem Meer fern. Sie waren kräftige und mutige Männer, aber keine Dummköpfe. Der Atlantik oberhalb und unterhalb der äußeren Untiefen war ein Witwenmacher, und sie hatten nicht vor zu sterben.*

Vielleicht habe ich ein wenig von Papas Vorsicht geerbt. Vielleicht ist mein Leben deshalb anders verlaufen. Ich weiß es nicht. Aber man hat ohnehin nur eine begrenzte Kontrolle über sein Schicksal. Wie zum Beispiel Mama. Sie ist nie auch nur in die Nähe der Boote gegangen, aber schließlich ist sie doch ertrunken. Das war während des gewaltigen Hurrikans von 1899. Ich war damals achtzehn, sie kaum doppelt so alt. Wenn ich heute zurückschaue, kann ich sehen, wie jung sie war. Das Wasser drang in unser Haus ein. Wir flüchteten uns nach oben ins Dachgeschoss. Als Mama einen Blick zurückwarf, überspülten die Fluten gerade ihre Singer-Nähmaschine, und da geschah irgendetwas mit Mama. Sie sagte nur ein paar Worte wie »meine Singer« und stieg wieder die Treppe hinab. Ich denke, sie wollte die Nähmaschine hoch ins Dachgeschoss schleppen. Das wäre natürlich unmöglich gewesen, denn die Singer war ein ziemlich schwerer Brocken, an einem Tisch mit schmiedeeisernen Beinen festgeschraubt. Papa war auf der anderen Seite des Dachgeschosses, und bis er es durchquert hatte und die Treppe hinunterlaufen konnte, war Mama auch schon im Wasser verschwunden.

Danach heiratete Maidie, und ich half im Haushalt. Zusammen mit den Frauen von Kitty Hawk wob und flickte ich Fischernetze. Ich bestellte unseren Garten. Einige junge Männer aus dem Ort machten mir den Hof. Aber irgendetwas war nicht richtig. Immer wenn ich konnte, ging ich allein weg, um zu wandern. Auf den Dünen über Kitty Hawk wuchsen alle möglichen Bäume, die sich in dem kargen Boden festkrallten. Zedern und Eichen, Sassafras, Johannisbrotbäume, Platanen und Persimonen. Und in den feuchten Senken zwischen den Dünen gab es Gummibäume, Zypressen und ein paar alte, dickstämmige Kiefern. Aber ständig wehte ein stürmischer Wind, der Wanderdünen vor sich hertrieb, bis sie die Bäume umknickten und unter sich begruben. Wir nannten sie Walbuckel.

Der Tag, an den ich jetzt denke, war ein Tag im Dezember 1903. Ich hatte schlechte Laune. Irgendein junger Mann wollte eine feste Beziehung mit mir eingehen. Papa drängte mich, dem Burschen nachzugeben. An diesem Morgen verließ ich einfach das Haus. Es war mitten in der Woche, und von Norden blies ein scharfer Wind. Den größten Teil des Jahres weht der Wind fast genau aus dem Süden und ein wenig westlich, doch im Winter kommt er direkt vom Nordpol, den damals noch kein Mensch betreten hatte. Ich hätte mich einfach zwischen den Bäumen verkriechen können, wie ich es meistens tat. Doch manchmal hat man einfach das Gefühl, als müsse man weitergehen und die Situation noch verschärfen. So eine Art von Homöopathie. Und wenn es keine Besserung bringt, kann man sich wenigstens in seinem Unglück suhlen und sich selbst bemitleiden.

Ich machte mich also auf den Weg nach Süden, zu den Kill Devil Hills. Dort würde es so düster und freudlos sein, wie mir zu Mute war. Ich kam sogar an einer Stelle vorbei, wo der Wind einen Friedhof freigelegt hatte. Überall lagen verstreut die Gebeine toter Menschen herum, so schäbig wie Fischgräten. Ich weiß nicht, ob mich das an meine Mutter denken ließ. Nach all den Jahren kann ich mich nicht mehr erinnern. Wahrscheinlich war es so. Und falls ich an sie dachte, dann rief es mir vermutlich in Erinnerung, wie wenig Einfluss man auf den Verlauf des eigenen Lebens hat. Was so eine Art von Antwort auf die Frage wäre, die mir ständig durch den Kopf gegangen ist: Warum ist mein Leben so und nicht anders verlaufen?

Wie auch immer, ich wanderte weiter. Nach etwa vier Meilen wurde ich müde und legte mich auf dem Westhang eines kleinen Hügels in ein Gebüsch aus Strandheidekraut. Ich war aus der Richtung von Albemarle gekommen und konnte bereits das Brechen der Brandung in der Ferne hören, obwohl ich das Meer noch nicht gesehen hatte. Es schien sehr weit weg zu sein, und vielleicht habe ich eine Weile vor mich hingedöst.

Und dann ließ mich ein bemerkenswertes Geräusch erwachen. Ich setzte mich schnell gerade auf. Es war ein metallisches Rattern, untermalt von einem Knallen und Stottern. Ich wusste, dass es irgendein Motor war. Das Jahr zuvor war ich auf dem Festland gewesen und hatte ein paar dieser neuen Motorwagen gesehen, die ich liebte. Aber der Lärm kam von jenseits der Hügelkuppe, und ich nahm an, dass er nicht mehr lange anhalten würde. Also kletterte ich den Hang empor, richtete mich auf, und da war es. Anfangs wusste ich nicht, wozu das Ding gut war. Es stand auf einer langen Schiene, und im ersten Moment hielt ich es für eine merkwürdige Lokomotive.

Aber es hatte Flügel. Lieber Gott im Himmel, es hatte Flügel! Ich konnte die Teile, aus denen es bestand, zu dieser Zeit noch nicht benennen oder mir ihre Funktion erklären, aber ich nahm sie in mich auf wie die Gesichtszüge eines Mannes, in den man sich auf den ersten Blick verliebt hat: die beiden großen verstrebten Hauptflügel, die Zwillingshorizontalruder vorn, das vertikale Zwillingsruder hinten, alles aus Esche, Fichte und Segelplanen gemacht. Die Motoren im Heck schienen mich zu rufen, und die beiden Schubpropeller drehten sich so schnell, dass sie unsichtbar wurden. Zu diesem Zeitpunkt hatte noch kein Mensch einen motorgetriebenen Flug unternommen. Ich sah den Mann ausgestreckt in der Mitte des großen unteren Flügelpaars liegen, und im gleichen Moment wünschte ich mir, an seiner Stelle zu sein. Schon damals wollte ich selbst fliegen. Ich stand auf der Hügelkuppe, und der Wind zerrte an mir, der gleiche Wind, der sich unter diesen Flügeln sammelte, um sie in die Höhe zu heben, der mein Kleid bauschte und es mir gegen die Beine peitschte, der mein Haar zerzauste und es wie einen Luftsack flattern ließ, und ich beobachtete dieses wunderbare Ding, das ich sofort liebte, als es über seine Schienen glitt und schneller wurde. Mein Herz schlug wie wild, und dann hob dieses aus Holz und Segeltuch gemachte Ding ab. Es flog.

Es sollte eine Zeit kommen, nicht viele Jahre später, als auch Frauen Flugzeuge flogen. Ich teilte die Begeisterung einer jeden von ihnen, und ich hatte die gleiche Sehnsucht. Aber an diesem Nachmittag im Dezember des Jahres 1903 verließ ich die Kill Devil Hills mit einem verzweifelten Verlangen in mir und ohne die Hoffnung, es jemals stillen zu können. Ohne den Hauch einer Hoffnung. Ich war, was ich war. Ich schrie mein Verlangen hinaus, ich stieg die Stufen aus dem Dachgeschoss hinab ins Wasser, und ich wurde überwältigt.

Im nächsten Jahr heiratete ich. Ich schuf ein Zuhause für meinen Mann, der beschlossen hatte, nicht als Fischer zu arbeiten, sondern Holzfäller zu werden. Wir zogen nach Virginia. Er schenkte mir drei wunderbare Kinder, die zu wunderbaren Söhnen aufwuchsen und dann ihr Elternhaus verließen, um das Leben zu führen, das sie führen wollten. Aber in den dunklen Nächten, wenn mein Mann neben mir schlief und der Wind draußen die Bäume schüttelte, wurde ich ihm wieder und wieder untreu. Dann gab ich mich großen Flügeln hin, hörte in mir das Geräusch der Motoren und spürte den Schub der Propeller, die mich in den Himmel hoben.

Minnies Stimme verschwindet jetzt aus meinem Inneren. Sie fliegt hinaus in eine ihrer dunklen Nächte, die fünfzig Jahre oder länger zurückliegen. Aber was bleibt, ist die erste Nacht, die Minnie Butterworth in einem Raumschiff verbracht hat. Als ich sie traf, war sie wach und durchstreifte die Korridore. Ich schuf die Voraussetzungen für sie, mit mir zu sprechen. Ich ließ den Wind für sie wehen und gab ihr das Gefühl, in die Höhe zu steigen, und ihre Worte strömten aus ihrem Mund heraus und in mich hinein wie *Mundo der Durstlöscher* aus einer extragroßen Flasche.

Aber ich wusste, dass Minnie noch immer durstig war.

»Sie sind jetzt an Bord eines Raumschiffes«, erklärte ich ihr.

»Das habe ich vermutet«, erwiderte sie. »Ich habe nach den Motoren gelauscht, aber ich konnte sie nicht hören.«

»Sie erzeugen keine hörbaren Geräusche«, sagte ich. »Wir befinden uns ganz in der Nähe Ihres Zuhauses, wenn auch einige Meilen darüber. Möchten Sie uns irgendwo anders hinfliegen?«

Ich konnte hören, wie Minnie der Atem stockte. Doch sie

blickte mich mit zusammengekniffenen Augen an, eine Mimik, die ich schon im frühen Stadium meiner Forschungen als Ausdruck des Misstrauens erkannte.

Ich erhob mich, nahm sie sanft am Arm und führte sie aus dem Befragungsraum den Korridor entlang in die Kommandozentrale. Dann drückte ich sie in den Sessel des Kommandanten und nahm im zweiten Platz. Sogar die fast gänzlich veralteten Basismodelle der Schiffe, die wir um die Mitte des Jahrhunderts benutzten, konnten problemlos von einem einzigen Piloten geflogen werden, aber zum Glück hatten wir noch immer eine zweite Kontrollkonsole installiert, hauptsächlich für die Wurmlochnavigation.

Ich fuhr mit der Hand über die Armaturen, und auf dem großen Bildschirm vor Minnie Butterworth blitzte die Abbildung ihres Heimatplaneten auf, wie er durch die Aufnahmekamera in der Unterseite des Schiffes gesehen wurde. Es war dieser Moment, als Minnie begriff und bereit war zu glauben, was ich ihr anbot. Sofort füllten sich ihre Augen mit Tränen.

Zu dieser späten Nachtstunde stelle ich eine Verbindung her, ganz allein vor meinen *neuen und verbesserten* Konsolen. Die Schnelligkeit, mit der meiner Frau Edna Bradshaw Tränen in die Augen treten, hat schon immer zärtliche Gefühle in mir geweckt. Mir wird klar, dass es dieser Wesenszug von ihr in den singenden Tiefen meines Ichs ist, in meinem wahren wortlosen Ich, der unvermeidlich eine Erinnerung an die Nacht wachgerufen hat, in der Minnie Butterworth geflogen ist.

»Ist das möglich?«, fragte mich Minnie leise.

»Die Welt ist Ihre Auster«, antwortete ich. *»Dies ist der neue aufregende Aspekt in der Reisegestaltung.«* Ich fuhr mit der Hand über die Navigationskonsole vor Minnie und aktivierte sie. Dann nahm ich ihre Hand und legte sie mit der Handfläche auf die meine. Wieder stockte ihr der Atem. Ich umschloss ihre Hand mit meinen acht Fingern und ließ sie meinen Herzschlag fühlen, um sie zu beruhigen. »Sie müssen nur die Hand über diesem Licht bewegen«, erklärte ich.

Und so bewegte sie die Hand, sah ihren Planeten leicht wie eine Feder unter sich hinweggleiten, und sie lachte und weinte und flog. In dieser Nacht umrundete sie mehrmals ihre Welt, flog in die Dunkelheit hinaus bis hinter ihren Mond, um ihn herum und wieder zurück. Minnie Butterworth flog weiter und schneller, als es jemals irgendwer in der Geschichte ihrer Spezies getan hatte, und jetzt sitze ich hier zitternd in der Dunkelheit, aufgewühlt durch die Erinnerung an sie, und ich spüre, dass ich dicht davor stehe, etwas zu verstehen. Ganz dicht. Und gleichzeitig weiter entfernt als je zuvor. Mir nah dagegen ist Edna Bradshaws Stimme.

»Mein geliebter Außerirdischer«, sagt sie. »Komm ins Bett.«

4

Ich kann immer noch nicht schlafen, und so verzichtet auch Edna auf Schlaf. Sie sitzt neben mir im Bett und liest, strahlend schön in ihrem *altrosafarbenen, hauchdünnen Babydoll, ein echter Blickfang durch verstärkte Push-up-Körbchen, atemberaubend verführerisch durch geschlitzte Träger.* Auf ihrem Buchcover ist eine Frau mit einem ähnlich schwellenden Busen zu sehen, die, den Oberkörper zurückgebogen, in den Armen eines Mannes mit einem Dreispitz auf dem Kopf und einer schwarzen Augenklappe liegt. Unser Bett ist *durchdrungen von überwältigender Leidenschaft*, aber die Saugnäpfe an meinen Fingerkuppen sind auf Grund meiner Schlaflosigkeit fest geschlossen.

Edna Bradshaw ist eine sehr gute Ehefrau. Ihre Augenlider hängen vor Müdigkeit herab, aber sie hat mein aufrichtiges Drängen zurückgewiesen, vor mir schlafen zu gehen. Es würde nur eines Winkens meiner Hand bedürfen – ihr Energiefeld ist selbst zu dieser späten Stunde noch stark genug –, um Edna zu einem Wortschwall zu ermuntern. Nachdem ich heute Abend Minnie Butterworth gehört habe, fühle ich mich ein wenig schuldig, nicht Teil von Ednas Stimme zu werden, zumindest für kurze Zeit. Natürlich habe ich für Minnie nie das empfunden, was ich für Edna Bradshaw empfinde, die zärtlichen Gefühle eines Mannes für seine Frau. Aber trotzdem, eine Stimme ist etwas Intimes. Etwas wirklich sehr Intimes. Und ich habe heimlich eine unserer Hauptdirektiven für Minnie Butterworth gebrochen. Ich habe sie wieder auf ihrem Planeten abgesetzt, ohne ihre Erinnerung an unsere Begegnung zu löschen. Sie hatte mir versprochen, unser Geheimnis zu bewahren, und ich wusste, dass ich ihr vertrauen konnte. Ich wollte, dass sie sich immer an das erinnern können würde, was sie getan hatte. Bevor sie mein Raumschiff verließ, kam sie zu mir und küsste mich auf die Wange. Ich glaube, es war der erste Kuss, den einer von uns jemals von dieser Spezies bekommen hat.

Ah. Hören Sie genau zu. Ich sage »Spezies«, und dieses Wort, das rational und präzise das Konzept beschreibt, von dem ich gesprochen habe, klingt plötzlich in meinem tiefsten Inneren schrill und unmelodisch. Allein dadurch, dass ich dieses *Wort* verwende, werde ich zu einer gespenstisch fremdartigen Kreatur, zu einem *Ungeheuer aus dem Weltraum*. Meine Hände schießen in die Höhe und schaben über mein Gesicht.

»Was hast du, Desi?«, singt Ednas Stimme leise in meinem Kopf.

Ich liebe diese Frau wirklich.

Und da geschieht es wieder. Im gleichen Moment, als ich Edna Bradshaw mit diesem Wort bezeichne, verspüre ich tief in mir ein furchtbares Gefühl. Ja, natürlich ist sie eine *Frau*. Ich liebe diese *Frau*. Aber das Wort zu benutzen, saugt die Wärme aus ihr heraus, verfrachtet sie, nackt, rosig und *morgenfrisch, rund um die Uhr*, wie sie ist, in eine Schublade mit allen anderen Frauen dieser Welt.

»Würdest du meine Hände erkennen, wenn ich hinter dich treten und sie dir auf die Möpse legen würde?«, frage ich sie.

»Natürlich«, sagt sie. »Du hast acht Finger an jeder Hand.«

»Nein«, stelle ich klar. »Es geht mir um mehr als das. Wenn ich nur fünf Finger an jeder Hand hätte, würdest du mich dann trotzdem an meiner Berührung erkennen? Wenn ich hinter dir stehen, meine Hände auf dich legen und zudrücken würde?«

»Da bin ich mir ganz sicher, Desi, Schatz. Ich kenne jede Kleinigkeit an dir.«

Das macht mich über alle Maßen glücklich, obwohl mir bewusst ist, dass es noch immer unbeantwortete Fragen zu diesem Thema gibt. Aber meine Finger sind jetzt wieder ziemlich biegsam.

Ich bin Edna Bradshaws Ehemann, ganz offiziell nach den Gebräuchen meines Heimatplaneten, und Edna Bradshaws außerirdischer Liebhaber nach den Kriterien ihrer früheren Arbeitskolleginnen in *Mary Lou's Southern Belle Beauty Nook* in Bovary, Alabama. Meine Hände sind bereit, das auszulösen, was auf diesem Planeten gewöhnlich mit Intimitäten assoziiert wird. Aber meine zum Fressen niedliche Edna scheint sehr müde zu sein, und so beschließe ich stattdessen, sie näher an ihre Träume heranzuführen, wie Intimität auf meinem Planeten verstanden wird, und dadurch noch näher zu mir. Obwohl auf meinem Planeten dabei keine gesprochenen Worte eine Rolle spielen. Ich wedle mit der Hand. Edna seufzt und fällt in einen traumartigen Schwebezustand, und ich rufe ihre Stimme hervor, um sie in mich aufzunehmen. Ich gebe behutsam eine Richtung vor, auch wenn diese Vorgehensweise nicht immer effektiv ist. »Erzähl mir von der Trauer, die du über den Stolz auf deine Wurst verspürt hast.«

Edna sieht sich um, bis sie meine Augen entdeckt, und die Worte, zu denen sich mein Mund synchron bewegt, beginnen zu fließen.

Die Party ist richtig gut verlaufen, meinst du nicht auch? Zumindest bis zu dem Schuss. Es ist nicht einfach, für Fremde zu kochen, besonders dann nicht, wenn sie aus allen möglichen Gegenden kommen, nur nicht aus Alabama. Wurst. Liebe Güte! Davon hängt so viel ab. Du nimmst ein Pfund Wurstmasse, und dann gibt es eine Menge Dinge, die du berücksichtigen musst. Ob würzig oder mild, zum Beispiel. Wenn man es allerdings mit Fremden zu tun hat, deren Geschmacksvorlieben man nicht kennt, sollte man immer auf Nummer sicher gehen. Um Wurstbällchen zu machen, wählt man am besten eine milde Wurst und amerikanischen Kraft-Käse. Wenn die Gäste einen würzigen Käse wollen, platziert man ihn an einer anderen Stelle des Tisches, sofern es genug Platz gibt, oder serviert ihn zum nächsten Essen. Wenn sie sich mit dem begnügen müssen, was du ihnen geben kannst, und du nur eine Sache anzubieten hast, dann sollte man lieber Vorsicht walten lassen und kein Risiko eingehen, was Gewürze betrifft.

Man braucht eine gute Teigmischung, und da fällt die Wahl schwer, auch wenn ich zu Biskuit neige. Und um alles miteinander zu vermengen, muss man den Magen eines Gehirnchirurgen haben, glaub mir. Das kann man nur mit den Händen machen. Der Versuch, die Wurstmasse, die Trockenteigmischung und geriebenen Käse miteinander zu einer Einheit zu verschmelzen – verschmelzen, du verstehst –, ist so, als würdest du deinen Daddy, deinen wertlosen Exehemann und deine beste Freundin aus dem Frisiersalon dazu bringen, sich an einem Sonntagnachmittag zusammen nackt auf den Dorfplatz zu legen. Du kannst nichts anderes tun, als mit deinen Händen darin herumzukneten, und zum Schluss sind sie mit einer Fettschicht bedeckt.

Das ist nicht genau das, was ich zu sagen versuche. Ich bin – nun gut, sehen wir der Wahrheit ins Auge – etwas über vierzig Jahre alt, und ich weiß immer noch nicht, was passiert, wenn ich anfange zu reden. Glaubst du, ich wollte wirklich ein Bild von meinem leiblichen Vater, meinem nichtsnutzigen Exehemann und Ida Mae Pickett – die das liebste, aber wahrscheinlich auch größte Mädchen in Bovary ist – im Kopf haben, wie sie splitterfasernackt unter der Statue der Verteidiger des Südens im Gras liegen? Das sind Gedanken, mit denen sich kein Mensch herumplagen müssen sollte. Aber weiß ich denn nicht auch, dass alle drei, wie sie dort im Gras liegen, mir nicht annähernd so wehtun können, als wenn sie immer noch in meinem Kopf mit mir sprechen, wie sie es tun? Werden die Dinge nicht gerade deshalb bedeutender als im wirklichen Leben, sobald wir über sie sprechen, völlig verzerrt und verdreht? Damit man sie sich ansehen kann und sie als nicht so real empfindet?

An wie vielen Morgen meines Lebens ging es nur um eine Bratpfanne und meinen Vater, der im Unterhemd, aus dem seine Brusthaare hervorquollen, am Tisch saß, während seine Wurstpasteten vor mir brutzelten? Fett ist Fett, und das Gleiche gilt für Wurst. Das ist völlig normal. Und mein Daddy redete in einem unaufhaltsamen endlosen Wortschwall darüber, dass ich zu dick und zu träge und viel zu sehr wie meine verstorbene Mama wäre und zu freizügig in meinem Denken, und ob ich diesmal die Wurstmarke ohne Natriumglutamat gekriegt hätte, weil er nichts Chinesisches in seiner Frühstückswurst haben wollte, denn schließlich wäre er Amerikaner und stolz darauf. Mein Daddy war ein schwieriger Mann, aber er war nicht dumm. Er konnte das Etikett einer Lebensmittelpackung lesen und verstehen, was es bedeutete. Soweit es mich betraf, wenn irgendetwas Chinesisches den Geschmack verbesserte – selbst den unserer heimischen Wurst –, dann ging das in Ordnung. Sogar Tennessees Stolz *enthält dieses Zeug und die Leute sind immer noch stolz darauf.*

Und hätte ich Daddy gesagt: »Das ist reine Wurst, ohne irgendwelche Zusätze«, hätte er den Unterschied sowieso nie bemerkt, solange die Wurst gut schmeckte, und das war es schließlich, worauf es ihm ankam. So setzte ich ihm manchmal die unamerikanische Wurst vor, nachdem ich vorsorglich das Etikett entfernt und weggeworfen hatte, damit er es nicht lesen konnte. Um die Wahrheit zu sagen, ich habe meinen Daddy lieber belogen, als ihn zu enttäuschen, wenn es um seine Wurst ging. Sein ganzes Leben lang frühstückte er immer auf genau die gleiche Weise. Er schnitt das Mittelteil aus einer seiner Pasteten heraus, legte es auf die Seite und aß dann seine Eier, Maiskuchen, Toasts und die restlichen Wurstpasteten, mischte alles zusammen und schlang es hinunter, aber dieses Mittelstück hob er sich immer bis zum Schluss auf. Darauf lief alles hinaus. Ich konnte einfach nicht anders, als mich ständig darum zu bemühen, es ihm recht zu machen, denn so bin ich nun einmal. Und so ist es mein ganzes Leben gewesen. Für ein paar Jahre verlagerte sich dieses heftige Bemühen, alles richtig zu machen, von meinem Vater auf meinen Mann.

Aber er lief davon und ging aus irgendeinem Grund, den ich nicht kenne, nach Mobile, und ich kehrte zu meinem Vater zurück, wo ich eine Weile lebte, bis er meiner überdrüssig war und mir und Eddie unseren mobilen Wohncontainer draußen am Stadtrand kaufte. Aber er hatte eine Bedingung daran geknüpft. Ich musste ihm an allen Wochentagen, bevor ich zur Arbeit ging, auch weiter sein Frühstück machen. Bis mein außerirdischer Geliebter in mein Leben trat, verbrachte ich eine Menge Zeit an dem Küchentisch in dem Haus, wo ich aufgewachsen war, und wartete, bis auf dem Teller meines Vaters nur noch dieses letzte Wurststück lag und er kurz innehielt, um es schließlich mit seiner Gabel aufzuspießen und es in die Höhe zu halten, als wäre er ein Katholik, was er nicht war. Aber wenn er katholisch gewesen wäre, hätte er sich bekreuzigt, bevor er es sich in den Mund schob, so wichtig war es für ihn.

Und das Traurige daran ist, dass es auch mir so wichtig war, bis ich zum ersten Mal in den Weltraum geflogen bin. Mein Daddy hatte mir alles andere fortgenommen, alles, was mir half, mich gut zu fühlen. Verstehst du, was ich meine? Ich hörte all diese Worte, die er sagte. Ich wusste, dass es nicht viel gab, worauf ich stolz sein konnte. Außer diesem Stückchen Wurst.

Wir hören auf zu sprechen, meine Frau Edna Bradshaw und ich, jetzt müde und wieder traurig. Ich bin. Ich bin von ihr getrennt. Ich möchte meine sechzehn Fingerkuppen auf sie legen, aber ihr fallen die Lider zu. Ich nehme sie in die Arme und helfe ihr, in den Schlaf zu gleiten. Ihr Körper sinkt unter die Laken, als wären sie das Meer und Edna ein mit Schätzen beladenes Piratenschiff.

5

Manchmal grüble ich über Träume nach. Ich höre häufig Musik, wenn ich schlafe, das Summen meines Blutes und meines Marks, aber ich sehe keine Bilder, niemand kommt im Traum zu mir, es spielen sich keine Geschichten ab. Die Geschöpfe dieses Planeten dagegen kommen nie zur Ruhe. Die Welt, die sie hinter sich zurücklassen wollen, lässt sie nicht los. Sie verfolgt sie selbst in die dunkelsten Winkel ihres Ichs hinein, errichtet dort ihr Zelt und schaltet die Scheinwerfer an, und dann beginnt die *Eröffnung einer weiteren Vorstellung. Atemberaubende Spannung und Sensationen.* Ich höre diesen Geschöpfen zu, wenn sie über ihre Träume sprechen, und ich wünsche mir sehr, ich könnte ihnen Frieden bringen, meine Hände auf sie alle legen und ihnen Schlaf schenken, wahren Schlaf, in dem sie sich ausruhen. Nach Ednas nächtlichem Bericht, *frisch zubereitet aus Schweinefleisch, Schinken, Lende und dezent abgeschmeckt*, hat sie wahrscheinlich angefangen, von Wurst zu *träumen*. Und es dürfte ein *Wursttraum* von großer Überzeugungskraft gewesen sein, denn trotz der Erinnerungen an ihren Vater erwacht sie mit der Absicht, für all unsere Besucher Frühstück zu machen.

»Jeder von ihnen wird so lange schlafen, wie es uns angebracht erscheint«, sage ich.

»Das ist schon in Ordnung«, erwidert Edna. »Ich bin bereit, mich um sie zu kümmern. Mal sehen, es sind zwölf Leute außer dir und mir … gib mir nur eine Stunde.«

»Aber ich möchte, dass die meisten vorerst weiterschlafen. Ich muss jetzt an die Arbeit gehen und mit einem nach dem anderen sprechen.«

Ein Anflug von Trauer huscht über Ednas Gesicht. Ich verstehe es nicht. Und jetzt kommen sogar noch Tränen dazu.

»Was hast du, meine Frau Edna Bradshaw? War ich ein Hohlkopf?«

Sie lächelt mich an, obwohl ihre Tränen nicht zu versiegen scheinen. »Nein«, sagt sie. »Ganz und gar nicht, Desi. Wo hast du überhaupt dieses Wort aufgeschnappt? Es ist schon in Ordnung. Ich möchte dich nicht bei deiner Arbeit stören.«

»Du hast mir letzte Nacht erzählt, wie traurig es für dich war, Frühstück zu machen.«

»Wirklich?«

Ich hebe meine Hand und sie erinnert sich. Sie schlägt die Augen nieder. Ich glaube, sie ist verlegen. »Bitte«, sage ich. »Es war sehr interessant, was du mir erzählt hast. Aber gerade deshalb verstehe ich nicht, warum es dich so sehr enttäuscht, nicht das Gleiche für all diese Menschen tun zu können.«

»Sie müssen essen.«

»Wir hatten schon immer geeignete Methoden, unsere Besucher zu ernähren.«

Edna sieht mich jetzt nicht an. Noch eine andere Stimmung hat sie erfasst. Sie zieht ein Papiertaschentuch aus einer Schachtel neben unserem Bett hervor, ein weiteres und noch schneller drei dazu, ein sechstes und siebtes, so schnell, dass ich nicht mehr mitzählen kann. Sie reißt sie aus der Schachtel, als gehörten sie dort nicht hinein. Schließlich starrt sie die Hand voller Papiertücher an. »Ich weiß, wie du deine Besucher ernährst«, sagt sie zu ihrer Hand. »Vergiss nicht, ich war vor einiger Zeit selbst eine Besucherin.«

»Es ist *eine Flüssignahrung, reich an Proteinen und wertvollen Nährstoffen*«, sage ich. »Du brauchst dir keine Sorgen zu machen.«

Edna tupft sich die Augen mit den Papiertüchern ab. »Ich wünschte wirklich, wir hätten dieses Gespräch begonnen, bevor ich mein Make-up aufgelegt habe. Das ist ein echter Härtetest für meinen schmierfesten Lidstift.«

»Das ist ein überraschendes Thema, das plötzlich in deinen Worten auftaucht.«

»Nun, ihr Außerirdischen seid nicht annähernd so schlau, wie ihr glaubt«, sagt meine Frau Edna Bradshaw scharf.

Es bereitet mir Schwierigkeiten, ihren Assoziationsketten zu folgen. Die Diskrepanz, die ich zwischen den Worten in mir und denen, die ich ausspreche, festgestellt habe, ist damit vergleichbar. Ich beginne, die latente Musik aus den Worten dieser Welt herauszuhören, wenn ich die dazu gehörige Stimme in mich aufnehmen kann. Doch wenn diese Worte aus dem Mund eines Besuchers zuerst eine räumliche Dimension durchqueren müssen und von außen her in meinen Verstand eindringen, um dort wieder in etwas Geistiges, in Musik, in tiefe Gefühle, in den Schrei einer Seele umgewandelt zu werden, dann glaube ich, nur sehr wenig zu verstehen. In dieser Hinsicht hat meine Frau zweifellos Recht, auch wenn ich ihre Aussage anders formulieren würde. Ich verhalte mich nicht annähernd so klug, wie ich meine, es tun zu können. Sie beobachtet mich, während mir diese Analyse durch den Kopf geht und meine akustische Antwort verzögert. Und jetzt trifft mich die plötzliche Erkenntnis, dass ich sie vor wenigen Momenten indirekt in die Kategorie eines »Besuchers« eingeordnet habe. Vergangene Nacht habe ich schon gezögert, sie als *Frau* zu kategorisieren, und jetzt ist sie eine *Besucherin*, was sie noch weiter von den wahren Gefühlen entfernt, die ich für sie empfinde. Und noch immer fällt mir nicht ein, was ich sagen soll. Es scheint keine Worte zu geben, die ich durch die räumliche Dimension zu ihr zurücksenden könnte. Wird sie sich von jetzt an mit Bedauern und Zorn an mich erinnern, vergleichbar mit der Art der Erinnerungen, die sie an ihren Vater hat? Enttäusche ich sie genau in diesem Moment, während ich mich frage, ob ich sie auf eine furchtbare Weise enttäusche, auf ebendiese furchtbare Weise? Dies ist ein wahrer Härtetest für meine *schmierfeste* überlegene Intelligenz. Ich bin nicht so klug, wie ich es zu sein glaube.

»Hohlkopf«, sage ich, für uns beide überraschend.

Ihre Hand schnellt vor und packt ein beachtliches Stück meiner Wange, das sie kräftig kneift und schüttelt. Dieser physische Angriff ist sehr schmerzvoll für mich, besonders angesichts der Fröhlichkeit, mit der sie ihn ausführt. Das ist eine Seite an Edna, die mich schockiert, und ihre Gewalttätigkeit hält an. Ich ertrage sie, so gut ich kann. »O du Außerirdischer«, sagt sie jetzt in diesem heiteren, liebevollen Tonfall, den ich zu erkennen gelernt habe, unabhängig von der Neutralität der Worte, die damit einhergehen. Ich bin sehr verwirrt. Sie beendet den Angriff auf meine Wange, lässt die Hand sinken, und ich glaube, dass mir irgendetwas entgangen ist. Ich denke, sie hat diese Geste als etwas Freundliches gemeint. Schließlich hat sie im Gegensatz zu mir keine Saugnäpfe an den Fingerspitzen. Ohne den drastischen Unterschied der Wirkung zu erkennen, den unsere Berührungen auslösen, betrachtet man die Beschränkungen, denen die Körper ihrer Spezies unterliegen, könnte sie soeben versucht haben, den grundlegenden Akt der physischen Verbindung nachzuahmen, den ich bei ihr anwende.

»Meine Frau Edna Bradshaw, dürfte ich fragen, ob du in einer sich körperlich manifestierenden Weise wütend auf deinen Mann bist?«

Sie verharrt kurz und lauscht in sich hinein, als müsste sie übersetzen, was ich gesagt habe. Doch dann antwortet sie schnell: »Ich bin nicht wütend, Desi. Du hohlköpfiger, süßer Außerirdischer. Ich liebe dich.« Ihre Hand schießt wieder vor, umfasst meine Wange an der gleichen Stelle, und meine Analyse stellt sich dankenswerterweise als zutreffend heraus. Ich ertrage die Schmerzen geduldig, denn sie weiß nicht, was sie mir antut.

Schließlich lässt sie mich erneut los, und ich benutze meine Fingerkuppen, um das Gefühl in meiner Wange wiederherzustellen.

»Kann ich dann nacheinander für sie Frühstück machen, immer wenn du einen weckst?«, fragt sie.

»Natürlich«, erwidere ich. »Ich wollte dich nur vor deiner Trauer schützen.«

Mir wird bewusst, dass diese Erklärung Edna berührt hat, und ich bedecke meine Wangen vorsorglich mit beiden Händen. Aber sie ist bereits herumgewirbelt und verschwindet im Korridor.

Ich bleibe nicht nur allein mit meiner schmerzenden Wange zurück, sondern auch mit dem ungelösten Mysterium der Bereitwilligkeit, ja sogar des Eifers meiner Frau Edna Bradshaw, sich wieder einer Tätigkeit zuzuwenden, die eine Quelle ständigen Leids in ihrem Leben gewesen ist. *Aber ich bin doch nicht blöd, Partner.* Obwohl es mich immer wieder von neuem verblüfft, ist das ein Verhaltensmuster, das mir bekannt ist. Ich bin ihm schon früher bei vielen Bewohnern dieser Welt begegnet.

Aus dem Korridor erklingt ein Geräusch, und ich glaube, dass Edna zurückkommt. Voller Freude, sie wieder zu sehen, gehe ich zur Tür und öffne sie.

Eine dunkle Gestalt fällt vor mir auf die Knie. Ein Gesicht mit schwarzen Lippen, auf dem ein gezackter Halbschatten liegt, hebt sich zu mir empor. Es ist die junge Frau namens Citrus. Ihre Augen sind starr auf mich gerichtet, und sie faltet die Hände vor der Brust. »Bist du derjenige, der uns verheißen ist?«, ruft sie. »Oder warten wir auf einen anderen?«

Ich verstehe ihre Frage nicht. Außerdem wundere ich mich darüber, dass sie wach ist, wenn auch offensichtlich nur teilweise, ihren Worten nach zu schließen. Sie hebt die gefalteten Hände höher. »Bitte.«

»Ich weiß, dass diese Dinge schwer zu glauben sind«, sage ich.

»Bist du Christus?«, fragt sie. »Sag es uns.«

Ich fahre mit der Hand über ihren Kopf. Ihre Augen schließen sich, ihr Körper erschlafft. Ich hebe sie hoch, trage sie durch den Korridor in ihre dunkle Kammer und lege sie mit dem Rücken auf ihr Bett, die Beine gerade ausgestreckt, die Arme über der Brust gekreuzt. Sie wird jetzt schlafen. Wenn ihre Zeit gekommen ist, werde ich sie wecken, und dann wird sie sprechen.

6

Ich bin. Das ist alles, was ich von Beginn an weiß. Ich bin. Zumindest in diesem Punkt besteht Klarheit, obwohl die Antworten auf alle sich daran anschließenden Fragen überhaupt nicht klar sind. Das sind Fragen der Philosophie. Der Musik. *Der großen Mysterien.* Und doch muss ich versuchen, Antworten auf viele dieser hartnäckigen Fragen zu finden, zumindest was diese komplexe und fremdartige Welt betrifft, um zu tun, was ich tun muss, ohne dabei ein Chaos zu erzeugen, das eine ganze Welt in den Abgrund reißen würde. Viele werden sich bei meinem Anblick schrecklich fürchten.

Und ich muss diese Aufgabe allein bewältigen. Der Gedanke, der dieser Vorgehensweise zu Grunde liegt, ist der, dass ein einzelner Außerirdischer – ein *hohlköpfiger* Außerirdischer, sollte ich wohl hinzufügen – nicht so bedrohlich erscheinen dürfte. Ich schwebe über einer riesigen Welt, bevölkert von Milliarden vernunftbegabter Einzelgeschöpfe, die jeden Tag in dem Bemühen, über diese eine ontologische Klarheit, dem *Ich bin*, hinauszukommen, Billionen von Wörtern sprechen. Obwohl es auf meinem Heimatplaneten einige gibt, die sogar dieses erste Prinzip als feststehende Tatsache anzweifeln würden. Doch würden sie diesen Skeptizismus ernsthaft vertreten, fänden sie sich in einer Position wieder, in der es sowohl sinnlos als auch unmöglich wäre, ihrem Zweifel Ausdruck zu verleihen. Denn wem sollten sie ihrer Meinung nach dann ihre Gedanken übermitteln? Oder wer sollten dann überhaupt die Entitäten sein, die diese Gedanken denken? Gäbe es nur eine einzige unermesslich große und gnadenlos weise Intelligenz in einem ansonsten bedeutungslosen Universum, würde es nicht einen Moment lang weiter bestehen.

Ich bin. Ein Hohlkopf. Berauscht von Worten. Süchtig nach

ihnen. Von ihnen infiziert wie der Besucher aus einer fremden Welt von einem Virus, gegen das er keine Abwehrkräfte besitzt. Von ihnen erschüttert, aus dem Gleichgewicht geworfen. Von ihnen in ein Delirium versetzt. Von ihnen entzückt. Durch sie verwandelt. Von falscher und – wie es scheint – ständig erneuerbarer Hoffnung in sie erfüllt.

Ich sitze vor meiner Konsole, in der eine neue Stimme auf mich wartet. Der Sprecher – der Mann, der den Bus gefahren hat – ist wieder in den Schlaf gesunken, nicht ohne zuvor ein köstliches und nahrhaftes Frühstück zu sich genommen zu haben. Edna hat es nach Beendigung meiner Befragung gebracht, und er hat es in unserer Gegenwart gegessen, dankbar und entspannt, sogar als meine Frau Edna Bradshaw sagte: »Ich wünschte, Sie würden mir gestatten, etwas Schickeres aus Ihrem Haar zu machen, wenn Sie wirklich einen Pferdeschwanz tragen wollen.« Ich habe diese Stimme schon einmal in mich aufgenommen, als sie die ersten Worte fand, aber das ist kaum ausreichend. Ich bewege meine Hand, um die Stimme noch einmal in mich einfließen zu lassen, allein und ungestört.

Ich bin Henry Gillette. *Nennen Sie mich Hank. Ich habe keine Angst davor, auch wenn ich ständig Typen treffe, denen ich als Henry lieber wäre. Ich bin nie eine Tunte gewesen, nicht einmal für eine Nacht, nicht einmal nur so zum Spaß, auch nicht in meiner frühen Teenagerphase, als mir klar wurde, dass ich in Amerika nicht in die Schablone eines richtigen Mannes passen würde. Das war gegen Ende der schlimmen alten Fünfziger. Es war nicht leicht.*

Aber die Kleidung meiner Mutter, zum Beispiel, hat nie irgendeinen Reiz auf mich ausgeübt, auch wenn ich Frauenkleider immer bei der Sorte meiner Liebhaber gemocht habe, die diese süße weiche Seite an sich haben. Ich bewege mich, ohne die Schultern zu rollen und mit dem Hintern zu wackeln, und ich glaube, dass ich die Jungs, die sich ganz natürlich auf diese Art verhalten, gerade deshalb umso mehr liebe. Einige meiner

Freunde meinen, ich würde überkompensieren, wenn ich so etwas sage. Schwule Männer müssen nicht nur das eine oder das andere sein, sagen sie. Viele von uns laufen in Leder und Nieten herum, tragen aber auch maßgeschneiderte Anzüge oder Footballjacken oder Arrow-Hemden und taillierte Baumwollhosen, und sie spielen nie den Vamp. Nie. Das Mädchen – damit bin ich gemeint – protestiert wohl zu sehr, indem es so auf diesem Punkt herumreitet.

Vielleicht haben sie Recht. Vielleicht gibt es eine Seite in mir, die ich einfach zu unterdrücken versuche. Aber das glaube ich nicht. Ich bin, was ich bin. Als mir bewusst wurde, dass ich schwul bin, ging es mir nur darum, wie ich das Gefühl der Liebe ausdrücken wollte. Wenn ich jemanden geliebt habe, die Art, wie er sprach, dachte oder aussah, dann wurde der verhüllte Teil seines Körpers zu einem Geheimnis, nahm eine Form von Magie an, die den Körperteil zu mehr machte, als er für sich selbst genommen war, zu einer Möglichkeit, nicht nur den Körper dieses Menschen zu berühren, sondern mit ihm auch alles andere, was den Menschen ausmacht. Doch als ich begann, auf diese Art Liebe zu empfinden, konnten die männlichen Körperteile eine Magie auf mich ausüben, die den weiblichen versagt blieb. So einfach war das. Alle Muschis sahen für mich gleich aus, und jeder Schwanz war auf eine wunderbare besondere Art anders, so wie sich Stimmen und Persönlichkeiten voneinander unterscheiden.

Meinen Adam – so bezeichnen wir unseren ersten männlichen Sexualpartner – fand ich erst Jahre später. Ich behielt meine Gefühle für mich. Da ich mich so gab, wie ich bin, ahnte niemand, dass ich schwul sein könnte. Und so schrieb ich mich im Herbst 1963 in die Northwestern University ein. Es war eine gute Universität, ich war ziemlich aufgeweckt, und meine Eltern wohnten nur eine Fahrt mit der Hochbahn entfernt in Chicago. Trotzdem bezog ich in einem Studentenwohnheim am Nordrand des Campus Quartier. Mein Zimmergenosse stammte aus Pittsburgh. Er hieß George. Wir schliefen im gleichen Zimmer, nur durch einen schmalen Gang zwischen unseren Betten, kaum eine Armeslänge breit, voneinander getrennt, und wir ahnten beide nicht, was mit dem anderen los war, fast drei Monate lang. So verängstigt oder naiv waren damals alle. Wenn wir in den Duschraum am Ende des Flurs gingen, hüllten wir uns in unsere Samtbademäntel, in denen wir uns voreinander und vor allem vor den anderen Studenten auf unserer Etage versteckten, und wir ließen nie unsere Blicke wandern, aus Angst, man könnte uns auf die Schliche kommen.

Und dann passierte das, was sich niemand hätte träumen lassen. An diesem Tag saß ich in einem Vorlesungssaal und beobachtete die über die Leinwand treibenden Gasnebel, Spiralgalaxien und sterbenden Sterne. Unser Professor hieß Hynek. Er trug einen grauen spitzen Kinnbart, eine Brille mit dicken Gläsern, und er hatte sofort meine Begeisterung geweckt. Ich war entschlossen, Astronomie als Hauptfach zu belegen. Außerdem arbeitete er als Berater für die Air Force in Sachen UFOs, und das gefiel mir ebenfalls. Irgendwo gab es eine ganz andere Art von Geschöpfen im Universum, eine ferne Welt, wo sich die Dinge drastisch von dem unterschieden, was jeder hier auf der Erde für richtig und normal hielt. Überflüssig zu erklären, dass mir diese Vorstellung zusagte.

Ich saß ziemlich am Ende des Saales in einer der höchsten Sitzreihen. Ein großer spiralförmiger Sternennebel wanderte über die Leinwand, und wir begriffen, in welch unvorstellbaren Maßstäben sich der Zyklus von Geburt und Tod ununterbrochen abspielt. Dann wurde es Zeit, die Vorlesung zu beenden. Professor Hynek legte seine Notizen übereinander, was das Zeichen für uns war, obwohl es schwer fällt zu begreifen, wie eine so unglaublich unbedeutende Geste angesichts dessen, worüber wir gerade nachgedacht hatten, irgendeine Auswirkung haben konnte. Aber von überallher erklangen die raschelnden und scharrenden Geräusche, die so typisch für das Ende einer Vorlesung sind, und wir befanden uns übergangs-

los wieder auf dem Planeten Erde. Und dann sagte eine Stimme in der Tür hinter uns: »Der Präsident ist niedergeschossen worden.«

Ich kehrte lange Zeit nicht in das Wohnheim zurück. Obwohl es noch nicht offiziell bekannt gegeben worden war, wusste ich, dass der Präsident sterben würde. Ich wanderte zum Strand am Südende des Campus, wo die Sheridan Road einen Schlenker zum See macht. Niemand war da. Ich lehnte mich gegen die eiserne Mole, schloss die Augen und nahm den Geruch von Rost und toten Maifischen in mich auf. Weit draußen im Osten donnerte es, direkt am Rande des Horizonts, und ein anderer Geruch machte sich breit, das aus dem See aufsteigende Ozon. Allein der Geruch verriet einem, wie groß der See war, so groß wie eine Galaxis. Und für einen Moment wollte ich die Augen öffnen, sie auf diesen fernen Horizont richten und einfach in den See hineinwaten, immer weiter, bis er mich verschlingen würde.

Ich hatte das nicht erwartet. Mir war nie der Gedanke gekommen, ich könnte selbstmordgefährdet sein. Aber plötzlich hatten sich die Dinge geklärt. Es ist, als ob man durch ein Teleskop oder durch ein heimlich gebohrtes Loch in der Wand einer Männerumkleidekabine späht, und alles läuft auf das Gleiche hinaus. Man ist eine Ansammlung von Atomen, die eine Art Zentrum umschwirren, und man hat sich nichts davon ausgesucht, weder die schwirrenden Atome noch das Zentrum, und wenn man seinen Blick schärft, findet man vielleicht hier und da einen Körper, der dem eigenen ähnelt, aber dazwischen liegen Lichtjahre.

Ich liebte Jack Kennedy. Ich hatte es nicht einmal gewusst, bis sein schöner struppiger Kopf so unvermittelt zerfetzt worden war. Zu diesem Zeitpunkt hatte ich noch keinen Mann berührt, und jetzt spürte ich, wie mich eine leidenschaftliche Liebe Hand in Hand mit dem Tod durchströmte. Ich nehme an, in diesem Moment wurde ich innerlich auf die letzten beiden Jahrzehnte des Jahrhunderts und die große Seuche vorbe-

reitet. Doch damals, ohne den Trost der Erinnerung an auch nur eine einzige Umarmung, konnte ich nur die Augen öffnen, ans Ufer treten, auf den See hinausblicken und mir ernsthaft überlegen, das alles hinter mich zu bringen.

Dann war auf einmal George neben mir. »Ich habe mich gefragt, ob du das bist«, sagte er.

Es überraschte mich überhaupt nicht, dass er da war. »Ich würde ihn gern in die Arme schließen«, erwiderte ich, »genau in diesem Moment, seinen Kopf in den Händen halten und ihm Lebewohl sagen.«

»Dieses widerliche Bouvier-Mädchen mit dem Schlapphut hat nicht die geringste Ahnung, was er braucht«, sagte George.

Wir sprachen kein weiteres Wort. Man sollte glauben, es hätte einer deutlicheren Erklärung zwischen uns bedurft, da wir bestimmt die ganze Zeit über sehr viel offensichtlichere Signale ausgesendet und übersehen hatten. Aber wir hatten unseren Weg zu diesem Moment so gefunden, wie es die meisten Schwulen tun, und manchmal erwischt es dich in einem Sekundenbruchteil. Man hört unvermittelt auf, nur Dunkelheit zu sehen, und hat plötzlich eine sehr subtile Wahrnehmung von Licht.

George und ich kehrten in das Wohnheim zurück. Zusammen mit den anderen Studenten sahen wir zu, wie Walter Cronkite weinte und Lyndon Johnson – dieses Miststück – das Land übernahm, und dann, ohne auch nur ein Wort zu verlieren, gingen wir in unser Zimmer und wurden vollständig das, was wir schon immer gewesen waren.

Ich sitze eine Weile reglos da und lasse die Worte auf mich einwirken. Ich versuche immer, die Sitten und Gebräuche meiner eigenen Welt und meine eigene Lebensweise außer Acht zu lassen. Meine Aufgabe erfordert es zwangsläufig, mit diesem Planeten namens Erde zu verschmelzen. Aber trotzdem denke ich einen Moment lang über die oft so rigorosen und hart sanktionierten Tabus dieser Welt nach, was körperliche Zuneigung betrifft. Die hiesigen Sitten unterscheiden sich von denen meines Heimatplaneten. Allerdings bin ich, Desi, der Außerirdische, auch dort eindeutig ein *männlicher Mann, frisch wie ein irischer Frühling*, ein *Held des Strandes* mit dem *gestählten Körper eines Athleten statt dem eines Schwächlings*, der *das Leben in vollen Zügen genießt*. Diese Eigenschaften treffen auf mich zu, gemessen an den öffentlich verkündeten Wertvorstellungen des Planeten Erde, die ich in meiner Sammlung von Druckerzeugnissen und in den Aufzeichnungen der elektronischen Sendungen, die unablässig durch die Luft schwirren, gefunden habe, obwohl es ebenfalls zutrifft, dass mein männlicher Körper für das Auge eines Erdlings sehr mager ist. Aber ich bin gewiss kein siebenundneunzig Pfund schwerer Schwächling, ich bin ein achtundsiebzig Pfund schweres *Kraftpaket voller Energie und Vitalität*. Und obwohl die weiblichen Exemplare meines Planeten ebenfalls äußerst mager sind, bin ich auf eine instinktive Art im Einklang mit den *Werten heißblütiger amerikanischer Männer*, sodass ich eine aufrichtige und intensive Vorliebe für Möpse entwickelt habe.

Aber man höre mich nur reden. Ich habe die Werte meiner eigenen Spezies so effektiv verdrängt, dass das Mädchen (damit bin in diesem Zusammenhang ich gemeint, Desi, der Außerirdische) zu nachdrücklich protestiert. Auf meinem Heimatplaneten käme es mir nie in den Sinn, so viele Worte zu verlieren, nur um meine Maskulinität zu betonen – wir verwenden dort sowieso keine *Wörter* –, obwohl wir einem ähnlichen psychologischen Syndrom durch Gedankenübertragung unterliegen können... nicht dass ich mich deswegen direkt schuldig fühlen würde, angesichts der Relevanz, die die Erwähnung meiner Maskulinität in Bezug auf den wichtigeren Punkt hat, den ich zur Sprache bringen will – ein Punkt übrigens, der immer noch nicht zur Sprache gekommen ist... aber man höre mich nur wieder reden, ich beginne allmählich, wie meine Frau Edna Bradshaw zu klingen, indem ich abschweife und mich von einer Erklärung zur nächsten hangle – selbst während ich *diese* Erklärung abgebe, betrachtet man es genau –, obwohl sie eigentlich überhaupt nichts *erklärt* hat, sondern eher eine Betonung des Vorhergesagten oder sogar eine weitere Abschweifung war, was auch eine Eigenart meiner Frau ist, durch die sie sich unvermeidlich immer weiter von ihrem Hauptthema entfernt, genau wie ich es gerade tue, während sich mir diese Worte – was ziemlich beunruhigend ist – ungebeten aufdrängen und sich selbstständig zu machen scheinen.

Ich springe auf und singe mit voller Lautstärke einen dünnen klaren Ton, der meine Frustration ausdrückt. Unsere *optimierten Suchscheinwerfer der neuen Generation* können mir nicht einmal schnell genug folgen, und für einen Moment ist mein Gesicht in Dunkelheit gehüllt. Das erinnert mich an Schlaf. An meinen eigenen Schlaf. Zum Glück haben all meine Studien dieses Planeten meinen Schlaf nicht beeinflusst. Ich träume immer noch ausschließlich in Form von Musik. Es gibt einen Ort, an den mir die Worte nicht folgen können. Das ist ein Trost.

Das Licht erreicht mich. Ich könnte es fortwinken, aber das tue ich nicht. Jetzt ist wieder alles in Ordnung mit mir. Ich bin entschlossen, wieder ein gewisses Maß an Macht über diese Worte zu erlangen. Ich habe so hartnäckig die Tatsache meiner Maskulinität thematisiert, um zu betonen, dass es mir als einem Angehörigen der Primärspezies meines Planeten trotz ebendieser Maskulinität freisteht, meinen Herzschlag durch meine Fingerspitzen – für uns die intimste Form körperlicher Gefühle – mit jedem zu teilen, ohne deswegen kulturell stigmatisiert zu werden, ob mit einem männlichen oder einem weiblichen Partner. Wir haben auch andere, geschlechtsspezifische Körperteile, und natürlich können sie zur effektiven Reproduktion nur in einer ganz bestimmten Form eingesetzt werden, die sich aus der Natur ihrer Funktionsweise ergibt, aber das Vergnügen ihres Gebrauchs zur interpersonellen

Kommunikation unterliegt keinerlei kulturellen Restriktionen – es sei denn, versteht sich, diese Verbindung hat durch eine formelle Übereinkunft der Partner einen exklusiven Charakter erhalten. Letztendlich aber sind es nur oberflächliche Aspekte unserer selbst. Und sogar was das Teilen des innersten Kerns, des wahrhaft verborgenen und intimsten Teils von uns betrifft, akzeptieren wir keinerlei Beschränkungen. Wir haben die Freiheit, unsere Herzen mit jedem zu teilen, auf den unsere Wahl fällt.

Mir wird klar, dass eine solche Meditation eine gefährliche Ablenkung birgt. Es ist nicht meine eigene Spezies, die ich verstehen lernen muss. Wenn ich als einzelner Außerirdischer aus diesem Raumschiff herabsteige, um dieser Welt, die zu lange in kosmischer Einsamkeit gelebt hat, in körperlicher Erscheinungsform die zentrale Botschaft des Universums zu überbringen, muss ich wissen, wer diejenigen sind, die mich ansehen werden. Sie haben keine Hände wie die meinen. Sie sind nicht dazu fähig, einem anderen ihren Herzschlag zu schenken.

Und jetzt stürmt meine Frau Edna Bradshaw in den Raum, getaucht in das Licht der Suchscheinwerfer, das Gesicht angespannt vor Besorgnis. »Ich habe dich schreien gehört«, sagt sie. Sie steht vor mir, und ihre Hände flattern, als spürten sie ihre eigene, genetisch bedingte Unzulässigkeit.

»Ich habe gesungen.« Ich möchte diese komplexen Themen nicht mit meiner so leicht zu beunruhigenden Edna erörtern, und so bediene ich mich nicht einer direkten Lüge, sondern einer unvollständige Wahrheit.

»Geht das da, wo du herkommst, als Singen durch?«, fragt Edna. Ich höre nicht einmal eine Spur von Misstrauen aus ihrer Stimme heraus. Sie ist einfach nur fasziniert und erstaunt. *Ihr forschender Geist dürstet nach Wissen.* Ich lege ihr die Hände auf die nackten Arme, übermittle ihr den Rhythmus meines Herzens, Schlag für Schlag, und genieße das, was sie ist.

»O du Außerirdischer«, sagt sie, schmiegt sich an mich und nimmt mich in die Arme.

Obwohl es meiner Spezies freisteht, jeden zu lieben, den sie will, bin ich sehr froh, der zu sein, der ich bin, als ich meine Frau Edna Bradshaw umarme.

Sie dreht den Kopf zur Seite und bettet ihn auf meine Brust. »Desi, du weißt, dass ich nicht die Art von Frau bin, die ständig in der Arbeit ihrer besseren Hälfte herumschnüffelt.«

Sie schweigt eine Weile, wie um mir Zeit zu geben, ihr zuzustimmen, dass ich ihre Behauptung als wahr anerkenne. Ich versuche, sie zu verstehen. Sie hat eine Formulierung benutzt, die mir nicht geläufig ist. »Bin ich deine bessere Hälfte?«

»Ja, mein süßer Außerirdischer, in diesem Bild bist du die bessere Hälfte. Das galt natürlich auch für meinen früheren Ehemann. Ich schnüffle nicht herum. Ich bin keine Schnüfflerin. Wie du dich vielleicht erinnerst, habe ich dir erzählt, dass er ein Telefoninstallateur war, und ich habe immer darauf verzichtet, ihm Fragen nach all seinen Kabeln, Empfängern, Klemmen und so weiter zu stellen.«

»Und so verhältst du dich auch gegenüber deiner besseren Hälfte, dem Außerirdischen. Ja, ich kann bestätigen, dass das zutrifft.«

Edna schmiegt sich fester an mich. »Aber jetzt, da ich aus erster Hand mitbekomme, wie du mit meinen Artgenossen von der Erde sprichst, und da ich dir in gewisser Weise helfe, indem ich sie begrüße, für sie koche und dergleichen, ist es so ähnlich, als würde ich mit dir *zusammenarbeiten*, meinst du nicht auch?«

Noch bevor ich überhaupt in der Lage bin, ihre Frage zu verstehen – mein Geist hinkt ihren Worten immer ein paar Schritte hinterher –, fährt Edna fort: »Auch wenn du es nicht genauso ausdrücken würdest, wir nähern uns dem Ende des Jahrhunderts – wenn es dir nichts ausmacht, dass ich das sage –, und obwohl mein Daddy mir bestimmte Umgangsformen beigebracht hat und obwohl es ganz ähnliche Verhaltensweisen gibt, die die Leute in Bovary seit jeher für eine Ehefrau für angemessen halten, habe ich ein paar ganz gewaltige Sprünge mit dir gemacht, Desi, Liebling, mehr oder weniger aus reinem Vertrauen, und ich muss dich jetzt diese eine Sache wegen deiner Arbeit fragen: Hast du so eine Art Generalplan für die menschliche Rasse? Das heißt, für die Leute auf diesem Planeten, denn mir erscheinst du auf jeden Fall völlig menschlich. Natürlich bist du das. Ich rede jetzt ein bisschen Unsinn. Ich wollte nicht andeuten, du wärst kein Teil der… nun, der menschlichen Rasse. Aber du *kommst* nun mal aus dem Weltraum. Du führst all diese Befragungen durch und machst deine Untersuchungen, und du hast all diese wunderbaren und ziemlich unheimlichen Maschinen. Ich plappere jetzt zu viel, ich weiß. Aber das liegt daran, dass ich einfach ein bisschen nervös wegen dieser ganzen Geschichte bin. Verstehst du?«

Jetzt verstummt sie und löst sich weit genug von mir, um mir ins Gesicht sehen zu können und endlich eine Antwort zu erwarten. Mein Geist hinkt ihren Worten mittlerweile weit hinterher, aber sie bleibt stumm und lässt mich wieder zu ihr aufschließen. »Wir Außerirdische wollen verstehen«, sage ich. Ich möchte es dabei belassen, aber Edna wartet weiter. »Wir reisen hierhin und dorthin, als eine Spezies. Wir hören zu und beobachten.« Erneut widerstrebt es mir, mehr zu enthüllen.

Aber Edna ist klug, auch wenn sie sich in diesem Punkt selbst unterschätzt. Und ich bin ihr Mann. Trotz des für ihre Spezies charakteristischen Fehlens telepathischer Kräfte spürt sie oft wahre Dinge an mir, die mir manchmal selbst kaum bewusst sind. Sie weiß, dass ich ihr ausweiche. Ich überlege mir, wie ich eine weitere Enthüllung formulieren soll. Aber sie kommt mir zuvor, ehe ich etwas antworten kann.

»Ein paar Mal habe ich tatsächlich geschnüffelt«, sagt sie. »Also, nicht direkt geschnüffelt, denn ich hatte einen guten Grund, ein paar Fragen zu stellen. Einmal kam mein Mann um die Mittagszeit von der Arbeit nach Hause, und ich hatte ein Überraschungsomelett für ihn gemacht, was ich jetzt nicht näher erklären muss, aber es ist eine Überraschung, das kann ich dir versichern, und zwar eine sehr angenehme. Aber er sagte kaum etwas, und ich sah zufällig auf die Ausfahrt hinaus, und offenbar fuhr er nicht mehr den Lieferwagen der Telefongesellschaft. Es war der Wagen einer Firma für Kabelfernsehen. An diesem Tag habe ich ihm ein paar Fragen gestellt und darauf Antworten bekommen, auf die ich wahrscheinlich auch genauso gut hätte verzichten können, außer dass ich schließlich irgendwann einmal erfahren musste, dass er vorhatte, mich zu verlassen, um sich seinen lebenslangen Traum zu erfüllen, der darin bestand, an dem schnell wachsenden und aufregenden Markt des Kabelfernsehens teilzunehmen und seinen alten Job aufzugeben, bei dem es tagein, tagaus um die gleichen alten Telefone ging. Ist das so etwas Ähnliches bei dir?«

Sie zögert erneut.

»Etwas Ähnliches wie was?«, frage ich aufrichtig verwirrt.

»Etwas, das ich wirklich wissen sollte und wahrscheinlich früher oder später sowieso herausfinden werde, aber das mich wahrscheinlich furchtbar unglücklich machen wird, sodass ich mir wünschen würde, es erst später zu erfahren.«

»Meine ganze Liebe und Zuneigung gilt dir, meine Frau Edna Bradshaw«, sage ich.

»Also, das ist gut«, erwidert Edna. »Das ist das Wichtigste überhaupt. Natürlich, das Schicksal des gesamten Planeten Erde ist auch ziemlich wichtig. Aber ich liebe dich, Desi, und ich weiß, dass du nicht einmal einer Fliege etwas zuleide tun könntest.«

Ich verspüre das Bedürfnis, die Sorgen meiner Frau noch mehr zu zerstreuen, aber plötzlich erscheint im Türrahmen hinter ihr eine Silhouette, ein unerwarteter Besucher. Die Scheinwerfer richten sich auf ihn, und es ist wieder die junge Frau namens Citrus. Sie hebt die Arme über den Kopf und erzeugt Geräusche, die dort, wo sie herkommt, vermutlich als Gesang gelten. Edna zuckt zusammen und stößt einen Schrei aus. Citrus betritt den Raum mit wiegenden Schritten, und ihre Arme schwanken über ihr, als wüchsen sie auf dem Grund des Meeres.

7

Ich denke, als die junge Frau, die sich selbst Citrus nennt, vor mir auf die Knie fällt, dass mein Erscheinen zur Jahrtausendwende dieses Planeten die Wirkung eines Überraschungsomeletts haben wird. Nein, vielleicht täusche ich mich in diesem Punkt, denn obwohl meine Frau Edna Bradshaw dieses Gericht als eine große *Überraschung* bezeichnet hat – was es meiner Meinung nach mit Sicherheit sein muss, da ich sowohl die Bedeutung als auch die zuständige Köchin kenne –, hat sie auch gesagt, es wäre eine *angenehme* Überraschung gewesen. In dieser Hinsicht bin ich, was meine Mission betrifft, recht skeptisch, selbst gegenüber Menschen wie Citrus, die jetzt meine Beine umklammert und ruft: »Hosianna, heilig, heilig!« Sie hat keine Angst, sie ist nicht feindselig. Aber irgendwie scheint das alles für Citrus nicht die Qualität eines Überraschungsomeletts zu haben. Sie befindet sich in einem extremen Gemütszustand, der gewiss nicht angenehm für sie ist. Ich bin gespannt darauf, ihre wahre Stimme zu hören.

Edna beugt sich zu ihr hinab. »Schatz, stehen Sie auf. Sie haben Ihre Hände auf den niedlichen, kleinen, knochigen Beinen meines Mannes, und ich werde jeden Moment eifersüchtig.«

Citrus blickt Edna plötzlich direkt ins Gesicht, sodass meine Frau vor ihr zurückweicht. »Er ist erschienen«, sagt Citrus.

»Schatz, wir müssen unbedingt etwas gegen diesen schwarzen Lippenstift und diese Stachelfrisur unternehmen. Ich werde Ihnen mit Freuden eine kostenlose *Mary-Lou's-Southern-Belle-Beauty-Nook*-Spezialbehandlung verpassen, wenn Sie jetzt nur aufstehen.«

»Ich glaube, es befinden sich immer noch erhebliche Rückstände aufputschender Drogen in ihrer Blutbahn«, sage ich zu meiner Frau. »Das ist der Grund, weshalb sie nicht schlafen kann. Es könnte auch für den fälschlichen Eindruck verantwortlich sein, den sie von deinem außerirdischen Ehemann hat.«

»Ich würde sagen, es befinden sich auch erhebliche Rückstände Kirche in diesem Mädchen, Desi, Schatz«, flüstert Edna laut zurück.

»Heilig, heilig, heilig, heilig«, intoniert Citrus.

»Ich war mehr oder weniger eine regelmäßige Kirchgängerin«, sagt Edna.

»Halleluja!«, ruft Citrus.

»Aber ich muss dir sagen, die Leute in Bovary, die sich am vehementesten gegen meine Ehe mit dir aussprechen würden, würden sofort in die Kirche laufen, wenn sie wüssten, was die wahren Gründe für mein Verschwinden sind.«

Citrus, die sich vor mir zu Boden geworfen hat, richtet sich plötzlich kerzengerade auf den Knien auf. Das Licht lässt die in ihrem Gesicht und in ihren Ohren steckenden Metallknöpfe und Ringe aufblitzen. Sie hebt die Arme, und ihre Hände vollführen eine flehende, ehrfürchtige Geste vor meinem Gesicht. »Gelobt sei Gott der Herr!«, ruft sie. »Hab Dank für deinen Sohn, den zu schauen du mir gestattet hast.«

»Das Mädchen muss sich dringend erholen«, sagt Edna.

»Vielleicht wäre es Zeit für sie, ein köstliches Hausmannskostfrühstück zu sich zu nehmen«, schlage ich vor.

Bei diesem Gedanken reckt Edna die Arme in die Höhe, die Handflächen nach oben gedreht. Einen Moment lang scheinen Citrus und sie die gleiche Geste zu vollführen, obwohl sich ihr Geisteszustand zweifellos deutlich voneinander unterscheidet. »Ich bin ja ein solcher Dummkopf«, sagt Edna. »Und eine schlechte Gastgeberin dazu. Behalte du das arme Ding im Auge, während ich ihr das besorge, was sie braucht, um wieder zu Kräften zu kommen.«

Sie eilt davon und ich bleibe mit einem erneuten Wortschwall der Verehrung aus diesem Mund zurück, der mir, wie ich gestehen muss, Angst macht. Ich bin ganz allgemein nicht an das Vorhandensein von Lippen gewöhnt, aber dieser geschwärzte Schlitz von einem Mund – dieser tiefe Spalt, der zwanghaft *Worte* formt –, ist besonders beängstigend für mich, ungeachtet der Tatsache, dass er der offensichtlichen Überzeugung seiner Besitzerin, in mir ein gütiges Wesen vor sich zu haben, Ausdruck verleiht. Vielleicht benötigt Citrus tatsächlich eine gründliche Behandlung durch die kosmetische Weisheit aus Bovary, Alabama. Auch wenn ihr Freund ihr während unserer *Willkommen-auf-dem-Raumschiff-Party* sehr zugetan zu sein schien. Aber ich teile die Sorge meiner Frau bezüglich der von Citrus gewählten äußeren Erscheinungsform.

Sie fällt wieder vornüber aufs Gesicht und ruft: »Herr, ich werde deine Füße mit meinem Haar waschen!«

»Bitte«, sage ich, beuge mich jetzt zu ihr hinab und ergreife ihre Arme, ohne ihr allerdings meinen Herzschlag durch die Fingerkuppen zu übermitteln. Ich ziehe nur an ihr, und sie fühlt sich schwer in meinen Händen an, drückt sich mit ihrem ganzen Gewicht zu Boden.

»Oh …«, murmelt sie. »All diese Zehen. So viele Zehen.«

So wie meine Hände acht Finger haben, hat auch jeder meiner Füße acht Zehen, die jetzt, während der entspannten Phase der Besuchergespräche, in offenen Latschen mit Übergröße entblößt sind.

»Natürlich!«, ruft sie. »Natürlich, Herr, du bist mit Zehen gesegnet, deine Zehen sind gemäß deiner Rechtschaffenheit vermehrt.« Und sie presst sich noch stärker zu Boden und fährt fort: »Ich werde deine Füße mit meinem Haar waschen, so wie die Sünderin im Hause des Pharisäers.«

Sie entgleitet meinem Griff, ihr Kopf ruckt herab, und ein scharfer Schmerz durchströmt mich. Ich sehe nach. Ihr Haar ist so schwarz wie ihre Lippen und zu steifen Stacheln geformt, die sich mir unablässig in die Füße bohren.

»Bitte«, sage ich und versuche erneut, sie hochzuziehen. Ich bin sehr stark für einen Vertreter meiner Spezies, im Verhältnis zu meinem Körpergewicht erheblich stärker als die Primärspezies dieses Planeten, aber ich habe mit der inbrünstigen Beharrlichkeit dieser Frau zu kämpfen. »Bitte, Ihr Haar ist nicht für die Aufgabe geeignet, die Sie dafür vorgesehen haben«, erkläre ich, und endlich gelingt es mir, sie von mir wegzuziehen, obwohl sie weiter mit dem Kopf nach meinen Füßen schlägt.

»Ich bin unwürdig, Herr«, sagt sie. »Es ist wahr.« Und ganz abrupt gibt sie nach. Als wären unsere Gravitationsgeneratoren plötzlich ausgefallen, lässt sie sich schnell von mir hochziehen und steht jetzt vor mir. Ihre Augen erforschen mein Gesicht. »Ich wusste nicht, dass Gott so viele Zehen hat.«

»Das ist ein Thema, zu dessen Klärung ich nicht beitragen kann«, sage ich. »Ich bin mir jedoch sicher, dass Sie nur ungenügende Anhaltspunkte über Gottes Zehen bekommen, indem Sie die meinen zählen.«

Meine Worte haben sie verwirrt. Sie starrt mich eindringlich an. Ich wedele mit der Hand in der Luft zwischen uns und schwenke sie dann noch einmal über ihren Kopf. Sie seufzt, schließt die Augen, öffnet sie wieder, und sie werden groß.

»Was für eine Scheiße…«, beginnt sie.

Ich glaube, ich habe sie wieder aufgeweckt.

»Miss Citrus«, sage ich, da das in diesem Bewusstseinsstadium der von ihr gewählte Name ist.

»O mein Gott«, stöhnt sie.

Auf Grund ihrer erneuten Anrufung einer Gottheit glaube ich einen Moment lang, dass sie erneut in ihren geistigen Dämmerzustand zurückgeglitten ist. Doch wie es bei den Worten dieser Welt so häufig der Fall ist, haben sich die ihren von ihrer offensichtlichen Bedeutung entfernt, denn sie fügt hinzu: »Sie sehen aus wie so ein verfickter Außerirdischer.«

»Präziser ausgedrückt, wie ein vor Ihnen *stehender* Außerirdischer.«

Sie zuckt zurück und beginnt, sich hektisch umzusehen. Ich

wedele noch einmal mit der Hand zwischen uns, und sie beruhigt sich. Sie ist jetzt bereit zu sprechen.

Ich nenne sie bei ihrem offiziellen und vollständigen Namen, den ich ihrem texanischen Führerschein entnommen habe. »Judith Marie Nash.«

Und sie akzeptiert diesen Namen. »Ja?«, fragt sie.

»Bitte, nehmen Sie hier Platz.« Ich deute auf den Besuchersessel in der Mitte des Raumes, der bereits in ein sanftes weißes Licht getaucht ist. Sie geht zu ihm, ohne dass ich sie weiter drängen muss, dreht sich um und setzt sich. Ich begebe mich zu meinem Sessel ihr gegenüber und lasse mich in den Schatten sinken.

»Bitte, sprechen Sie jetzt mit mir«, fordere ich sie auf.

Und ich bin Judith Marie Nash. *Ich habe immer von den Nägeln in Jesus' Händen und Füßen geträumt. Nicht auf die Art, wie mein Daddy es gern gehabt hätte, da bin ich mir sicher. Mein Daddy ist ein Mann Gottes. Mein Daddy nahm stets seine Bibel, die in feines Kalbsleder gebunden war. Ihre Seiten waren so dünn und gekräuselt und trotzdem so fest, dass nicht eine Einzige eingerissen war, wie oft er sie auch auf der Suche nach* dem *Wort, dem heiligen Wort, durchgeblättert hatte. Er hielt sie in die Höhe, wenn mein Bruder, Mama und ich im Wohnzimmer saßen und beteten und die Heilige Schrift studierten. Und diese Bibel, voll mit Gottes heiligem Wort, bog sich in seiner Hand durch, hing schlaff in seinen Fingern, die dicken Seitenbündel und die beiden Lesebändchen baumelten herab. Sie war so biegsam. So biegsam und weich. Und dann hatte ich diese Gedanken, und sie schienen direkt aus dem Mund Gottes zu kommen, direkt aus seinem Wort. Wenn die Bibel so von meinem Vater in die Höhe gehoben wurde, kam sie mir vor wie ein intimer Körperteil. Ich meine, der intime Körperteil eines Mannes. Sie wissen schon, welchen Teil ich meine. Ich weiß nicht, woran es liegt, wenn ich darüber spreche, wie ich aufgewachsen bin und all das, warum ich immer noch die Scheu vor diesen Wörtern empfinde … ich meine natürlich den Schwanz eines Mannes. Ich wusste – ein Teil von mir wusste es –, dass das furchtbare Gedanken waren. Aber ein anderer Teil von mir dachte, dass es in Ordnung wäre. Und es war nicht so, als ob der Teil von mir, der es in Ordnung fand, mein zukünftiges Ich war, das Ich, das mein Vater direkt in die Hölle zu gehen erwarten würde. Es war das Ich, das noch immer an die Heilige Schrift glaubte. Weil jedes Wort in diesem Buch die Wahrheit war. Jedes einzelne Wort. Wahr wie die kosmische Wahrheit. Wahr in deiner Seele und dem Mark deiner Knochen, wahr wie jedes Haar auf deinem Kopf, die alle von Gott gezählt worden sind – das kann man bei Matthäus nachlesen, in Kapitel zehn, Vers dreißig. Und natürlich sind auch alle anderen Haare gezählt. Wie könnte irgendetwas der Aufmerksamkeit Gottes entgehen? Er lässt das Haar auf deinem Kopf wachsen und auch die Haare um deinen Schwanz, wenn du ein Kerl bist, und natürlich die um deine Muschi, wenn du ein Mädchen bist, und auch diese Haare wurden alle von ihm gezählt. Und deshalb erschien mir die Tatsache, dass die Bibel in der Hand meines Daddys mich an einen Männerschwanz erinnerte, völlig in Ordnung, beim Buch der Bücher.*

Man denke nur an König David. Wie sehr er von Gott geliebt wurde. Wie groß er in Gottes Augen war. Wie sehr Gott es liebte, wenn er auszog und sich den Leibern der Feinde Israels annahm. Denn in dem Wort, das in alle Ewigkeit wahr ist – mein eigener Vater hat mich das als Eckpfeiler der Wahrheit gelehrt –, im ersten Buch Samuel in der Bibel verliebte sich David in die Tochter Sauls, der ebenfalls von Gott geliebt und zum ersten König Israels gemacht wurde, wie von Samuel prophezeit. David liebte Sauls Tochter, und was brachte er ihr als Brautgeschenk? Er brachte ihr die Vorhäute der Schwänze von zweihundert Philistern. Wirklich. Das kann man im ersten Buch Samuel nachschlagen, Kapitel achtzehn. Ich habe lange davon geträumt, selbst wenn ich wach wahr. Wenn ich Tagträumen über meine eigene Hochzeit nachhing, gesegnet durch die wahre Heiligkeit der Bibel, in denen mein Daddy mich einem gottesfürchtigen christlichen Jungen übergab, dann träumte ich von einer Brautgabe wie bei der Hochzeit, die Gott Seinem geliebten David gewährt hatte. Dann sah ich vor meinem inneren Auge einen großen schwarzen Kasten aus feinem, weichem Kalbsleder, der geöffnet wurde, und darin auf blauem Samt diese wundervollen intimen Fleischstücke der Schwänze von zweihundert Jungen. Hauptsächlich von den Jungen aus der Sam Houston Highschool in Waco, Texas, wo ich das College im zweiten Jahr besuchte, als ich zum ersten Mal diesen Traum hatte.

Mein Daddy konnte natürlich nichts mit der wortwörtlichen Wahrheit dieser von Gott gutgeheißenen, aus Vorhäuten bestehenden Brautgabe anfangen. Er glaubte an das, was ihm gelegen kam. Wie zum Beispiel, dass die Erde sechstausend Jahre alt ist. Das war aus irgendeinem Grund sehr wichtig für ihn. Aber wenn man ihn fragte, warum ein Mann aus der Kirche geworfen werden soll, wenn er sich an den Hoden verletzt hat, was laut dem fünften Buch Mose, Kapitel dreiundzwanzig, wahr ist, in alle Ewigkeit, amen, erhielt man keine klare Antwort von ihm, obwohl er als das Oberhaupt einer Familie Gottes dessen direkter Stellvertreter auf Erden ist, ausgestattet mit göttlicher Inspiration – auch das steht irgendwo in der Bibel, und das ließ er uns nie vergessen. Aber warum ein Kerl, der einen Unfall erlitten und sich an den Eiern verletzt hat, aus Gottes Haus ausgestoßen wird, ist etwas, worauf mein Daddy einzugehen sich weigerte. Er nahm mir sogar meine Bibel weg, als ich ihn danach fragte. Aber dadurch trat sich mein Daddy sozusagen selbst in die Eier. Er wollte, dass ich die Bibel studierte, um die würdige Tochter eines Mannes Gottes zu sein, und das war er, wie jeder in Waco wusste. Aber wie sollte ich das tun, wenn er meine Bibel hatte? Also musste er sie mir zurückgeben, und dann verbot er mir unter Androhung der Hölle, bestimmte Passagen aus dem einen und einzigen Buch des Schöpfers des Universums *zu lesen, in dem jedes einzelne*

Wort wahr ist. Doch dann war da dieser Typ, auf den Gott echt sauer wurde und den Er durch einen Blitz erschlug, nur weil der Mann die Lade berührt hatte. Dabei hatte er sie nur davor bewahren wollen, von ihrem Wagen zu fallen, als der Ochse strauchelte, der diesen Wagen zog. Mein Daddy sagte dazu natürlich, dass Gott mörderisch zornig auf jeden werden könnte, auf den Seine Wahl fiel, und niemand das Recht hätte, das in Frage zu stellen, weil Er eben Gott sei. Und das Gleiche würde für Gottes direkten Stellvertreter auf Erden in jeder Familie gelten. Wie zum Beispiel für ihn, meinen Daddy.

Und dann las ich in der Bibel, dass die Eltern jeden Sohn, der ihnen nicht gehorchte – und wie man sich vorstellen kann, würden sie mit einer Tochter nicht nachsichtiger sein, wenn überhaupt, dann sogar noch erbarmungsloser –, zu den Ältesten bringen und ihn zu Tode steinigen lassen sollten, selbst wenn sein Vergehen nur darin bestehen würde, dass er zu viel gegessen oder getrunken hätte. Das ist es, was Gott gemäß Seinem heiligen Wort *will. Dazu wollte ich meinem Daddy bestimmt keine Fragen stellen. Ich bin mir sicher, er hatte sich bereits seine Gedanken darüber gemacht und war wütend auf die Regierung, weil sie dafür gesorgt hatte, dass man in diesen Tagen nicht so leicht mit der Ausübung dieser Art von heiligem Recht davonkam. Denn natürlich war das die sündige Zeit der* letzten Tage. *Ein ungehorsames Kind war sogar noch schlimmer als die Kinder, die in Rauch aufgingen, und Daddy vergoss nicht eine Träne für sie, weil er wusste, wie* wahrhaftig und herrlich *Gottes Gericht war.*

Wir stiegen auf den Overlook Hill an der Kreuzung State 340 und Farm 2491, um uns die Davidianer-Sekte auf ihrem Grundstück anzusehen, nachdem sie sich vor dem FBI und der Polizei verbarrikadiert hatte. Eigentlich konnten wir sie nicht direkt beobachten. Man brauchte Ferngläser, um überhaupt irgendwas sehen zu können, und wir hatten nur unsere Bibeln und die Plakate mit der Aufschrift »Bestimmungsort: Hölle« mitgebracht. Man hätte wahrscheinlich näher heran-

gehen können, aber der Overlook Hill war nah genug für Daddy und auch für einen Haufen anderer Leute, denn es trieben sich alle möglichen Typen auf dem Hügel herum. Die Gegend quoll über von Leuten, die ihre Rechtschaffenheit aller Welt deutlich vor Augen führten, und von anderen, die durch ihre Unrechtschaffenheit voller Sünde waren, weil sie diese Sekte und ihren von Satan kontrollierten Anführer unterstützten.

*Und es gab einen Haufen anderer irgendwo dazwischen, Presseleute und Ausflügler, Leute, die T-Shirts, billige Mützen, Hotdogs und solche Sachen verkauften. Ich ging zwischen den Gebeten spazieren, und als ich hungrig wurde, kaufte ich mir von meinem wenigen Geld einen Koresh-Burger, der von einem Burschen in einem T-Shirt mit der Aufschrift »*WACO *– wir kommen nicht raus« über Holzkohle gegrillt worden war, und es war vielleicht der beste Hamburger, den ich jemals gegessen hatte. Ich aß ihn mit großem Genuss, bis mein Vater mich sah und zu mir kam, und er riss mir dieses voller Unrechtschaffenheit zubereitete Essen aus der Hand, bedachte mich mit einem Blick, als sollte ich gleich von den Ältesten gesteinigt werden, warf den Koresh-Burger zu Boden und zerstampfte ihn unter seinem Schuhabsatz. In der Bibel steht nichts davon, dass es Sünde ist, die Umwelt zu verschmutzen, zumindest soweit ich das weiß, und so gab es aus seiner Sicht weder hier noch da etwas daran auszusetzen, wie er Zeugnis vor der Welt ablegte. Aber er war bereit, mich umzubringen, als wahrer Vollstrecker des Wortes Gottes, hätten wir noch in der Zeit gelebt, in der das möglich gewesen war, aber zu meinem Glück leben wir in der verruchten Endzeit. Also packte er mich nur grob am Arm, schleifte mich zurück, drückte mich neben meinem stets gehorsamen Bruder auf die Knie und begann, von dem Triumph Jesu über die Ruchlosigkeit der Welt zu predigen, so wie sie sich deutlich in diesen Leuten manifestierte, die sich in ihrem Sektengrundstück hier in Waco versteckten und sündigten. Vielleicht hat mein Daddy damals so-*

gar in Zungen gesprochen, denn ich konnte überhaupt keinen Sinn mehr aus seinen Worten heraushören. Er sagte so Sachen wie hunga marunga adenoid halleluja. Jeder, den wir in unserer und in einer Menge anderer Kirchen in Waco kannten, hätte gesagt, dass es inspirierte Worte waren, die mein Daddy gesprochen hatte, dass er vom Heiligen Geist erfüllt worden wäre. Aber soweit es mich betraf, begann er sich damals immer weiter von mir zu entfernen.

Und dann am nächsten Montag um die Mittagszeit, als ich in der Cafeteria unserer Schule den vielleicht schlechtesten Hamburger aß, den ich jemals gegessen hatte, und an den Hamburger auf dem Overlook Hill dachte, gab es plötzlich ein großes Durcheinander, und wir liefen alle auf den Parkplatz hinaus. Weit draußen im Nordosten der Stadt, in der Richtung der Davidianer-Sekte, stieg eine Rauchwolke in den Himmel, so dunkel wie der schwärzeste Ruß, den man sich vorstellen kann, so schwarz wie die Farbe der Seele dieser Leute, dachte ich, und im gleichen Augenblick wusste ich, dass dieser Gedanke von Daddy kam, dass er seiner Sicht der Welt entsprang.

Und an diesem Abend am Esstisch dankte mein Daddy Gott dafür, uns allen in dieser Familie den rechten Pfad gezeigt und uns vor der Hölle gerettet zu haben, in der jeder Einzelne der Menschen, die heute verbrannt waren, den flammenden Zorn Gottes bis in alle Ewigkeit spüren würde.

Und da stellte ich ihm die Frage: Was ist mit den Kindern?

Sie sind von ihren Eltern in die Verdammnis geführt worden, sagte er. Glaubst du etwa, es wären keine Kinder in Sodom gewesen, als das Feuer vom Himmel fiel und niemanden außer Lot und seinen beiden Töchtern verschonte und selbst Lots Frau in eine Salzsäule verwandelt wurde?

Gibst du mir etwas davon?, fragte ich. Salz, meine ich.

Mein Daddy reichte es mir, und ich streute es auf meinen Hamburger, den meine Mutter zubereitet hatte und der ziemlich schlecht schmeckte. Der Hamburger hätte mehr Salz be-

nötigt, als ich darauf streuen konnte, aber ich salzte ihn trotzdem und dachte dabei an den Körper von Lots Frau, durch den die Dinge besser schmeckten, lange nachdem sie tot war.

Und ich begann zu grübeln: Sollte das Feuer jemals auf Waco herabkommen, nicht nur auf die Davidianer-Sekte, würde Gott dann zuerst Seine Engel in das Haus dieses wahren und aufrechten Dieners des Herrn, meines Daddys, senden und zu ihm sagen: Geh, nimm dein Weib, deinen Sohn und deine Tochter und verlass Waco, denn es ist voller Frevelhaftigkeit und wird zerstört werden, samt Frauen und Kindern? Da sah ich meinen Daddy an, und wenn die Antwort Nein war, wenn Gott das nicht für diesen Mann tun würde, dann war der Kopf meines Daddys in Bezug auf das, was richtig und heilig war und was nicht, voller Scheiße. Und wenn die Antwort Ja lautete, wenn Gott uns vier hier herausholen und alle anderen verbrennen und für alle Ewigkeit in die Hölle werfen würde, dann war das kein Gott, auf den ich einen Scheißdreck geben wollte. Das war es, was ich genau in diesem Moment begriff.

Also lief ich von zu Hause fort. Ich traf meinen Entschluss, und Daddy erfuhr erst davon, nachdem ich längst verschwunden war, aber an dem Abend, bevor ich weglief, kam er in mein Zimmer. Er klopfte ganz sanft an meine Tür, und ich sagte: Komm rein. Er setzte sich auf meine Bettkante und sagte: Schatz, ich weiß, dass wir unsere Differenzen haben. Ich weiß, dass ich dir manchmal sehr hart erscheine. Aber du sollst wissen, dass es nur daran liegt, weil ich dich liebe. Ich sorge mich um dein Glück, nicht nur für heute oder morgen, sondern für immer.

Mein Daddy sagte das ganz sanft, und er tätschelte meine Hand. Und dann ging er wieder, ohne zu versuchen, mir ein Versprechen oder etwas Ähnliches abzuringen.

Aber in Wirklichkeit waren es nur Worte. Nichts als Worte. Seit damals habe ich über die Worte nachgedacht, die er nicht gesagt hat und auch niemals hätte sagen können.

Wie zum Beispiel: Ich denke, den Kindern geht es gut, denen, die verbrannt sind.

Oder: Gewisse Fragen darüber, wer Gott ist und was Er wirklich will, ergeben auch für mich keinen Sinn.

Ich dachte über die Worte nach, die er nicht gesagt hatte, die ich aber im Flur vor meiner Tür lauern spürte, bereit, sofort wieder in seinen Mund zu springen, nachdem er gegangen war.

Wie: Ich mag dir hart erscheinen, aber so will der Gott des Universums mich nun einmal haben. Also sei's drum.

Oder: Wir mögen unsere Differenzen haben, aber ich habe immer Recht.

Oder: Ich liebe dich, aber ich wäre sofort bereit, dein Leben zu opfern – oder dich in diesen verkommenen Zeiten wenigstens aus der Familie auszustoßen –, wenn ich glauben würde, dass du für Gottes Wort, so wie ich es sehe, verloren bist.

Mein Daddy hatte noch immer all das in sich, und an diesem Abend sagte er nichts, um diesen Eindruck zu widerlegen, aber obwohl ich die ganze Scheiße wusste, die er einfach nicht laut aussprach, lag ich da in der Dunkelheit, nachdem er gegangen war, und ich begann zu weinen und zu zittern und wünschte mir, er würde diese anderen Dinge meinen, die niemals sein konnten. Ich schätze, es war das Tätscheln meiner Hand oder einfach sein Tonfall oder so etwas gewesen, und das alles war so leer und hohl wie seine Worte. Es waren Gesten, die er nur um seiner selbst willen machte, die beweisen sollten, was für ein liebender und verständnisvoller Vater er war, doch in Wirklichkeit war er alles andere als das. Trotzdem zitterte ich und weinte, und dann wurde ich wütend auf mich selbst, denn ich kannte die Wahrheit. Ich zitterte wie der Schwanz unserer Katze, wenn sie schiss, aber ich konnte Daddy nicht ganz aus meinem Inneren vertreiben. Nicht bis zum nächsten Morgen, als ich zur Tür hinausging und nur daran dachte, was ich tun würde, und sobald ich das Ende der

Auffahrt erreicht hatte, fühlte ich mich gut, und ich habe nie einen Blick zurückgeworfen.

Und ich begann, von Jesus zu träumen, von den Nägeln in Seinen Händen und Füßen und wie ich das empfand, wie nah ich mich Ihm durch diese Nägel fühlte, obwohl ein Teil von mir bereit war, das Jesuskind zusammen mit dem Badewasser meines Daddys auszuschütten. Und wenn ich an Jesus dachte, spürte ich das Ding eines Mannes, wie furchtbar das auch klingen mag. Das ist wie etwas anderes, das ich später erfahren sollte, dort, wo ich gelebt habe, und von den Leuten, mit denen ich zusammen war. Es ist eine sehr intime Sache, sich Metall ins Fleisch zu bohren, das habe ich gelernt. Genauso fühlt es sich für mich an. Du sagst dir, dein Körper öffnet den Weg für dieses harte, scharfe Ding, du kannst ein Stück Metall in dich hineinbohren, und da sitzt es dann und berührt mein Fleisch die ganze Zeit von innen. Man kann es ansehen, es berühren und darüber nachdenken, und dadurch sieht man auch in das Innere seines Körpers, man berührt es und kann es sich vorstellen, dort, wo man wirklich lebendig ist und wohin normalerweise kein Mensch Zugang hat. Aber durch all diese Ringe, Knöpfe, Nägel und Stacheln kann ein anderer in mich hineinfließen, mit mir zusammen hier drinnen sein. Und als ich meinen Freund Jared und er mich fand, da wussten wir ganz einfach, dass dies etwas war, das wir gemeinsam mit unseren Körpern machen mussten. Und durch meine Träume wusste ich, dass es dabei auch um Jesus ging, obwohl ich Jared nie etwas davon gesagt habe. Nicht um den Jesus meines Daddys. Um meinen eigenen persönlichen Jesus.

Judith Marie Nash, die sich selbst Citrus nennt, verstummt, und meine eigene Stimme verstummt mit ihr, denn sie war in mir und ich in ihr, als wären ihre Worte und meine Stimme Nägel und Fleisch. Und ihre Augen füllen sich mit Tränen, wie es bei meiner Frau Edna Bradshaw und so vielen anderen Wesen auf diesem Planeten häufig passiert. Meiner Spezies sind Tränen unbekannt. Doch ich finde sie wunderbar, sehr viel direkter und ehrlicher als diese endlosen Worte, und sie schmecken nach den riesigen Ozeanen dieser Welt, wie ich von meiner Frau erfahren habe, als ich in unserer Hochzeitsnacht ihre Wange küsste, über die Tränen liefen, die sie vor Freude vergoss, wie sie sagte. Doch diese Tränen in Citrus' Augen rühren nicht von Freude her, das weiß ich, und ich muss zur Kenntnis nehmen, dass selbst diese Tropfen des Meeres von der Komplexität und Mehrdeutigkeit dieses Planeten durchdrungen sind. Sie quellen jetzt über, und ich bin versucht, *die Hand auszustrecken und jemanden zu berühren.* Vorher hatte ich Citrus berührt, ohne mein Herz mit ihr zu teilen. Jetzt lege ich meine Hände auf die ihren, lasse meinen Herzschlag in sie einfließen, und sie blickt verwundert auf meine Hände hinab.

Dann hebt sie wieder das Gesicht und sieht mich an. »Bist du Jesus, der zu uns zurückgekehrt ist?«, fragt sie.

»Nein«, erwidere ich.

»Wenn das *Wort* nicht buchstäblich wahr aber trotzdem etwas Heiliges ist«, sagt sie, »dann waren es vielleicht Sie, dessen Kommen prophezeit wurde.«

Das ist eine erschreckende Vorstellung. »Das müsste ich wissen, nicht wahr?«

Citrus betrachtet erneut unsere Hände. »Vielleicht nicht.«

Ich spüre jetzt ihr Sehnen, sehr intensiv, als flösse ihr Herzschlag zurück in mich. »Ich bin…«, sage ich nur und schweige.

»Ja«, sagt sie, als hätte ich den Gedanken beendet.

Ich ringe um weitere Worte. »Ich bin niemand.«

»Ich kann Ihr geheiligtes Herz fühlen«, sagt sie und starrt noch immer auf unsere Hände.

In diesem Moment ertönt ein dumpfer Schlag von der Tür her, die meine Frau Edna Bradshaw mit einem Fuß aufgestoßen hat. Sie steht da, das Licht aus dem Korridor zeichnet ihre Umrisse nach, einen Fuß erhoben, ein mit Citrus' Frühstück beladenes Tablett in beiden Händen.

»Seid ihr fertig?«, fragt sie.

Ich löse meine Hände sanft aus denen der jungen Frau. Sie gibt einen leisen Laut von sich, in dem sich Verstehen, Enttäuschung, Sehnsucht, Traurigkeit, Hoffnung und noch mehr Gefühle mischen, die alle durch die Umschreibung mit diesen Begriffen nur verzerrt werden und an Bedeutung verlieren, denn sie existieren wahrhaft nur im Schlagen eines Herzens, in einem in Kalbsleder gebundenen Buch, das schlaff in einer Hand hängt, in zwei Brustwarzenringen und einem Hamburger auf einem Hügel, in dem schwarzen Schlitz eines Mundes, in einer schwarzen Rauchsäule und einem Planeten, der zu drei Vierteln mit Tränen bedeckt ist.

8

Citrus hat das Frühstück meiner Frau entgegengenommen, ohne aus dem Sessel aufzustehen, in dem sie mit mir gesprochen hat, und es mit dem Tablett auf ihrem Schoß gegessen. Sie aß auf eine äußerst penible Art, schnitt ihre Wurst, *so würzig, dass man sich die Finger danach ableckt*, in winzige Stückchen, die sie sorgfältig kaute, und sie trennte alle Bestandteile gewissenhaft voneinander, Wurst, Eier, Maiskuchen und Brötchen. Immer eins nach dem anderen, und alles zu seiner Zeit, jeder Bissen vorsichtig in den Mund geführt, um auch nicht die kleinste Spur auf ihren Lippen zu hinterlassen, die sie sich behutsam mit ihrer Papierserviette abtupfte. Und sie leckte sich nie die Finger, wofür ich dankbar war, was für jeden, der unsere Spezies aufmerksam beobachtet hat und die Bedeutung unserer Fingerkuppen kennt, leicht verständlich sein dürfte. Ich spürte aus Citrus' Tischmanieren den Einfluss ihres Vater heraus, obwohl ich glaube, dass sie selbst sich dieses Zusammenhangs nicht bewusst war, bedenkt man ihre gründliche Loslösung von ihm durch die Manipulation ihres Körpers und die Wahl ihrer Worte.

Meine Frau Edna Bradshaw wartete in der Nähe und sah Citrus beim Essen zu. Ihr eigener Mund öffnete sich hin und wieder, machte Biss- und leichte Kaubewegungen, während die junge Frau ihr Frühstück verzehrte, als wäre Edna ebenfalls die Vertreterin einer fremden Spezies aus einer fernen Galaxis, deren Mission – vergleichbar der meinen, was das Sprechen von Wörtern betrifft – darin besteht, die Ernährungsgewohnheiten der Bewohner dieses Planeten zu erforschen, damit die unterschiedlichen Methoden der Nahrungszerkleinerung beider Spezies eins werden können, um so eine Basis der Kommunikation und des gegenseitigen Verstehens zu ermöglichen.

Als Citrus ihr Frühstück beendet hatte, nahm Edna ihr das Tablett vom Schoß und fragte: »Fühlen Sie sich jetzt besser, Schatz?«

Citrus nickte und ich bat sie, mit mir in ihre Kammer zurückzukehren. Sie gehorchte, ohne dass ich auch nur mit der Hand wedeln musste. Edna bedachte mich mit einem wissenden Nicken, das ich nicht gänzlich verstand, als ich Citrus zur Tür hinausführte.

Und Ednas Nicken hielt sich weiter hartnäckig in meinem Hinterkopf, während Citrus und ich durch die Korridore gingen. Jetzt betreten wir ihre Kammer, und sie fragt: »Soll ich schlafen?«

»Das wäre das Beste«, sage ich. »Dieser Prozess ist sehr belastend für Ihre Spezies.«

»Werde ich Jared jemals wieder sehen?«

»Wieso zweifeln Sie daran?«, frage ich, obwohl ich es nicht als Frage, sondern als Aussage meine, die zu ihrer Beruhigung beitragen soll. Ich habe diese besondere Merkwürdigkeit der irdischen Sprache im Laufe der Jahre erlernt. Manchmal hat eine Frage die Bedeutung einer Aussage, manchmal eine Aussage die Bedeutung einer Frage. So kann die Aussage: »Ich mache mir Sorgen um dein Wohlergehen«, zum Beispiel bedeuten: »Wann wirst du jemals lernen, dich den Plänen zu fügen, die ich für dich gemacht habe?« Was wiederum, obwohl es eine Frage ist, bedeuten kann: »Ich kann mir nicht vorstellen, dass du jemals so werden wirst, wie ich dich haben will.« Und das, obwohl eine Aussage, kann bedeuten: »Willst du mich dazu bringen, dich von mir zu stoßen?« Und das kann, obwohl es eine Frage ist, die eigene Antwort auf ebendiese Frage beinhalten, nämlich: »Ja.« Das sind die Momente, in denen sogar mein *extra-starkes* Gehirn in Verwirrung gestürzt werden kann.

Citrus wedelt sanft mit der Hand vor sich herum, als wollte sie *mich* in den Schlaf schicken. »Was, wenn all das die wahre Bedeutung von Paulus' Worten in seinem ersten Brief an die

Thessaloniker wäre?«, fragt sie. »Die Stelle, wo er prophezeit, dass die Mitglieder der Kirche Gottes zusammen mit denen auffahren werden, die im Namen Jesu gestorben sind – aufsteigen *in die Wolken, um dem Herrn in den Lüften zu begegnen*?«

Sie schweigt eine Weile und blickt mir gespannt in die Augen, was ungewöhnlich für ein Geschöpf dieses Planeten ist, denn meine Augen sind schwer zu akzeptieren. Nach den Maßstäben dieses Planeten sind sie sehr tief, aber Citrus schaut in sie hinein, als wäre sie bereit, mich ohne Angst als das zu erkennen, was ich bin. Und was bin ich hier, auf dieser Welt? Diese Frage, die Citrus zwangsläufig in mir hervorruft, lässt meine Finger steif werden. Und ihre Frage ist keine Frage. Ich habe sie und die anderen in die Wolken gehoben. Sie ist mir in der Luft begegnet und davon überzeugt, das alles auf eine Art und Weise zu verstehen, die mit eschatologischer Bedeutung befrachtet ist.

»Jared ist auch hier«, sage ich.

»Cool«, sagt sie. »Oh, das ist cool.«

»Aber das ist nicht …«, beginne ich und zögere dann, denn ich weiß nicht, wie ich auf ihre intensive Gläubigkeit eingehen soll.

»Es heißt, die im Namen Jesu Gestorbenen würden zuerst auffahren … Sie haben auch die Toten hier, nicht wahr?« Damit drückt sie ihre Überzeugung aus, dass es so ist.

Und das führt mich dazu, darüber nachzudenken, in welcher Hinsicht ihre Aussage wahr sein könnte. Ich denke an Minnie Butterworth, an Whiplash Willie Jones und Herbert Jenkins, der mich in meinem *Zoot Suit* für eine Jazzergröße hielt, und an viele andere, die alle längst tot und begraben in ihren winzigen Parzellen kosmischen Gesteins sind, aber noch immer in mir leben, in meiner mit ihnen vereinten Stimme. Das heißt, bildlich gesprochen. Denn auch meine Spezies ist sterblich. Die Individuen aller Spezies überall im bekannten Universum sterben. Ich weiß, was das bedeutet. Oder, präziser ausgedrückt, ich weiß, wie wenig alle Wesen verstehen, was das bedeutet.

Aber nun, da ich hier inmitten der Wolken dieser von Worten und Leidenschaft erfüllten Welt lebe, gelange ich allmählich an einen Punkt, an dem ich die Dinge auf eine neue Weise zu verstehen beginne. Ich fühle, dass die Individuen, die ich hier gekannt habe und die gestorben sind, in mehr als nur bildlicher Hinsicht oder einem bloßen Konstrukt von *Worten* noch immer leben. Sie sind in mir real und lebendig. Sie sprechen. Ich kann ihre Stimmen auch ohne die Hilfe meiner Maschinen hören. Diese Einzelwesen sind äußerst lebendig in meinem Kopf, dort, wo meine Lieder sind, und im Puls meiner Fingerspitzen.

»Das haben Sie doch getan, nicht wahr?«, fragt Citrus.

»Getan?«

»Die Toten sind zu diesem Ort aufgefahren. Sie sind hier in den Wolken lebendig.«

»Ja«, sage ich.

»Halleluja!«

Aber ich muss ehrlich sein. »In gewisser Weise«, füge ich hinzu.

Sie geht nicht auf die Einschränkung ein. »Ich werde schlafen, Herr«, sagt sie. »Dein Wille geschehe, nicht der meine.« Sie lässt sich auf ihr Bett sinken, das mit den schwach glühenden Wänden der Kammer vernutet ist, von der ich mittlerweile befürchte, dass sie den Bedürfnissen von Citrus oder irgendeinem meiner anderen Besucher nur unzureichend genügt. Aber sie scheint sich nicht daran zu stören. Trotzdem bleibt mein Unbehagen. Ich möchte die Dinge für sie in Ordnung bringen. Ich setze mich neben sie auf die Bettkante und tätschele ihre Hand. Ich möchte Worte benutzen, die sie beruhigen, ihr die Hoffnung geben, nach der sie sich sehnt, was das Universum betrifft. Kurz gesagt, ich möchte lügen. Aber sie und ich, wir haben unsere Differenzen in diesem Punkt. Was wahr ist, wird ihr hart erscheinen, sobald ich es ausspreche.

Trotzdem ertappe ich mich dabei, dass ich mich um Judith Marie Nashs Wohlergehen sorge.

Ich tätschele weiter ihre Hand. Ich könnte jetzt die Dinge sagen, die wahr sind, dass ihre Sicht der Welt noch immer von ihrem Vater beherrscht wird, dass ich nur ein einfacher Außerirdischer bin. Aber ich schweige vorerst. Das Glück auf diesem Planeten ist ein zerbrechliches und flüchtiges Gut. Es gibt hier so viele Seelen voller Sehnsucht, und ich selbst sehne mich danach, sie alle zu berühren und ihnen Frieden zu schenken. Aber ich bin nur ein Außerirdischer. Ich bin.

Ein Geräusch durchdringt den Raum, ein schnelles fleischiges Patschen. Mein Blick senkt sich. Ich tätschele noch immer Citrus' Hand. Offensichtlich in einer extrem schnellen Frequenz. Ich bin nicht vertraut mit dieser Geste. Judith hat das Gesicht etwas zu der Wand hingedreht, und es glüht im Licht, das von dort ausgeht. Ihre Augen sind voller Tränen. Und meine Hand – jetzt fast schon ein wenig selbstständig in diesem Versuch, die Geste ihres Vaters an ihrem letzten Abend im elterlichen Haus wieder gutzumachen, der Geste die Ehrlichkeit zu verleihen, die sie sich so sehr wünscht – klopft wie wild vor sich hin. Ich versuche verzweifelt, ihre Tränen zum Versiegen zu bringen.

»Können Sie mir helfen, Ihren Willen zu erfüllen?«, fragt Citrus. »Zu schlafen?«

Ich höre auf, sie zu tätscheln. Wir sind beide erleichtert. In ihren Augen glitzern noch immer Tränen. Ich hebe die Hand und fahre damit über ihr Gesicht hinweg. Es verschwindet kurz aus meinem Blickfeld, meine Hand gleitet weiter, es erscheint wieder, und Citrus' Augen sind geschlossen. Sie schläft jetzt, sie wird schlafen, bis ich sie wieder wecke. Ich bin zufrieden. Sie schläft.

Ich erhebe mich und wandere den Korridor entlang. Aus der einen oder anderen Kammer ertönt ein leises Schnarchen oder das Rascheln von Stoff, wenn sich Arme und Beine meiner Besucher leicht bewegen. Sie alle schlafen, meine Gäste, meine Kinder, und ich glaube, dass sie glücklich sind, zumindest im Moment. Sie sind in Sicherheit. Doch dann denke ich an ihre Träume, an Citrus' Traum von dem Mann namens Jesus und die in seine Hände und Füße geschlagenen Nägel, und ich bekomme Angst. Ist das die Rolle, in der sie mich gern sehen würde? Die Geschichten, die sich die Angehörigen dieser Spezies seit Generationen immer wieder erzählen, scheinen alle auf ein bestimmtes unvermeidliches Ende hinauszulaufen. Wieder werden meine Finger steif vor Furcht. Die Geräusche, die von rechts und links aus der Dunkelheit dringen, wo diese Geschöpfe schlafen, treiben mich plötzlich immer schneller voran, und ich gleite eilig vor den Schläfern davon, bevor sie aufwachen und mich mit den gleichen Augen wie Citrus ansehen können.

Jetzt erreiche ich eine Biegung des Korridors und noch eine, und dann stehe ich vor unserem Wohnraum, den ich und meine Frau Edna Bradshaw teilen. Ich trete durch die sich automatisch öffnende Tür, und da ist Edna. Sie sitzt in unserer echten *frühamerikanischen Ruhecouch mit integriertem Komfortliegesessel*, die wir nach unserer Heirat aus ihrem Wohnwagen in mein Raumschiff gebracht haben. Eddie, der gelbe Kater, schnurrt laut auf ihrem Schoß, und sie hat wie üblich die Seite mit dem Liegesessel für mich freigelassen. Sie hat mir mehrfach erklärt, dass sie es wunderbar findet, ihren einzigen wahren Mann in einem Liegesessel zu sehen, besonders in einem Sessel, den sie schon ausgesucht hatte, noch bevor sie diesem Mann zum ersten Mal begegnet war. Es war *Schicksal*, das uns zusammengeführt hat. Und der Liegesessel ist ein Symbol dafür.

»Hallo, Liebling, ich bin zu Hause«, sage ich.

»Hallo, Liebling, hattest du einen anstrengenden Tag?«, fragt Edna.

»Mein Tag ist noch nicht zu Ende«, erwidere ich, obwohl ich weiß, dass dieses Gespräch eigentlich die offensichtlichen Fakten ignorieren sollte.

»Ich versuche immer noch, mich darauf einzustellen, Desi, Schatz. Brauchen weitere Gäste Frühstück? Es wird allmählich Nachmittag, nicht wahr? Obwohl ich mir hier oben da nie so richtig sicher bin.«

»Vielleicht verschieben wir das nächste Frühstück für eine Weile«, sage ich.

»Klar, für unsere Gäste ist immer Frühstückszeit, nicht wahr? Wenn man bedenkt, dass sie immer gerade aus einem langen Schlaf erwachen.«

»Du schaffst ein wunderbares Zuhause für mich und unsere Gäste«, sage ich. »Ich verlasse mich auf dein Urteil.«

Das freut meine Frau Edna Bradshaw, sie schenkt mir ein strahlendes Lächeln, streichelt Eddie noch eifriger, nickt in Richtung des Liegesessels und wartet, dass ich mich setze.

Ich setze mich. Das ist eine schwierige Angelegenheit für mich, aber eine, die ich meiner Frau Edna Bradshaw zuliebe bereitwillig auf mich nehme. Die *verstellbare Komfortkopfstütze* drückt meinen Kopf in beiden verfügbaren Positionen auf eine äußerst unbequeme Art vor, und die *von einem Mediziner nach orthopädischen Gesichtspunkten entwickelte Rückenjustierung* biegt mich in der Körpermitte durch, vielleicht um dem anonymen Arzt einen chirurgischen Baucheingriff zu erleichtern. Ich zögere, und sofort sagt Edna, so wie sie es immer tut: »Mach schon, Schatz. Streck dich aus und entspann dich.« Und ich tue das, was mir ihrer Überzeugung nach – ungeachtet ihrer Fähigkeit, durch Beobachtung das Gegenteil zu erkennen – Vergnügen bereitet. Aber da sie meine liebevolle Frau ist, verschafft ihr mein angebliches Wohlbehagen eindeutig Freude, und so strecke ich die Hand aus und ziehe den Einstellhebel, worauf mein Körper nach hinten kippt und meine Füße nach oben schnellen, und ich *entspanne in vollkommenem Komfort.* So jedenfalls lautet die öffentliche Behauptung derjenigen, die diese Maschine herstellen, verkaufen und den Kunden empfehlen. Ich jedoch bin weit von diesem versprochenen Zustand entfernt. Obwohl ich mich jetzt in Rückenlage befinde, bleibt mein Kopf nach vorn geneigt, sodass mir Feuerzungen den Nacken hinabschießen, und meine Körpermitte ist noch immer gewölbt, wenn jetzt auch aufwärts gerichtet, und lässt Tentakel schmerzhaft über mein Rückgrat kriechen, was in mir den Wunsch weckt, der ominöse Arzt würde seinen chirurgischen Eingriff endlich hinter sich bringen und mich erlösen. Und mein Blickfeld wird von meinen sechzehn Zehen ausgefüllt, deren steife Phalanx mein Unbehagen widerspiegelt.

»Na also«, sagt Edna. »Ist das nicht bequem?«

Ich wünschte, es wäre eine echte Frage statt einer fröhlichen Behauptung, aber das ist nicht der Fall. Edna glaubt felsenfest an die Vorzüge dieses Sitzmöbels, das sie für mich reserviert hat.

»Ja«, sage ich in dem Bewusstsein, diese Qualen ihr zuliebe zu erleiden.

Sie schweigt. Ich drehe meinen Kopf, so gut mir das in dieser Position möglich ist, und blicke zu ihr hinüber. Sie hat mir das Profil zugewandt, das teilweise durch die Kopfstütze meines Sessels verdeckt wird. Trotzdem kann ich einen Anflug von Bedauern in der Art ihrer Körperhaltung entdecken. Ich denke an das wissende Nicken, mit dem sie mich bedacht hat, als ich sie zum letzten Mal gesehen habe.

»Irgendetwas beschäftigt dich«, sage ich.

Ihre Antwort erfolgt ohne das geringste Zögern. »Für einen Moment, vorher, als ich für sie gekocht habe und du dich auf deine Art um sie gekümmert hast, da war es fast so, als wären wir ihre Mama und ihr Daddy. Verstehst du?«

Ich betrachte meine tentakelartigen Zehen, die durch das zunehmend komplexere Unbehagen starr in die Luft ragen, und denke an die Zehen meiner Frau Edna Bradshaw.

»Ist das nicht eine süße Vorstellung?«, fragt sie.

Ihre Zehen sind viel kürzer als meine.

»Du bist eine hervorragende Mutterfigur«, sage ich. Und sie hat deutlich weniger davon. Zehen, meine ich.

»Das wollte ich immer sein.« Sie sitzt steif da, beide Füße, die in geblümten Hauspantoffeln stecken, flach auf den Boden gestellt, und obwohl ich ihre Zehen nicht sehen kann, weiß ich, dass ihre Nägel rot sind, von ihr selbst gefärbt, so rot wie bestimmte Riesensterne.

»Enttäusche ich dich?«, frage ich und das ist eine echte Frage, denn obwohl ich von ihren Zehen verzaubert bin, unterscheiden sie sich dramatisch von meinen eigenen. Nicht dass Zehen auf meinem Planeten am Reproduktionsprozess beteiligt wären. Ich stelle meiner Frau jetzt eine direkte Frage, aber ich denke in Umwegen. Unsere beiden Körper unterscheiden sich auf bedauerliche Weise voneinander. Wir verfügen ohne Zweifel über fundamental korrekte Körperteile für den jeweils anderen, mechanisch ausgedrückt. Ich bin zu meiner Freude sowohl ihr außerirdischer Liebhaber als auch ihr Ehemann. Aber es gibt Unterschiede auf der Ebene der Desoxyribonukleinsäuren.

»Nein, mein geliebter außerirdischer Schatz, du hast mich nie enttäuscht«, sagt sie und ich bin froh, das nicht als weitere Frage, sondern als eindeutige Feststellung zu hören. Sie dreht sich sogar in meine Richtung, um ihre Worte zu unterstreichen, und sie tut das so abrupt und gedankenverloren, dass der gelbe Kater Eddie in seiner eigenen Sprache protestierend aufschreit, was für meine ungeschulten Ohren einerseits nach einer unmissverständlichen Aussage, andererseits nach einer beleidigten Frage klingt.

»Nein«, wiederholt Edna, und ich hoffe, dass sie es kein drittes Mal sagt und durch einen übermäßigen Widerspruch Zweifel in mir weckt, aber sie rutscht weiter auf mich zu. Eddie springt von ihrem Schoß. Sie wedelt mit den Händen in der Luft zwischen uns herum. »Das habe ich ganz und gar nicht gemeint.«

»Ich wünsche dir, dass du alles bekommst, was du dir in deinem Leben wünschst«, sage ich.

»Desi, Schatz, ich habe schon vor Jahren den Gedanken

aufgegeben, eine Mama zu sein, außer vielleicht für Eddie. Wo ist er hin, mein kleiner Racker?« Sie blickt sich zerstreut um. Trotz ihrer Worte spüre ich nach wie vor eine Traurigkeit in ihr.

»Siehst du ihn?«, fragt sie, springt vor und verschwindet gänzlich aus meinem Blickfeld. Ich kämpfe darum, mich ein wenig in meinem Liegesessel aufzurichten, aber die Maschine scheint auf geheimnisvolle Weise ihr eigenes Gravitationsfeld zu erzeugen, denn trotz meiner erheblichen Anstrengungen mache ich kaum Fortschritte.

»Nein«, antworte ich. »Ich sehe nichts.«

Ednas Stimme dringt gedämpft von irgendwo unter mir zu mir empor, und ich begreife, dass sie den Kopf unter die Couch gesteckt hat, um Eddie in einem seiner bevorzugten Verstecke zu suchen. »Ich wäre sowieso eine nachlässige Mama«, sagt sie.

»Ganz und gar nicht.« Ich trommle wild auf den Liegesessel ein, der mich wie ein schwarzes Loch ansaugt, und kann mich trotzdem nur gerade weit genug erheben, um den Rücken von der Lendenwirbelstütze zu lösen, greife jetzt nach dem Hebel, ziehe daran, und der Sessel katapultiert mich heftig vorwärts. Ich kämpfe gegen meinen eigenen Schwung an, der sich anfühlt, als wollte er mich quer durch den Raum schleudern, meine Füße knallen auf den Boden, und ich bin wieder ein junger Raumfahrerkadett, der gerade bei der Landungsprüfung versagt hat. Ich zittere einen Moment lang und drehe mich dann zu Edna um. Sie sucht nicht mehr unter der Couch, sondern verharrt reglos auf Händen und Knien auf dem Boden, den Kopf nachdenklich erhoben, die Mundwinkel herabgezogen.

»Du bist nicht nachlässig«, sage ich. »Du hast sogar Eddies Art zu stehen gelernt.«

Sie denkt darüber nach und begutachtet ihre vierbeinige Stellung. Dann sieht sie mich an und sagt ein Wort, das ich nicht verstehen kann. Es ist ein Wort, davon bin ich überzeugt, das ich schon einmal von Eddie, dem gelben Kater, gehört habe. Ein Wort, das nur aus Vokalen besteht und natürlich nur durch seine Betonung verständlich ist. Als Edna es sagt, glaube ich, dass Eddies Sprache der grundlegenden Ausdrucksweise meiner eigenen Spezies tatsächlich ähnlicher sein könnte als Ednas Sprache. Es ist eine Art von Musik.

»Meine Frau Edna Bradshaw«, sage ich. »Du überraschst mich. Kannst du mir beibringen, mit Eddie, dem gelben Kater, zu sprechen?«

»So ein Unsinn«, sagt sie. »Ich habe das gerade erfunden. Ich bin Edna, die momentan leicht errötete aber im Grunde weiße Katze.«

Und damit huscht sie – angesichts ihrer katzenhaften Haltung mit ziemlich überraschender Eleganz – zum Fußende des Liegesessels und beißt mir in den Knöchel.

9

Es gibt drei Dinge in Bezug auf diesen Planeten, die einfach zu wundervoll für mich sind. Sagen wir lieber vier. Die Träume in den Köpfen der Menschen, die Tränen in ihren Augen, die Worte in ihren Mündern und meine Frau Edna Bradshaw, wenn sie sich wie eine Katze verhält und mich in ihren Armen knuddelt.

Ah. Obwohl das gar kein richtiges Wort ist, erscheint es mir trotzdem angemessen, und ich spreche es nochmals aus. Ah. Denn im Grunde sind es mehr als nur vier Dinge. Vieles auf dieser Welt ist zu wundervoll für mich, als dass ich es begreifen könnte, und einiges davon haben Edna Bradshaw und ich miteinander geteilt, nachdem sie mir in den Knöchel gebissen und mich aus dem Liegesessel gezogen hatte. Über diese Dinge ist schon genug gesagt worden, sie boten dort, wo meine Frau Edna Bradshaw einmal gearbeitet hat, in *Mary Lou's Southern Belle Beauty Nook* in Bovary, Alabama, häufig genug Anlass zu hitzigen Gesprächen. Vielleicht sollte ich nur noch erwähnen, dass meine sonst so geschmeidigen Finger augenblicklich hart und steif werden können, wenn ich – selbst auf eine so angenehme Art – an die Geheimnisse dieses Erde genannten Planeten erinnert werde.

Mir bleibt nur noch sehr wenig Zeit, bevor ich mich dieser Welt offenbaren muss. So wenig Zeit, dass ich mich in diesem Moment davor fürchte, sie genau zu berechnen. Und so habe ich meine Frau Edna Bradshaw tief und fest schlafend in unserem Bett zurückgelassen, von meinen steif gewordenen Händen sanft mit dem Laken zugedeckt, und mich voller Angst aus unserer gemeinsamen Wohnung geschlichen. Allerdings bin ich froh, dass es mir gelungen ist, meine Frau nichts von meinen Gefühlen spüren zu lassen. Bevor sie sich zur Seite drehte und sofort von ganz allein einschlief, flüsterte sie: »O du Außerirdischer«, und gab einen schnurrenden Laut wie Eddie der Kater von sich.

Jetzt sitze ich vor der Konsole und denke erneut an diejenigen, die längst tot sind. Ich bin Herbert Jenkins hoch über der Erde begegnet. Es war während einer Periode großer Unruhen dort unten, in dem Jahr, das hier 1968 genannt wird, doch unser Selektionsalgorithmus spürte ihn in einer untypisch friedlichen Nacht kurz vor Ende dieses Jahres in einem Imbiss in Chicago auf. Ich habe unser Schiff damals nicht allein geflogen, aber ich war bereits ein leitender Forscher und absolvierte die Nachtschicht allein, beobachtete das ausgewählte Objekt eine Weile aus der Ferne und bereitete mich auf die endgültige intuitive Phase der Entscheidung vor, ob ein beobachtetes Individuum tatsächlich an Bord geholt werden soll. Es war ein kleiner Imbiss, und es war spät. Der Mann, den ich auf dem Monitor sah, gehörte der Gruppe der Primärspezies an, die sich durch ihre dunklere Hautfarbe oberflächlich von anderen unterscheidet. Allerdings hatte ich damals schon gelernt, dass dieser Unterschied für viele Bewohner der Welt unter mir nicht nur oberflächlicher Natur war, eine Einstellung, die maßgeblich zu den Unruhen dieser Zeit beitrug.

Er war allein. Ich schließe die Augen und versuche, die Bilder zurückzuholen, die nicht mehr aufgezeichnet sind. Nur seine Stimme ist in meiner Maschine gespeichert. Aber ich möchte ihn noch einmal in seiner eigenen Welt sehen.

Er war allein, mein alter Herbert Jenkins. Auf dem Tisch vor ihm stand eine Mahlzeit. Ja. Ich danke meiner Frau Edna Bradshaw dafür, dass sie es mir ermöglicht hat, mich an diesen Punkt zu erinnern. Es war mehr als einfach nur irgendetwas zu essen, er hatte ein Frühstück vor sich stehen, Wurst, Eier, einen Pfannkuchen und Pommes. In meiner Erinnerung ziehe ich mich durch das Fenster aus dem Imbiss zurück und lese die Neonschrift: 24 STUNDEN LANG FRÜHSTÜCK. Es ist kalt draußen, wird mir klar, um eine Straßenlaterne herum schimmert eine frostige Dunstglocke. Schmutziger Schnee häuft sich vor der Außenwand des Imbisses. In der Ferne heult eine Sirene, und ein Hund bellt.

Herbert Jenkins kommt jetzt heraus. Die Zeit hat einen Sprung in meinem Kopf gemacht. Er hat sein Frühstück beendet. Sein Mantel ist zu dünn für die Kälte. Er schlägt den Kragen hoch und bläst eine Wolke dampfenden Atems in die Dunkelheit. In dieser Nacht vor zweiunddreißig Jahren war die Zeit reif, diesem Mann zu begegnen, und ich führte meine Hand an die Steuerung, um ihn in das Raumschiff hinaufzuholen. Jetzt bewege ich meine Hand wieder, um noch einmal seine Stimme zu hören, und ich sehe meine Finger vor mir steif werden. Das geschieht in letzter Zeit erschreckend häufig, diese Verkrampfungen aus Angst. Auch in meiner Erinnerung habe ich gezögert. Und meine beiden Ichs beobachten Herbert Jenkins, der die Schultern in der Kälte zusammenzieht und sich umdreht, um davonzugehen. Und das ist der Grund, warum ich mich fürchte: Ich bin Herbert Jenkins.

Yessir, ich hatte tatsächlich auch mal so einen Anzug wie Sie. Gott sei mir gnädig. Ich komme mir wie ein Trottel vor, wenn ich daran zurückdenke. Nicht dass Sie das tun sollten. So habe ich das nicht gemeint. Für einen Außerirdischen sehen Sie gut aus. Aber so um 1942 herum war ich der älteste Zoot-Suiter in der South Side von Chicago. Hat mir richtig gut gestanden, das Ding, so wie es Ihnen gut steht. Und wenn ich mich mit meinem Arsch in meine Klamotten gezwängt habe, konnte ich mit meiner Süßen einen draufmachen, bis der Morgen graute. Und das ist so wahr wie die Bibel.

Also, hören Sie mir zu. Ich habe seit zwanzig und ein paar Jahren mehr nicht einmal in Gedanken solche Redewendungen benutzt, geschweige denn sie laut ausgesprochen. Bin mir nicht mal sicher, ob ich Ihnen heute noch erklären könnte, was genau sie bedeuten. Aber mein Zoot Suit hatte die Farbe eines Kanarienvogels, und ich war ’ne große Nummer in diesem Ding, ’ne richtig große Nummer, und all diese Redewen-

dungen, die ich gerade benutzt habe, waren so, als würde ich singen. Ich war damals vierundvierzig Jahre alt. Mein einziges Kind, meine Tochter Carolyn, lebte zu dieser Zeit mit ihrem Mann in Milwaukee, und meine Frau Sadie – gesegnet sei ihr Herz, das so groß wie der Lake Michigan war –, sie kam ziemlich gut mit meinem zweiten Frühling zurecht. Ich vermisse sie wirklich schrecklich, das kann ich Ihnen sagen. Als Sie mich hier hochgeholt haben, hatte ich schon gehofft, ich wäre gestorben und würde sie wieder sehen.

Einige Leute glauben, die Zoots wären ein Ding der Mexikaner. Aber unser Mann Cab Calloway war der Erste, der sich so in die Öffentlichkeit gewagt, sich die Schultern breiter und die Schöße lang gemacht hat, und man konnte sehen, dass er in irgendwas ein großes Tier war, größer, als es irgendwer von ihm erwartet hätte. Nicht dass ich behaupte, die Mexikaner hätten nicht auch so sein können. Sie haben mit den gleichen Schwierigkeiten wie wir zu kämpfen gehabt, nehme ich an. Und in Los Angeles haben sie wegen ihrer Klamotten mit Blut bezahlt. 1943 war das, glaube ich. Es gab 'nen richtigen Zoot-Suit-Aufstand, bei dem die Polizei, die Soldaten und die Seeleute dort unten eine Hetzjagd auf die Jungs veranstaltet und sie zu Tode geprügelt haben, nur weil sie so waren, wie sie eben waren.

Die üblen Typen brauchen keinen besonderen Anlass, um dich durch die Hölle gehen zu lassen, oder? Heute läuft das Gleiche in Chicago, in Detroit und anderswo im Land ab. In meiner eigenen Straße. Die Leute vergessen, dass es schon mal in dieser Stadt passiert ist. Ich bin mit meinem Daddy und meiner Mammy vor dem ersten Krieg aus Mississippi hierher gekommen, als ich noch ein Kind war. Habe diesen Krieg verpasst. Ich war damals zu jung, so wie ich dann für den zweiten zu alt war. Nicht dass es als Neger überhaupt leicht gewesen wäre, für sein Land zu kämpfen, aber ich hätte es trotzdem versucht. Aber wer war ich schon? Ich war neunzehn Jahre alt, als Präsident Wilson schließlich damit anfangen musste, unsere

Leute über den Teich zu schicken. Ich schätze, ich hätte mit neunzehn in Frankreich oder irgendwo sonst sterben können. Aber wie ich schon sagte, es war allgemein bekannt, dass sie keine Negerjungen in der Armee haben wollten. Wir waren es nicht wert, für irgendein Land zu sterben.

Wofür wir dagegen sterben konnten, das war für einen Schluck aus einem Wasserspender, für einen Sitzplatz im Bus oder irgendeine verdammte elende Kleinigkeit dieser Art. Oder für eine Gegend, wo man schwimmen konnte. Sehen Sie, es gab damals einen Aufstand – genau wie diesen hier –, direkt nach dem ersten Krieg. Es war ein wirklich heißer Sommer, Juli oder August, und es muss so um 1919 herum gewesen sein. Ein Negerjunge war in den See hinausgeschwommen, und irgendwie ist er wohl in eine Strömung oder so was geraten, oder er hat einfach nur die Orientierung verloren. Wie auch immer, jedenfalls tauchte er vor dem Strand an der Neunundzwanzigsten auf, und das war verboten. Die Leute denken heute, es wäre nur der Süden gewesen, der alles so aufgeteilt hatte, hier die Weißen, da die Farbigen, aber wir konnten uns damals nicht mal in die Nähe des Strandes an der Neunundzwanzigsten wagen. Das war noch bevor die ganze South Side von der Sechsundzwanzigsten bis zur Einundfünfzigsten und vom See bis zur Rock-Island-Bahnlinie sich in Bronzeville verwandelt hatte. Wir haben damals schon so ziemlich die Mehrheit in der Nähe der Bahnlinie gebildet, aber es gab noch immer einen Haufen deutscher Juden und irischer Katholiken, die in der Gegend wohnten, besonders entlang dem Douglas und Grand Boulevard, und sie ließen uns ihre Häuser sauber machen, aber im Wasser vor ihren Stränden hatten wir nichts verloren. Ein paar dieser Jungs entdeckten also den Neger, der dort draußen im See schwamm, und sie warfen Steine nach ihm, bis er unterging und ertrank. Nur weil er dort im Wasser war.

Sehen Sie, es tut sich etwas bei mir mitten in der Brust, wenn ich davon erzähle. Genau in diesem Augenblick. Das ist interessant für mich. Dann schlage ich innerlich um mich. Es würde ausreichen, um mich dazu zu bringen, irgendwas wirklich Gewalttätiges zu tun, wenn ich noch ein junger Mann oder auch erst vierundvierzig Jahre alt wäre, oder wenn ich länger darüber nachdenke, was sie Reverend King und Muhammad Ali angetan haben und was sie jetzt all unseren Negerjungen in diesem Krieg in Vietnam antun. Jetzt ist es für einen Neger nur allzu einfach, in einem Krieg zu sterben. Und niemand belügt sich selbst damit, dass es darum geht, unser Land oder die Welt zu retten oder irgendwas in dieser Richtung. Lassen wir doch die Neger in Vietnam sterben, scheinen sie zu denken. Hat was Gutes für uns alle.

Ich weiß nicht, warum ich nicht losgezogen bin, um zu kämpfen oder irgendwas niederzubrennen, als ich einundzwanzig Jahre alt war und es wegen dieses Jungen, der im Lake Michigan zu Tode gesteinigt wurde, eine Woche lang Straßenschlachten gab. Lag vermutlich daran, dass ich gerade in den Viehhöfen zu arbeiten angefangen hatte und froh war, einen Job zu haben, wenn auch für gerade mal fünfzehn Dollar in der Woche und damals nur als Treiber, was bedeutete, knöcheltief in Schweinescheiße zu waten, während ich die Viecher von den Waggons in die Pferche und von dort weiter in die Schlachthäuser trieb.

Doch obwohl ich arbeiten gegangen bin, hätte ich die Möglichkeit gehabt, etwas gegen diese Gefühle in mir zu unternehmen. Es gab eine Menge Iren westlich der Rock-Island-Bahnlinie zwischen uns und den Höfen, in einem Viertel, das sie Canaryville nannten. Ich glaube, Bürgermeister Daley wohnt da zurzeit. Und ich erinnere mich, dass wir diese Gegend durchqueren mussten, um zur Arbeit zu gehen, durch das irische Viertel, und das war wirklich hart, besonders während dieser ein oder zwei Wochen 1919. Wir wurden übel beschimpft und angespuckt und so weiter. Aber ich habe einfach die andere Wange hingehalten, sozusagen. Egal, wie sehr die Wut in mir hochgekocht ist.

Ich schätze, ich schäme mich jetzt ein bisschen dafür. Ich hatte damals eine Menge Gründe, etwas gegen die unterdrückte Wut in mir zu tun. Ich war ein junger Mann. Ich hätte mir einen Stein greifen und werfen oder etwas anderes unternehmen können. Und ich kann über die Weißen genau das Gleiche denken wie sie über uns. Whitey dies, Whitey das. Aber sehen Sie, ich schätze, das wäre dann eine Möglichkeit für diese Rassisten unter den Weißen, für all die dämlichen Arschlöcher mit den Bettlaken über den Köpfen, denen der Geifer aus den dreckigen Mäulern sprüht, es wäre eine günstige Gelegenheit für sie, es den Negern ein für alle Mal richtig gut zu besorgen. Und wissen Sie auch wie? Indem sie uns in ein Abbild von sich selbst verwandeln, so läuft das. Indem sie uns dazu bringen, wie sie zu denken. Eine Hautfarbe zu sehen, egal welche, selbst wenn es Weiß ist, bis wir glauben, die jeweilige Person nur daran beurteilen zu können. Und wenn wir auf diesen Mist von wegen Whitey dies und Whitey das hereinfallen, dann sind wir genau wie diese Kerle unter den Laken. Das wäre ein richtiger Brüller für sie, nicht wahr? Sehen Sie, ich muss jetzt noch einmal auf die Zeit zurückkommen, als sie diesen Negerjungen umgebracht haben, der nichts anderes getan hatte, als im See zu schwimmen, und ich muss mir sagen, dass es nur ein paar ganz bestimmte irische Katholiken und deutsche Juden waren. Ich weiß, dass es eine Menge anständiger Leute unter ihnen gibt, und genauso wollen wir, dass sie wissen, dass das auch für uns gilt.

Trotzdem macht es einen wütend. Sie verstehen? Trotzdem muss man irgendwie mit diesem Gefühl in seiner Brust klarkommen. Wahrscheinlich haben diese Dinge dazu beigetragen, warum ich im Alter von vierundvierzig Jahren einen Zoot Suit getragen habe. Man hatte mir lange zuvor irgendetwas gestohlen. Wie diesem Jungen im See. Er war vielleicht zwölf oder dreizehn Jahre alt, und danach gab es nichts mehr in seinem Leben. Was man ihm gestohlen hat, war seine Kindheit. Nun, das ist mir auch passiert. Den meisten von uns. Wenn man wie wir alle zu dieser Zeit geboren wurde und aufwuchs, bekam man nie eine Chance, eine unbeschwerte Kindheit zu verleben und im Footballteam zu spielen. Das ist es, was man uns weggenommen hat und was ich mir zurückholen wollte, indem ich mich wie Sie gekleidet habe, Mr. Fremdling aus dem Weltraum. Ich bin bereit zu glauben, dass es auch unter euch Außerirdischen einige wirklich gute Leute gibt. Ich hoffe, Sie hatten eine schöne Kindheit. Ich frage mich immer wieder, wie das wohl gewesen wäre. Aber ich möchte Ihnen die Hand reichen, weil ich ein Mann ohne Vorurteile bin. Ich werde nie zulassen, dass es dazu kommt. Mann, Sie haben ja wirklich 'ne Menge Finger. Aber das ist klasse, Alter. Es ist wie ein Geschenk des Himmels, Sie kennen zu lernen.

Die Stimme verklingt jetzt in der Dunkelheit. Ich betrachte meine erstaunlich vielfingrige Hand, ich erinnere mich, damit in die von Herbert Jenkins geklatscht zu haben, und ich bin froh, dass ich an ihn gedacht und ihm in diesem Moment zugehört habe. Ich erkenne, dass ein Teil meiner derzeitigen Furcht, da ich mich meiner Bestimmung nähere, von den Gedanken an diejenigen dort unten herrührt, die beim bloßen Anblick meines Körpers von seiner ihnen fremdartigen Anatomie überwältigt sein und nur ihre eigenen Ängste in mich hineinprojizieren werden, eine Angst, die zuerst in Vorurteile, dann in Hass, dann in Wut und schließlich in Mord umschlagen wird. Ob sich die Dinge dort unten während der letzten zweiunddreißig Umdrehungen des Planeten um diesen eindeutig mittelmäßigen Stern so sehr verändert haben? Lieber Herbert Jenkins. Ich wünschte, ich könnte deinen Körper mit einer Handbewegung aus dieser großen Dunkelheit zurückholen, die uns alle vereint, deine und meine Spezies. Ich wünschte, ich könnte neue Worte von dir hören. Und das ist so wahr wie die Bibel.

10

Die Feigheit, die im Korridor vor den Schlafquartieren meiner Gäste über mich gekommen ist, setzt sich jetzt hartnäckig in mir fest. Ich verspüre nicht den Wunsch, weitere Stimmen abzurufen. Ich vermisse meinen lieben Herbert Jenkins, das ist wahr. Aber es ist auch wahr, dass ich ihn gekannt habe und er von mir gegangen ist, und dieser Umstand zieht Feiglinge an. Es fällt leichter, seine Zuneigung den Toten als den Lebenden zu schenken.

Ich stehe auf. Ich zwinge mich, durch die Tür zu treten und an den Ort zurückzukehren, wo sie schlafen und träumen. Ich bin allein, ein Wesen aus Fleisch und Blut, und obwohl mein Blut die Farbe von Presbyterianer-Punsch hat, fließt es genauso leicht und verheerend wie das derjenigen, die auf Grund von Vorurteilen und Furcht auf diesem Planeten verletzt wurden.

Jetzt umgibt mich das Schnarchen, Seufzen und Rascheln. Vielleicht ist es mein Respekt für Herbert Jenkins, der mich dazu verleitet, mich dem Mann namens Hudson zu nähern.

»Hudson Smith, Euer Ehren, Rechtsanwalt«, murmelt er schwerfällig in seinem Halbschlaf, während ich ihn den Gang entlang in den Raum führe, wo sich unsere Stimmen vereinen können.

Er nimmt Platz. Er erwacht weiter und blickt mich an.

»Ich rate Ihren Leuten, sich von diesem Planeten fern zu halten«, sagt er, aber seine Stimme klingt nicht feindselig, sondern sanft, fast traurig.

»Einige auf meinem Heimatplaneten teilen diese Einschätzung«, erwiderte ich.

»Sie haben Recht«, sagt er. »Obwohl es vielleicht genau das Richtige wäre, um die Rassenbeziehungen dort unten endgültig in Ordnung zu bringen. Die Engländer und die Iren, die Polen, die Italiener und so weiter, sie alle hörten schließlich damit auf, einander zu bekämpfen, als sie sich darauf einigten, ihren Hass gegen die Schwarzen zu bündeln. Vielleicht würde ein Haufen von Leuten, die wie Sie aussehen, die Weißen und Schwarzen auf die gleiche Weise vereinen.«

Das ist es nicht, was ich hören will. Aber es ist nötig, ermahne ich mich. Es ist besser, wenn ich verstehe, was mich erwartet.

Hudsons Verhalten verändert sich. Er bewegt sich in seinem Sessel, beugt sich vor, streckt eine Hand nach mir aus und lässt sie in der Luft zwischen uns hängen. »Es tut mir Leid«, sagt er. »Ich lasse mich von meinem persönlichen Kampf gefangen nehmen, und jetzt sitze ich hier und sage Ihnen hässliche Dinge über Sie direkt ins Gesicht. Mein Daddy würde mir dafür eine Ohrfeige verpassen, und ich hätte sie verdient.«

Ich nicke und denke mir, dass ich dieses sich seiner selbst bewusste männliche Exemplar einer Parallelspezies in einen Dialog verwickeln sollte. Aber ich bin müde. Und ich verspüre das Bedürfnis, die Stimme seines inneren Ichs zu hören. Also wedle ich mit der Hand und lasse Desi los, gebe meine eigene innere Stimme auf. Ich bin Hudson Smith.

Mein Vater. Ich denke ständig an meinen Vater. Er glaubte an den Schmelztiegel. *Heute redet niemand mehr von dieser Scheiße. Von dem gottverdammten amerikanischen Traum. Aber Gott segne ihn, meinen Vater, er ließ nicht zu, dass irgendeiner von uns weniger als hervorragend in seinen Leistungen war, und das lag gerade an diesem saumäßig beschissenen* Schmelztiegel, *den er vor sich sah, dieses Ding, für das er dieses Land hielt. Man konnte als Bierlastwagenfahrer – und genau das war er von Beruf – aus Alexandria, Louisiana, in diesen* Schmelztiegel *eintauchen und durch seine Kinder als ein in Harvard graduierter Rechtsanwalt daraus hervorgehen – was aus seinem jüngsten Sohn geworden ist, den er nach einem Fluss benannte, den er nie gesehen hat. Das bin ich.*

Und so wurde aus ihm ebenfalls ein Kinderarzt in Cleveland, ein Professor für englische Sprache an der University of Chicago, ein Produktionsmanager bei Proctor & Gamble und so weiter. Wir waren acht Kinder – die kleinen schwarzen Babys meines Vaters, wie er uns immer noch nannte, wenn er uns alle zusammenbekommen konnte. Nicht dass das sehr häufig vorkam, nachdem wir taten, was er von uns verlangte, hervorragende Leistungen erbrachten und uns über das ganze Land verstreuten. Wenn wir uns doch einmal trafen, zu einer Hochzeit oder gelegentlich zu Weihnachten, und er sein hilfloses Publikum am Esstisch versammelt hatte, begann er, bevor wir essen durften, seinen mittlerweile erwachsenen Babys Vorträge über die Tugenden dieses Landes der Freien *zu halten, in dem alles möglich ist, an demselben Tisch, an dem wir aufgewachsen waren und an dem jeder Einzelne von uns ihm hatte berichten müssen, wie unser Tag gewesen war, am selben Tisch, an dem er uns täglich gedrängt hatte, es besser zu machen und stets hervorragend zu sein, weil wir es wert wären. Wir waren es wert. Und meine Mutter war genauso. Man konnte zusehen, wie sie eine gottverdammte Karotte in einen Topf schnitt, und man wusste, dass sie fest entschlossen war, es besser als jeder andere zu machen, der jemals vor ihr eine Karotte geschnitten hatte.*

Und hätten Wilhelmina und ich ein Baby bekommen, bevor sie sich entschied, sich den Lexus zu schnappen und weiß Gott was sonst noch alles, bevor diese Sache vorüber ist – ganz egal, wie gut der jüngste Sohn meines Vaters als Anwalt ist –, unser eigenes afroamerikanisches, kulturell wieder verwurzeltes, gänzlich unabhängiges Baby, wie könnte ich ihm die gleichen Dinge sagen, die so viel Gutes für mich bewirkt haben? Würde ich versuchen, ihm gegenüber die gleichen Worte wie mein Vater zu benutzen, dann, so fürchte ich, würden sie für mich wie Lügen klingen. Sie würden wie der Mist des weißen Amerika *klingen, das versucht, alle, die anders aussehen, ihrer Würde zu berauben. Entledige dich deiner* schwarzen Haut. Verschmelze hier und lass sie heller werden. Verschmelze weiter, dann erkennen wir dich vielleicht sogar an. Eierschalenweiß.

Wir sehnen uns immer noch nach dieser Anerkennung. Das tun so viele von uns. Und diese Sehnsucht erschafft uns mächtige Helden. In der Art von archetypischen Helden, die größer als das Leben selbst sind und in sich ein Stück von uns allen tragen, so wie sie auch einiges an wirklich altem Gepäck mit sich herumschleppen. Koffer voller Gefühle. Gefühle, die schon vor langer Zeit mit jedem beschissenen Einzelnen verschmolzen sind. Nehmen wir zum Beispiel O. J.

Also, der ist wirklich ein Geschöpf des Schmelztiegels. O. J. Simpson ist ihm entsprungen, und er war ein Footballheld und ein Filmstar, er lief durch Flughäfen und machte Reklame für Mietwagen von Hertz, und er hatte diesen weichen nicht weißen Charme, er war gut zu jedem Kind, das er sah, und er hatte eine bezaubernde weiße Frau, sodass man als Weißer wusste, dass er einen nicht wegen seiner anderen Hautfarbe hasste, und als Schwarzer wusste man, dass hier ein Schwarzer war, mit dem Weiße sich nicht nur einen Wasserspender teilen würden, sie gingen sogar mit ihm ins Bett und brachten seine Kinder zur Welt – und wenn mit ihm, dann auch mit uns –, und wir alle liebten ihn, wir alle verschmolzen miteinander in unserer Liebe zu diesem amerikanischen Helden.

Als er dann diese Frau ermordete – und yo, wachen Sie auf, ich bin Anwalt, ich sehe mir die Beweismittel an, und wäre ich der entscheidende Mann, wäre ich Johnny »Sofort-zur-Stelle« Cochran, wäre ich Johnny »Ich-denk-mir-was-aus-und-er-kommt-ungeschoren-Raus« Cochran, würde ich die gleiche Verteidigungsstrategie wie er fahren, denn natürlich gibt es Rassisten in der Polizei von LA, aber jeder, dessen Aufgabe es ist, sich Beweismittel und die menschliche Natur anzusehen, weiß tief in seinem Inneren, dass O. J. schuldig ist … ich begehe keinen Verrat an meiner Rasse, wenn ich sage, dass er sie ermordet hat … wenn O. J. Simpson also seine Frau ermordet *hat, wie kommen wir dann dazu, uns die Wahrheit zurechtzubiegen, diejenigen von uns, die farbig sind, diejenigen von uns, die – Gott sei Dank – zum Ende des zwanzigsten Jahrhunderts schließlich gelernt haben, die Wahrheit darüber zu sagen, im Allgemeinen, wo wir stehen und was wir sind und was es ist, womit wir uns all die Jahre herumschlagen mussten? Warum handeln wir gegen unseren gesunden Menschenverstand und erklären diesen Mann für unschuldig?*

Nun, wegen dieser archetypischen Geschichte, deshalb. Weil O. J. ein tragischer Held ist, deshalb. Er ist ein guter Mann, ein Mann, der größer als das Leben ist. Er ist ein Mann, der die unabdingbare Identität eines ganzen Volkes mit sich herumschleppt. Aber er hat einen Makel. Er ist eifersüchtig. Wie wir alle. Doch da alles andere an ihm groß ist, trifft das auch auf seinen Makel zu. Und einmal – nur ein einziges Mal – gerät er in eine Situation, die das Universum für ihn geschaffen hat, und sein Makel lässt ihn etwas Furchtbares tun. Und das Universum ist bereit, ihn dafür hart zu bestrafen. Aber er ist nicht nur er selbst, er repräsentiert uns. Er steht für unsere eigene menschliche Fähigkeit, unter bestimmten Umständen etwas Schlimmes zu tun. Und das ängstigt uns zu Tode. Also sagen wir, dass es nicht wahr ist. Wir verwandeln die ganze Geschichte in einen Fehler. Besser noch, wir machen alles zur Tat des Teufels, zu einer Täuschung und einer Lüge von der Art, die, wie wir gehört haben, schon unser ganzes Leben lang gegen uns gerichtet worden ist. Würden wir zum Beispiel König Ödipus nehmen, der seinen Vater unter ähnlich heißblütigen Umständen tötet und seine eigene Mutter heiratet, und riefen wir zwölf Griechen zusammen, die sich in Ödipus wieder erkennen würden, und sagten wir ihnen, okay, das ist das Ende der Tragödie, aber der Autor überlässt es euch, den Ausgang zu bestimmen. Soll Ödipus sich die Augen herausreißen und sterben? Läge die Entscheidung bei ihnen, würden sie sagen: Scheiße, nein. Es war alles nur ein Irrtum. Er ist unschuldig. Was genau das ist, was ein Haufen unserer

Leute getan hat. Diese zwölf Geschworenen und noch Millionen anderer. Millionen und Abermillionen.

Und ich kann das verstehen. O. J. wird sein Leben weiterführen, nie wieder töten und seinen Kindern ein warmherziger, liebevoller Vater sein, und ich kann nicht umhin, dabei an meinen eigenen Vater zu denken. Er hat O. J. geliebt. Natürlich. O. J. war das, was, wie mein Vater wusste, aus seinen Kindern werden konnte. Zieht hinaus in die Welt und werdet hervorragend. Ihr seid es wert. Und die Leute werden euch lieben. Schwarze, weiße, braune, gelbe und rote Menschen. Haltet unterwegs inne und seid nett zu denen, die euch lieben. Gebt ihnen Autogramme. Küsst diese Frauen. Führt uns zusammen, ganz Amerika, um das zu bejubeln, was ein Junge erreichen kann, der gegen große Schwierigkeiten ankämpfen musste und es erfolgreich getan hat. Dies ist das Land der unbegrenzten Möglichkeiten.

Mein Vater starb vor dieser dunklen, unseligen Nacht in Los Angeles im Juni 1994. Aber ich weiß, dass er wie so viele andere auch weiter an O. J. geglaubt hätte. Und er hätte nie mit mir darüber gesprochen, da er wusste, wer ich war und wie ich die Dinge sah, und er liebte mich dafür, obwohl er kaum noch in der Lage war, in irgendwelchen Fragen mit mir übereinzustimmen. Wir hätten einfach nie darüber gesprochen, so wie wir seit Jahren nicht mehr über den Schmelztiegel *gesprochen hatten, auch wenn er mir hin und wieder immer noch Vorträge hielt, ein paar Sätze – am Telefon.*

Und ich werde ihm nie sagen können, dass es mir Leid tut. Aber es tut mir Leid, Daddy, dass ich dich dein ganzes Leben lang für einen armen getäuschten Neger gehalten habe, doch das denke ich tatsächlich, und das ist etwas, das ich nicht an mir mag, und ich weiß, dass ich nie geworden wäre, was ich heute bin, frei, mir diese Gedanken zu machen, wenn du nicht an diese Lügen geglaubt hättest. Diese Ironie bleibt mir nicht verborgen. Und ich bin dir dankbar, Daddy. Ich bin dankbar, und es tut mir schrecklich Leid.

Ich halte meinen Hudson Smith in seinem Traumzustand, als ich ihn zu seinem Bett zurückführe. Mir wird plötzlich klar, dass ich, auf Grund seiner Lebhaftigkeit während der Willkommensparty, gehofft hatte, sogar aus seinem tiefsten Inneren würde sich seine Stimme, von der Tyrannei der Sehnsucht einmal abgesehen, als eine erweisen, die vor unbeugsamem Selbstbewusstsein nur so strotzt. Aber ich habe mich geirrt.

Nachdem ich ihn in seine Kammer gebracht habe, legt er sich bereitwillig nieder, und in Gedenken an seinen verlorenen Vater decke ich ihn zu und ziehe ihm das Laken bis unters Kinn. Sein Kopf rollt auf die Seite, und ich glaube schon, dass er einschlafen wird, als ich plötzlich seine Hand auf meinem Arm spüre. Ich stoße ein Keuchen aus.

Aber er ist ein sanftmütiger Mann, wie ich mittlerweile weiß. Er hält meinen Arm beinahe zärtlich fest und blickt zu mir auf. Seine Lider schließen sich, während er in den Schlaf gleitet, und er sagt leise: »Danke.«

Ich tätschle seine Hand. Sie lässt mich los, verschwindet unter den Laken, und dann schläft er. Ich bleibe noch eine Weile stehen, betrachte ihn und versuche, mich an die energischste und selbstbewussteste Stimme in unseren Speicherbänken zu erinnern.

Ich eile zu unserer großen Konsole murmelnder Stimmen zurück. Irgendetwas in ihr muss wichtig für mich sein. Irgendwo dort muss es eine Auflösung geben. Die Kategorien vor mir sind bedeutungslos: Alter, Geschlecht, Rasse. Sämtliche Stimmen entziehen sich ihren Kategorien. Und sie alle erschrecken mich.

Hier. Eine Stimme, an die ich mich als kühn erinnere. *Entkleidungskünstlerin. Nennen Sie mich eine Entkleidungskünstlerin und nicht anders, oder ich reiße Ihnen den Arsch auf.* Ihre Stimme klingt von allein auf, noch bevor ich sie mit meiner eigenen vereinen kann. Aber das ist nicht ganz richtig. Denn ihre Besitzerin ist tot und vergangen. Es ist meine Hand, die über die Konsole gleitet und die eingefangenen Geräusche wieder erweckt. Die Frau, von der sie stammen, verfügt über keinen freien Willen mehr. Doch ich ignoriere diese unumstößliche Tatsache vorerst. Stattdessen flüstere ich der Frau zu, als befände sie sich mit mir in diesem Raum. »Warte auf mich, Scarlet.«

Ich lasse mich von niemandem eine Stripperin nennen. Es ist mir egal, wenn sich das nach Larifari anhört. Ich bin Scarlet. *Ich mag meinen Namen. Ich habe gewisse Prinzipien, und wenn sie den Clubbesitzern mit ihren Pickelgesichtern, ihren schmierigen Händen und winzigen Schwänzen nicht gefallen, können sie sich diese Prinzipien meinetwegen hinten reinschieben. Mein Name ist Scarlet Moscowitz. Nicht Scarlet LaRue. Nicht Scarlet Belle. Nicht Scarlet O'Dare. Überhaupt nichts Erfundenes. Obwohl Scarlet schon erfunden ist. Das stimmt. Aber das macht nichts. Es ist ohnehin ein Name, der einem zu seinem Familiennamen gegeben wird, und ich habe das gleiche Recht, ihn mir zu geben, wie irgendjemand sonst. Mehr Recht. Aber ich bin eine Moscowitz. Darum geht's. Der Name stammt von meinem Daddy und von seinem Daddy vor ihm, und niemand wird damit Scheiße machen. Und wenn ich mich entscheide, mich in einem Raum vor den Leuten auszuziehen, die mich sehen wollen – selbst wenn die meisten davon Säufer und Taugenichtse sind –, dann muss man verstehen, was ich da wirklich mache. Ich strippe nicht. Ich häute mich. Das ist es, was eine Entkleidungskünstlerin tut. Und jetzt, zu Ihrem besonderen Vergnügen und nur für eine Nacht, das wunderbare Entkleidungsspektakel von Scarlet Moscowitz. Und ich trage ein glitzerndes rotes Kleid, das mich vom Hals bis zu den Zehen umhüllt, das schönste Kleid, das man jemals gesehen hat, besetzt mit zwanzigtausend scharlachroten Pailletten, die meinen Vornamen wie aus zwanzigtausend Kehlen rufen. Aber trotzdem bin das nicht wirklich ich. Es ist nicht mein endgültiges Ich. Würde ich einfach so bleiben, in dieses wunderschöne Kleid gehüllt, dann gäbe es Ärger. Die Männer dort draußen würden aus dem Laden vor Wut und Enttäuschung Kleinholz machen. Denn das aus zwanzigtausend Pailletten bestehende Kleid ist wie die Hülle einer Schmetterlingspuppe. Es ist nur ein Vorstadium. Was sie sehen wollen, ist mein wahres Ich. Und das ist es, was ich ihnen gebe. Ich häute mich. Die alte Haut, die unbedeutende Haut, sie fällt einfach ab von mir, und da stehe ich, da ist mein wahres Ich, und die Männer sind glücklich, sie johlen vor Freude. So schön dieses Kleid auch war, es ist nicht so schön wie ich. Jetzt bin ich der Schmetterling. Ich stehe in völliger Nacktheit vor ihnen, Miss Scarlet Moscowitz, und sie mögen Säufer und Taugenichtse sein, aber sie können trotzdem sehen, dass ich schön bin.*

Und ich wische ihre Stimme weg. Denn zum ersten Mal höre ich, was ich nie zuvor aus dieser selbstbewussten Stimme herausgehört habe. Als Scarlet damals mit mir gesprochen hat – mit einem jungen Raumfahrer, der gerade erst über dieser Welt erschienen war –, eine alte und fast todkranke Frau, sagte sie kaum etwas über ihren Vater, außer mir zu erklären, weshalb sie seinen Namen behalten hatte. Jetzt aber begreife ich, dass meine Scarlet Moscowitz vom *Tag der Schande* an, dem Überfall der Japaner auf Pearl Harbor, bis hin zum Tag des Sputniks auf den Varieteebühnen in ganz Amerika wieder und wieder nackt vor ihrem Vater gestanden hat. Vor ihrem betrunkenen, nichtsnutzigen Vater, der nicht einmal einen Moment lang die Schönheit seiner Tochter erkannt hat, die ihn liebte, aufrichtig liebte, die an seinem Namen festhielt und sich danach sehnte, dass er sie so sehen würde, wie diese anderen Männer sie sahen. Als atemberaubend schön.

Tanze für *mich*, Scarlet. Tanze für deinen außerirdischen Vater. Ich werde all das für dich sein, was er nicht war. Ich kann deinen Körper anschauen – so üppig, wie er ist, mit seiner knapp bemessenen Zahl an Fingern und Zehen –, und ich weiß, dass ich ihn als schön wahrnehmen werde.

Aber Scarlets Körper ist längst zu Staub und Knochen zerfallen.

Das war nicht die Stimme, die ich hören musste.

Ich lasse meine Fingerknöchel knacken, doch diesmal beruhigt mich die Geste nicht. Sie verstärkt nur meine Traurigkeit. Whiplash Willie ist ebenfalls tot, natürlich. Willie mit seinen eigenen Sehnsüchten, seinen eigenen, so intensiv empfundenen Fehlern. Ich selbst sehne mich danach, dass ein *Leben* von diesem Planeten vor mir sitzen, seine inneren Worte sprechen würde und, wenn schon nicht glücklich, dann zumindest zufrieden ist, und wenn nicht zufrieden, dann wenigstens auf eine gelassene Art sorglos und ausgeglichen. Man sollte eigentlich Unmengen solcher Existenzen dort unten erwarten können, die wie Unkraut gedeihen, aber ich habe bisher nicht eine Einzige entdeckt. Nicht in all den Tagen und Nächten, die seit meiner Ankunft unter mir verstrichen sind. Nicht eine Einzige, nicht einmal in all den Stimmen, die schon in unseren Maschinen auf mich warten, lange bevor ich hier erschienen bin, von anderen Forschern zusammengetragen. Nicht eine Einzige. Und ich empfinde, selbst jetzt, selbst für diejenigen, die mittlerweile tot sind, empfinde ich … Was? Was fühle ich? Ich fühle.

Die rhetorische Ungenauigkeit ist alles an Ausdruck, wozu ich fähig bin. Wie ein anderes Wortklingeln, das mich in bestimmten Momenten durchströmt: Ich bin. Ich bin. Ich fühle. Ich möchte jedem Lebewesen, das vor mir sitzt und gerade aufgehört hat zu sprechen, sagen: »Steh auf und fürchte dich nicht.«

Jetzt stehe ich auf und ich fürchte mich schrecklich. Ich fühle. Ich bin.

Bisher hat noch niemand mit mir über das GLÜCK gesprochen, über das großartige goldene Ziel der nächtlichen Busfahrt von Texas nach Louisiana, *Where They Let the Good Times Roll*. Aber natürlich habe ich mich bisher auch erst mit drei der Reisenden unterhalten, und einer davon war der Busfahrer. Ich sollte die Stimmen aus der Vergangenheit beiseite schieben und von neuem zuhören. Ich benötige dringend neue

Worte, neue Leben, die durch meine Stimme erzählt werden. Es gibt noch so vieles, was ich nach wie vor nicht verstehe, und ich bin mir der Kürze der Zeit intensiv bewusst. Wieder mache ich mir nicht die Mühe nachzurechnen, wie viel Zeit mir bleibt. Aber ich muss befürchten, dass sie nicht einmal ausreicht, um mit allen zu sprechen, die jetzt in meinem Schiff schlafen. Ich sollte gleich jetzt mit einem weiteren meiner Besucher reden.

Doch ich weiß, dass ich zuvor etwas Spontanes tun werde. Ich habe wenig Hoffnung, unter den Insassen des Busses die Art von Leben zu entdecken, die ich im Augenblick studieren möchte. Es ist Zeit, ein paar Stunden auf der Oberfläche des Planeten zu verbringen. Wenn die Nacht über den Ort unter meinem Schiff zurückkehrt, werde ich persönlich und körperlich hinabsteigen. Ich werde es mit großer Vorsicht tun, verkleidet mit meinem Trenchcoat und dem breitkrempigen Filzhut, den ich trug, als ich Edna Bradshaw zum ersten Mal auf dem fast menschenleeren Parkplatz des rund um die Uhr geöffneten Wal-Mart Supercenter in Bovary, Alabama, begegnet bin. Meine fünfstündige Mission wird darin bestehen, eine Art von Leben zu suchen, die neu für meine Studien ist, ein Leben voller ruhiger Genügsamkeit. Eine Existenz ohne Sehnsüchte.

Und obwohl ich noch eine oder zwei andere Stimmen von meinen derzeitigen Besuchern aufzeichnen sollte, bevor ich mich auf den Weg mache, kehre ich stattdessen zu meiner Frau Edna Bradshaw zurück, die ich schlafend in unserem Bett vorfinde. Und so lege ich mich neben sie und versuche, selbst in den Schlaf zu finden, in den nie ein Traum eindringt und in dem die *Hügel von Musik widerhallen*, außer dass es dort keine Hügel gibt, nicht einmal die Konturen einer Landschaft. Nur Musik.

11

Und ich erwache. Ich spüre, dass es Zeit ist, auf meine Mission zu gehen. Edna liegt noch immer neben mir, wie ich zu meiner Freude sehe, auch wenn sie sich jetzt bewegt. Ich fahre mit der Hand über sie hinweg, und sie wird wieder ruhig. Ich möchte nicht, dass sie wach wird, während ich fort bin, und sich wegen meiner Abwesenheit ängstigt. Ich beuge mich über sie, berühre ihr Gesicht mit meinen Fingerspitzen und hoffe, dass sie mich in ihren Träumen sehen und meinen Herzschlag dort spüren kann.

Ich ziehe mich leise in meinen Vorbereitungsraum zurück, öffne die Ausrüstungskammer und beschließe, zusätzliche Vorsichtsmaßnahmen zu ergreifen, mehrere Lagen von Verkleidung zu benutzen. Bevor ich zu Trenchcoat und Filzhut greife, schäle ich mich in einen Anzug, und ich wähle die Krawatte aus, die ich bei meinem ersten Rendezvous mit meiner Edna Bradshaw getragen habe, eine rote, mit dutzenden Tabascoflaschen bedruckte Krawatte. Edna schien diese Krawatte zu lieben. Ich ziehe sogar meine Converse-Chuck-Taylor-All-Star-Segeltuchschuhe in Übergröße an. Geschlossene Fußbekleidung ist auf meinem Heimatplaneten unbekannt, und ich bin immer noch nicht daran gewöhnt, aber ich werde heute Nacht kein Risiko eingehen. Ich streife den Trenchcoat über und ziehe den Gürtel zu, aus Rücksicht auf das, was Edna meine Scarlett-O'Hara-Taille nennt – womit, soweit ich das verstehe, ihr minimaler Umfang gemeint ist –, allerdings nicht zu stramm. Meine Taille war der erste Anhaltspunkt, der mich an dem Abend unserer Begegnung als Außerirdischen verraten hat. Dann setze ich meinen Hut auf und ziehe die breite Krempe tief herab.

Es ist Nacht. Ich bin bereit. Ich durchquere den Gang mit

leise quietschenden Sohlen meiner Chuck-Taylor-Schuhe, die, wie ich erfreut registriere, die Farbe von Herbert Jenkins' Anzug haben, also kanariengelb sind. Mein Zoot Suit dagegen ist in einem konservativen Farbton gehalten, grau mit Nadelstreifen. Mein Trenchcoat ist schwarz, wie auch mein Hut. Ich bin wie ein Geck gekleidet.

Und der Geck sitzt hinter dem Lenkrad seines Schlittens mit Dreiklanghupe. Sozusagen. Zwar habe ich weder ein Lenkrad noch eine Hupe, aber ich sitze in meinem Landungsschiff und bin bereit, auf die Welt unter mir hinabzufliegen. Ich krümme meine Finger, die mich in einen Feigling verwandeln. Doch um ehrlich zu sein, ist es der Feigling in mir, der das ständige Versteifen meiner Finger verursacht, und nicht umgekehrt. In all den Erdenjahren, seit ich diesen Planeten beobachte, bin ich vielleicht sechs- oder siebenmal direkt auf seiner Oberfläche gewesen und nie in Gefahr geraten. Beim letzten Mal habe ich sogar die Frau mit mir genommen, die sich bei meinem vorherigen Besuch in mich verliebt hatte. Doch mein nächster Besuch wird so bedeutend sein, dass ich jetzt voller Anspannung bin. Und natürlich gibt es immer Risiken. Auch außerhalb meines Raumschiffs kann ich immer noch Schlaf und Vergessen hervorrufen, aber nur in einem sehr begrenzten Umkreis. In einem fremdartigen Terrain kann es zu vielen Situationen kommen, die sich gänzlich meiner Kontrolle entziehen.

Doch ich schiebe diese Gedanken beiseite. Ich starte und schieße den Lichtern unter mir entgegen, nehme jetzt Kurs auf die dunklen Grenzen der Stadt, wobei ich an die grünen Suchscheinwerfer auf den Casinobooten denke. Ich bin äußerst vorsichtig. Auch wenn mein Schiff einen Tarnschirm besitzt, sind Pilotenfehler natürlich nicht ausgeschlossen, besonders während des Übergangsstadiums zwischen den unterschiedlichen Antriebsarten, wodurch Beobachter einen flüchtigen Blick auf das erhaschen können, was sie ein UFO nennen. Aber das ist ein seltenes Phänomen, und heute Nacht bin ich wachsam. So gleite ich über die Bauminseln, die von

Straßen durchschnitten werden, an denen sich Haus an Haus reiht. Wenn die emotional ausgeglichenen Lebensformen, die ich suche, tatsächlich existieren, dann mit Sicherheit längs dieser ruhigen Straßen. Ich fliege schnell hin und her und halte Ausschau nach einem geeigneten Landeplatz. Ein offenes, am besten dunkles Gelände, wo nicht die Gefahr besteht, dass irgendjemand ahnungslos gegen ein unsichtbares Objekt läuft.

Ich werde kühner. Ich gleite über ein großes Schiff hinweg, das im orangefarbenen Schein von Natriumdampflampen Reis lädt, und jage am Ufer des Sees dahin. Die Häuser hier sind groß und mit den Früchten der kapitalistischen Wirtschaft gefüllt. Trotzdem spüre ich ein großes Verlangen, das von ihnen ausgeht. Ich schwenke landeinwärts. Vor mir sehe ich etwas, das ich einen Moment lang für einen Wal-Mart halte, und ich werde nostalgisch. Ich denke an die Nacht in Bovary, Alabama, als ich zu sehr später Stunde allein in der Dunkelheit stand und Edna mir etwas zurief. Der Parkplatz war bis auf vier vereinzelte Fahrzeuge verlassen, keine Menschenseele in der Nähe, bis meine zukünftige Frau aus ihrem Einkaufsparadies trat, mich aus der Ferne erspähte und mich voller Mitgefühl ansprach, weil sie glaubte, wie ich später begriff, ich hätte meinen Wagen falsch geparkt. »Haben Sie sich verirrt?«, fragte sie. Das habe ich.

Und jetzt sehe ich, dass der Komplex vor mir keineswegs ein Wal-Mart ist. Ich ziehe eine Schleife um ihn herum. Er preist sich selbst als KROGER FAMILY CENTER, 24 STUNDEN GEÖFFNET, DROGERIE UND LEBENSMITTEL an. In der Nähe, auf der anderen Straßenseite, erstreckt sich eine weite Fläche aus rissigem Beton, nicht allzu dunkel, aber eindeutig verlassen. Von dem Gebäude, das dort einmal gestanden hat, sind nur noch die kaum erkennbaren Grundrisse des Fundaments übrig geblieben. Ich fliege eine Kurve und kehre zurück. Neben einer Straße vor dem Kroger Center verlaufen Eisenbahnschienen, jenseits dieses offenen Geländes, überqueren die Fahrbahn und verschwinden in Richtung des Schiffes auf dem

See in der Dunkelheit. Ich gehe tiefer, drossle die Geschwindigkeit, und am Rand der freien Fläche taucht ein Schild auf, dunkel und durchlöchert: ROLLSCHUHBAHN.

Ich lande. Ich warte. Es ist spät. Hier in der Mitte der Rollschuhbahn herrscht Dunkelheit. Ich frage mich, was diese Rollschuhbahn war, warum sie all die Jahre meiner Aufmerksamkeit entgangen ist. Vielleicht aus dem gleichen Grund, aus dem man sie bis auf eine leere Betonfläche und ein verrottendes Schild eingeebnet hat. Irgendetwas ist fürchterlich schief gegangen. Einst war die Rollschuhbahn ein so stolzer Komplex auf dem Planeten Erde wie Kroger oder Wal-Mart, aber Letztere haben sich gegen die Rollschuhbahn gewandt, und sie ist zu Nichts zerfallen.

Meine Phantasie überhitzt sich. Ich male mir sogar aus, wie die Bewohner von Lake Charles, Louisiana, die Rollschuhbahn mit Mistgabeln und lodernden Fackeln stürmen, brüllend ihren Tod fordern und sie mit bloßen Händen in Stücke reißen. Aber ich weiß, wie sehr *Worte* immer darum kämpfen, etwas anderes zu sein, als sie tatsächlich sind, sich um das Objekt ihrer Aufmerksamkeit zu versammeln und aus dem Dunkel heraus aus unvorhersehbaren Richtungen über es herfallen. Ich weiß Bescheid über die *Worte* auf diesem Planeten, und deshalb weiß ich auch, dass ich nicht etwa über das vergangene Schicksal der Rollschuhbahn nachgrüble, sondern über das bevorstehende – *unmittelbar* bevorstehende – Schicksal des als Desi bekannten Außerirdischen, der den Befehl erhalten hat, sich körperlich auf eine beeindruckende, unwiderlegbare und unzweideutige Weise allen Menschen dieser Welt zu offenbaren und eine fundamentale Wahrheit des Universums mit ihnen zu teilen. Kommt schnell her! *Es lebt!*

Sieh mal, sage ich mir. Du hättest auch auf deinem Mutterschiff herumsitzen und dich vor der Zukunft fürchten können, ohne unbequeme Schuhe tragen zu müssen. Wenn du diesen Besuch machen willst, dann *tu es einfach*. Die Straße jenseits der Schienen ist menschenleer, genau wie die Straße zwischen der Rollschuhbahn und dem Kroger Center. Auf dem Parkplatz des Supermarkts stehen nur ein paar vereinzelte Autos herum, weit und breit ist kein Mensch zu sehen. So verlasse ich schließlich mein kleines Schiff.

Die Luft ist recht mild und riecht schwach nach Holzfeuer. In der Ferne bellt ein Hund. Der Himmel im Westen wird vom flackernden Schein von Ölraffinerien orange gefärbt, und dort, weit entfernt über der Linie der Baumwipfel, gleitet der grüne Lichtstrahl von den Casinos lautlos durch den Himmel. Doch mein Weg führt mich in die stillen Straßen dieses Wohnviertels. Ich durchquere die verschwundene Rollschuhbahn und beschließe, meine Frau Edna Bradshaw später danach zu befragen. Am Straßenrand bleibe ich stehen und spähe zum Parkplatz des Kroger Center hinüber.

Ich habe den Wal-Mart in dieser Nacht in Bovary, Alabama, tatsächlich nie betreten. Unsere Maschinen haben uns natürlich Einblicke in all die verschiedenen Gebäude dieses Planeten ermöglicht, aber es gibt etwas, das durch keinerlei Technologie reproduziert werden kann. Auf diesem Planeten muss man diese Gebäude körperlich betreten, will man ihren Einfluss auf die hiesigen Lebensformen verstehen. Das ist einer der Gründe, warum ich jetzt dieses Risiko eingehe. Jeder Fleck hat seine Eigentümlichkeiten. Ich blicke mich um. Ich habe mich vielleicht fünfzig Schritte von meinem Schiff entfernt, das, wie ich zufrieden feststelle, auf dem Gelände der Rollschuhbahn unsichtbar ist. Aber schon nach dieser kurzen Distanz haben sich beachtliche Veränderungen ergeben. Zum Beispiel kann ich nicht länger den Rauch des Holzfeuers riechen. Stattdessen rieche ich Bäume. Tannen. Sie liegen am Straßenrand zu meiner Rechten aufgestapelt. Ein Dutzend kleiner dürrer Bäumchen, die – wie dürftig und oberflächlich mein Verständnis für diese Welt doch ist – um diese Jahreszeit herum eigentlich in Wohnungen aufgestellt und mit Lichtern geschmückt werden sollten, um die Geburt des Mannes zu feiern, mit dem mich Citrus vorher an Bord des Raumschiffes verwechselt hat, ein Fest, das seit wenigen Tagen vorüber ist. Ich zögere bei den Bäumen, die offensichtlich zu dünn waren, als dass man sie für wert befunden hätte, gekauft zu werden... vermutlich in einem Verkaufsstand auf der anderen Straßenseite in diesem Kroger Family Center, obwohl dort laut der Reklametafel nur Drogerieartikel und Lebensmittel angeboten werden – oder vielleicht auf dem Gelände der abgerissenen Rollschuhbahn... wo auch immer, die Bäume wurden jedenfalls mit Lastwagen angeliefert, aufgestapelt, verkauft und der Ausschuss dann einfach weggeworfen, so wie das Dutzend dort... ich bin mir bewusst, wie auf diesem Planeten Geschäfte gemacht werden, man tut, was man kann, um einen schnellen Dollar zu machen, und wenn man Eskimos Eiswürfel andrehen kann, dann tut man auch das... obwohl ich keine Ahnung habe, warum mir in dem Zusammenhang ausgerechnet diese Redewendung durch den Kopf schießt, denn auch wenn sie etwas mit Handel und Geschäften zu tun hat, ist sie unter diesen Umständen fehl am Platz, da die Kundschaft des Kroger Center für einen Weihnachtsbaum mit Sicherheit mehr Verwendung hat als ein Eskimo für Eis... aber jetzt stehe ich hier und spüre, wie ich mich von einem dünnen Rauchfaden nervöser Worte ziellos dahintreiben lasse und mich einmal mehr wie meine Frau Edna Bradshaw anhöre, und ich wünschte, ich würde jetzt bei ihr sein und neben ihr in unserem Bett liegen, während sie in ihrer bildhaften Traumwelt weilt.

Doch ich bin nicht bei ihr. Ich bin hier. Und der ursprüngliche Gedanke, von dem ich abgeschweift bin, ist dieser: Der Ort, an dem ich mich in diesem Moment befinde, ist neu für mich. Vielleicht war dieser Gedanke nicht der genaue Ausgangspunkt, aber er kommt ihm nahe. Und Folgendes trifft auf den Planeten Erde zu: Schon nach fünfzig Schritten verändern sich die Dinge. Ganz drastisch, wenn man aufmerksam ist. Und nach weiteren fünfzig Schritten, sogar nach fünf Schritten, verändert sich die Welt wieder. Jetzt bellt kein Hund mehr. Ich höre das mechanische Klicken der Verkehrsampel, als die Färbung meiner Hände sich von Grün in Bernstein verwandelt, ein weiteres Klicken, und das Bernstein wird zu Rot. Kurz gesagt, obwohl ich durch meine Maschine klare Bilder des Kroger Center erhalten kann, kenne ich es nicht wirklich, kenne nicht seine Essenz, und deshalb möchte ich es betreten, auf den quietschenden Sohlen meiner Chuck-Taylor-Segeltuchschuhe durch seine Gänge wandern. Was mich noch zurückhält, ist das Bewusstsein der damit verbundenen Risiken, die um diese Uhrzeit vielleicht beherrschbar sind, vielleicht aber auch nicht.

Die Verkehrsampel klickt erneut. Ich blicke auf. Das große rote Auge schließt sich, das große grüne öffnet sich, und mir wird klar, wie weit ich mich von dem für ein Mitglied meiner Spezies charakteristischen Geisteszustand habe forttragen lassen. Ich könnte sagen »durch Worte fortgetragen«, aber ich weiß auch, wie sich das in diesem Zusammenhang anhört. Ich bin zu einem Jammerlappen geworden. Wäh. Wäh. Das ist alles, was ich von mir höre. Und mit Sicherheit liegt es nicht nur an Worten, dass ich mich von meinem normalen Geisteszustand entfernt habe. Vielleicht sollte ich mich einfach treiben lassen. Meine Frau Edna Bradshaw zeigt immer wieder Anzeichen des gleichen Syndroms, das sich im freien verbalen Assoziieren äußert, und dieser Zustand ängstigt sie eindeutig nicht, tatsächlich scheint sie es sogar fast zu genießen, Worte aus sich herausfließen zu lassen, die einem winzigen strahlenden Thema folgen, bis es einem anderen begegnet, unvermittelt die Richtung ändert und ihm folgt und so weiter und so fort.

Ich blicke auf meine Schuhe. Ihr Gelb, wie das eines Kanarienvogels, wie Herbert Jenkins' Zoot Suit – auch wenn ich seinen Zoot Suit nie wirklich gesehen habe –, das Gelb meiner Chuck-Taylor-All-Star-Segeltuchschuhe ist hier draußen auf der nächtlichen Straße dunkler und verblasst. Doch jetzt, *klick,* wird es wieder etwas intensiver. Das liegt an der Ampel. Ich sehe das Licht an, direkt hinein in das Bernsteinauge.

»Ach, lass dieses unaufhörliche Klicken«, sage ich laut. Es klickt erneut. Das ist nicht dein Planet, sagt es. Und es öffnet sein rotes Auge und stiert mich hitzig an. Es ist die Luft, die diese ziellosen Wanderungen meiner Gedanken hervorruft. Ebenso wie die Worte. Es ist der Geruch von Rauch, den ich jetzt wieder wahrnehme. Und der Geruch von toten Bäumen. Und der Hund, der wieder bellt. Nein, ein anderer Hund an einem anderen Ort, weit entfernt.

Ich rase innerlich. Es sind nicht die Worte, die mich mitreißen. Die Worte und ich sind Gefährten. Wir werden gemeinsam von dieser tieferen Strömung in mir fortgetragen, die ihrerseits von dem Rauch, den Bäumen, den Hunden und tausenden anderen Nuancen der Nacht erzeugt wird. Dem Klicken der Verkehrsampel. Dem orangefarbenen Glühen des westlichen Himmels. Dem Knirschen von Kies unter den Schuhsohlen bei der geringsten Bewegung meiner Füße. Der glattwandigen Reglosigkeit der Autos auf dem Parkplatz. Und vielleicht letztendlich auch von den Worten. Auf meinem Planeten bündelt sich die Wahrnehmung unseres Lebens, von Augenblick zu Augenblick, in unserem Geist, und um einander zu berühren, hüpfen wir unbeschadet durch die sinnlich erfassbaren Eigenschaften unserer Umwelt, die wir kaum zur Kenntnis nehmen. Doch auf einem Planeten, der aus *Worten* aufgebaut ist, denen die gleiche Wertigkeit anhaftet wie dem Klicken einer Verkehrsampel, Hundegebell und dem Schaben von Schuhsohlen, muss ich mich direkt mit all den sinnlichen Eindrücken auseinander setzen, die zwischen meiner inneren Welt und derjenigen eines jeden anderen liegen. Ich habe keine Wahl. Und sie bewegen mich tief, diese sinnlichen Komponenten. Auf eine Weise, die nach Worten verlangt und sich ihnen gleichzeitig verweigert. Plötzlich stelle ich fest, dass meine Hände schlaff vor Verlangen sind. Ich denke an die liebe Edna Bradshaw. Komm schnell her, Edna. *Es lebt!*

Ich bin jetzt unsicher auf den Beinen. Ich darf nicht nachdenken. Ich trete vom Bürgersteig, gehe über den Parkplatz, schlage einen Bogen zur Rückseite des Center und kämpfe den Impuls nieder, ein Risiko einzugehen. Ich überquere die Bahngleise und betrete eine ruhige Straße, die direkt vom Kroger Center fortführt. Es ist eine nach einer Klasse von Moospflanzen benannte Straße, die einen kleinen, blättrigen, häufig büschelförmigen Stamm haben und ihre Sexualorgane an der Spitze tragen. Fragen Sie mich nicht, warum die Straße nach solchen Pflanzen benannt wurde. Vielleicht war die ganze Gegend früher einmal mit *Moos* bedeckt. Vielleicht hat der Erbauer dieser Straße sich einst auf einen gewaltigen Moosteppich gelegt, genau hier, und von dem geträumt, was er schließlich bauen würde. Ich folge der Moosstraße, jetzt angespannt, versuche, die Worte eine Weile im Zaum zu halten, damit ich nicht auf jedem Pflasterstein dieses Bürgersteigs stehen bleibe und den Rest der Nacht damit verbringe, meine Worte um ihren jeweils einzigartigen Ausgangspunkt herumzuformulieren. Ich gehe weiter, meine Schuhsohlen erzeugen reibende und knirschende Geräusche, und ich zwinge mich dazu, mich wieder auf meine ursprüngliche Absicht zu konzentrieren.

Ich schaue in die Fenster, an denen ich vorbeikomme, bereit, näher an sie heranzutreten, auf einen isolierten Menschen zuzugehen, mit der Hand vor seinem Gesicht zu wedeln und seine Worte freizusetzen, ihm zuzuhören, wie er über seine Zufriedenheit spricht – wenn er den Müll aus dem Haus bringt, an seinen Vater denkt, sich mit seiner Arbeit beschäftigt, sein Leben auf diesem Planeten lebt. Jemand, der mit einer Stimme spricht, wie ich sie bisher noch nicht gehört habe.

Am Straßenrand liegt ein Baum, in dessen Zweigen silbernes Lametta klebt, und ich werfe einen Blick auf das Haus, eine Veranda, ein Fensterladen in einem defekten Scharnier, der ein wenig herabhängt. Die Fenster sind dunkel, niemand da. Doch jetzt ist da eine Bewegung in dem dunklen, zur Straße hin gelegenen Zimmer. Ich verlangsame meine Schritte, kann die Gestalt in dem Haus nur undeutlich ausmachen, ein Mann, glaube ich, der sich kurz in der Dunkelheit bewegt hat und dann wieder reglos verharrt. Das nächste Haus gleitet in mein Blickfeld, hell erleuchtet, aber ich denke noch über den Mann nach, den ich gerade gesehen habe, wenn auch nur flüchtig. Er hat seinen Baum hastig auf die Straße geworfen, sitzt wach in einem dunklen Zimmer und steht auf, nur um nirgendwohin zu gehen. Meine Maschinen sind voller Stimmen, die sich nicht von der seinen unterscheiden.

Stattdessen konzentriere ich mich auf das helle Haus vor mir. Bernsteinfarbene Glühbirnen beleuchten das Vorderfenster, hinter dem noch immer der Baum steht und im Licht weißer Lämpchen erstrahlt. Ich sehe durch das Zimmer und einen bogenförmigen Durchgang an seinem Ende auf einen Tisch im Esszimmer, an dem mehrere Leute sitzen. Ich bleibe stehen. Eine glückliche Familie. Zufrieden mit ihrem Leben. Ich gehe einen Schritt auf sie zu, betrete ihren Rasen, mache noch einen Schritt. Ich bin nicht allein. Irgendetwas hat mir das schon die ganze Zeit verraten. Vielleicht ist es die Nase, die so hell wie die Verkehrsampel beim Kroger Center leuchtet. Es ist der Weihnachtsmann, der leblos, aber in voller Lebensgröße neben einem Azaleenbusch steht. Welch ein Gefühl von Festtagsstimmung in diesem Haus wohnt. Wie könnte es Angst, Sehnsucht, Konflikte und Verlorenheit in solch einer Familie geben? Dort sitzen sie unter einem Kronleuchter – ein billiger Kronleuchter, wie ich bemerke, seine nackten Glühbirnen ragen aus milchigen Glasblumen hervor. Gut. Keine Verstellung. Nur Harmonie und Zufriedenheit. Zumindest ruhige Genügsamkeit. Eine Frau sitzt mit dem Rücken zu mir auf einem Stuhl, eine junge Frau, nehme ich an, soweit ich es anhand von dem beurteilen kann, was ich von Edna Bradshaw über Frisuren weiß. Ihr Haar ist lang und fällt ihr glatt auf den Rücken herab. Sie ist sehr dünn. Ihre Haut, die ich an einem Arm sehen kann, ist blass. Ich verändere den Blickwinkel ein wenig, während ich noch ein paar Schritte auf das Haus zugehe. Ich kann Stimmengemurmel hören. Irgendwo muss ein Fenster offen stehen, nehme ich an. Obwohl in diesem Teil des Planeten der erste Abschnitt des Winters herrscht, ist die Nacht sehr mild. Schließlich ist das Louisiana, *wo der Winter zu Besuch kommt, um zu feiern.* Der jungen Frau gegenüber am Tisch sitzt eine andere Frau, die Ehefrau und Mutter. Sie trägt das Haar kurz und in Dauerwellen gelegt, ihr Gesicht ist hager, die Mundwinkel sind herabgezogen. Vielleicht wird der Eindruck durch das Licht der nackten Glühbirnen über ihr hervorgerufen. Sie hat den ganzen Tag damit zugebracht, dieses wunderbare Essen für ihre Familie zuzubereiten, sie ist auf eine behagliche Weise müde, und das zeigt sich in dem Licht auf ihrem Gesicht. Sie blickt ihre Tochter über den Tisch hinweg an. Neben den beiden Frauen, am Kopfende des Tisches, sitzt der Vater und Ehemann. Er hat sich vorgebeugt, als würde er jemandem zuhören, aber nicht den beiden Frauen. Am Tisch außerhalb meines Blickfelds sitzen noch andere Personen. Das Murmeln, das ich höre, stammt von einer Männerstimme, die Worte sprudeln schnell und überstürzt hervor. Und plötzlich lacht der Vater und Ehemann. Er lehnt sich auf seinem Stuhl zurück, wirft den Kopf in den Nacken und lacht.

Seine Frau und seine Tochter dagegen bewegen sich nicht, werfen nicht einmal einen Blick in seine Richtung. Sie bleiben so reglos wie der Weihnachtsmann, der neben mir steht und sein kaltes rotes Licht in die Dunkelheit hinausstrahlt. Und ich weiß, dass ich sie alle falsch beurteilt habe.

Ich ziehe mich aus ihrem Vorgarten zurück. Das ist es, was ich brauche. Ich bin mit meinen eigenen Plänen hierher gekommen, aber ich muss diese Welt so wahrnehmen, wie sie ist, damit ich weiß, was zu tun ist, wenn ich demnächst zurückkehre.

In der Ferne höre ich das Heulen eines Zuges.

Das ist ein Geräusch, über das meine Frau Edna Bradshaw mit großer Wehmut gesprochen hat, ein Geräusch, das sie gern hörte, wenn sie mitten in der Nacht mit ihrem gelben Kater Eddie allein in ihrem Wohnwagen im Wagenpark draußen an dem State Highway war, der Bovary, Alabama, mit dem Rest der ihr bekannten Welt verbindet. Das war noch zu der Zeit, bevor wir uns auf dem Parkplatz des Wal-Mart begegnet sind. Der Gedanke an all die anderen Leben, die an weit entfernten Orten stattfanden, machte sie glücklich – ausgelöst durch das Geräusch eines Zuges, der mit unbekanntem Ziel durch die Nacht fuhr –, während sie an einem Ort wohnte, der ihr so gut vertraut war. Ich glaube, dass sie mein erstes Angebot, mit mir fortzufliegen, aus diesem Grund abgelehnt hat. Sie war zufrieden.

Ich richte mich gerade auf und erschaudere, als ich daran denke. Ich habe Edna Bradshaw aus der gleichen Art von Leben gerissen, wie ich es heute Nacht suche.

Aber nein. Sie war nicht zufrieden. Wir trafen uns, ich bat sie um ein Rendezvous und führte sie aus, wir verliebten uns, ich sollte versetzt werden, ich bat sie, mich zu heiraten, sie lehnte ab, und ich flog fort. Doch dann war sie plötzlich sehr unglücklich. Bovary, Alabama, bereitete ihr keine Freude mehr. Sie hörte dieses Heulen eines Zuges in der Nacht – da ist es wieder, es kommt näher, wenn auch langsam –, sie hörte es, nachdem ich verschwunden war, und es machte sie nur noch traurig, erweckte in ihr die Sehnsucht, ihm zu folgen. Sie wollte vor dem fliehen, was sie immer gekannt hatte, vor einem Leben, das sie nicht länger befriedigte.

Ich blicke zum Kroger Center hinüber und stelle fest, dass auch ich Sehnsucht empfinde.

Die hellen Lichter rufen mich. Auf dieser Welt, fürchte ich, gibt es kein Leben ohne Sehnsucht, wie ich es gesucht habe. Vielleicht gibt es das nirgendwo im Universum, solange seine Geschöpfe einen Geist und ein Herz besitzen und sich von einem Moment zum nächsten bewegen müssen. Ich zum Beispiel sollte jetzt lieber zu meinem noch unentdeckten Beiboot gehen und in mein Zuhause mitten in die Luft zurückkehren. Tatsächlich aber sehne ich mich danach, Kroger zu verstehen, was, wie mir klar wird, die Sehnsucht danach ist, mehr von dem zu verstehen, was mir bevorsteht. Es ist eine Sache für mich, unbemerkt in der Dunkelheit umherzuschleichen und mir selbstgefällig einzubilden, ich würde diese Geschöpfe verstehen. Aber es ist eine ganz andere Sache, in diese breite Bahn aus fluoreszierendem Licht hineinzutreten, die mit Bier, Waschpulver, Frühstücksflocken, Haarspülung und den leidenschaftlichen Käufern dieser Waren gefüllt ist, und zu verkünden: »Seht her, ihr alle, ihr seid nicht die einzigen Lebewesen im Universum.«

Ich überquere die Eisenbahnschienen, betrete den Parkplatz und bin voller Hoffnung. Ich weiß, dass dieses Gebäude vor Gegenständen strotzt, die sich in dem messbaren Raum zwischen diesen Geschöpfen vermehren, Gegenstände, die *Worte* gebären, *Worte*, die mein Verständnis der Dinge in so vielen Belangen geformt haben. Und obwohl ich eine Anzahl dieser Gegenstände gesammelt und in einem speziellen Raum meines Schiffes eingelagert habe, obwohl sie sich auch hier in Hülle und Fülle drängen, haftet meiner Sammlung eine gewisse Aura der Künstlichkeit an, wie eine Schachtel voller aufgespießter Insekten. Ich muss mich in das Kroger Center hineinbegeben, ungeachtet aller Risiken. Ich laufe auf quietschenden Sohlen schnell weiter über den Asphalt. Der helle weiße Schein ruft mich, das Licht, ein fröhliches *WILLKOMMEN* und ein großes gelbes Smileygesicht über der automatischen Doppeltür.

Plötzlich bin ich wie gefesselt von diesem Gesicht, das ich bereits mithilfe meiner Maschinen an vielen Orten gesehen habe. Doch bis zu diesem Moment habe ich in ihm nicht das erkannt, was es wirklich ist: das Gesicht eines Außerirdischen. Keine Ohren, kein Haar. Große Augen. Keine Lippen, nur ein breites liebenswertes Lächeln. Schließlich bin ich ein freundlicher Bursche. Vielleicht hat mir dieses Gesicht einen Weg geebnet. Diese Worte des Willkommens richten sich direkt an mich, an Desi, den freundlichen Außerirdischen, der dem Family Center einen besonderen Besuch abstattet. *Wir wün-*

schen Ihnen ein glückliches Millennium. Ich eile auf das Kroger Center zu.

Dort steht eine große Gestalt in einer hellbraunen Uniform, ein Sicherheitsposten, wie mir angesichts der späten Stunde klar wird. Und mir wird auch klar, dass ich bereit bin, mich ihm direkt vorzustellen: Hi, ich heiße Desi, ich bin der Außerirdische, auf den Sie gewartet haben, dessen Bild fröhlich über Ihrem Kopf hängt, während wir uns hier unterhalten. Und im selben Moment, als ich daran denke, diese Worte zu sagen, fällt alles, was ich mir ausgemalt habe, in sich zusammen. Ich ziehe den Hut tief in die Stirn, vergrabe die Hände in den Manteltaschen und drehe das Gesicht zur Seite. Ich bin kein Narr. Der rationellere Teil von mir erwartet nicht wirklich, dass diese Welt die bildhafte Darstellung ihres allgegenwärtigen Mr.-Smiley-Gesichts erkennt.

Ich gehe weiter, versuche mich mit eingeschränktem Blickfeld zu orientieren, das Gesicht noch immer weit zur Seite gedreht, konzentriere mich auf den metallischen Zeitungskasten rechts neben der Eingangstür und ermögliche es dem Wachmann so, meine Weigerung, ihn anzusehen, als nicht feindselig zu interpretieren. »Abend«, sage ich und greife dann geistesgegenwärtig die Schlagzeile der Zeitung auf, um den Eindruck zu erwecken, sie hätte mich völlig in ihren Bann gezogen. »*Angst und Hoffnung zum Ende des Millenniums.* Wie oft diese beiden Dinge doch Hand in Hand gehen, nicht wahr?«

Der Mann antwortet nicht, macht aber auch keine Anstalten, mich aufzuhalten. Ich habe bereits die Gummimatte betreten, und die Türflügel gleiten mit einem Geräusch auf, das dem der Luftschleuse, die das Vakuum des Weltraums von der Lebens spendenden Atmosphäre meines Mutterschiffes trennt, nicht unähnlich ist. Ich überschreite die Türschwelle und befinde mich in einer der irdischen Konsumkathedralen. Das grelle Licht blendet mich. Ich blicke mich schnell um, kann niemanden in meiner Nähe entdecken, senke den Kopf, setze meine modische Sonnenbrille mit den dunklen Gläsern auf und befestige die elastischen Haltebänder an den Bügeln hinter meinem Kopf, damit mir die Brille nicht in Ermangelung menschlicher Ohren vom Gesicht rutscht. Dann schiebe ich die Hände wieder in die Taschen, steuere einen menschenleeren Bereich zu meiner Rechten an und entferne mich von den Bediensteten oder irgendwelchen meiner Miteinkäufer. Aber noch während ich ihnen aus dem Weg gehe, erregt mich diese Bezeichnung: meine Miteinkäufer.

Von der Decke her erklingt Musik. *I'm Bluer Than Blue*. Wie ironisch. Was auch immer das Gegenteil dieses Gemütszustandes ist, es trifft auf mich zu. Ich bin röter als rot. Doch jetzt ertönt in der Nähe das metallische Rasseln rollender Einkaufswagen, und ich bin gelber als gelb, husche vor dem Geräusch davon, vorbei an einem großen, Hitze ausstrahlenden silbernen Kasten, in dem ganze Hähnchen rotieren, vorbei an Tischen, *wo es weniger kostet, mehr zu bekommen*, Tische, die überquellen von Baguettes, Cremetorten, Marmorkuchen, Zimtkuchen und Früchtekuchen – *unser Sonderangebot zum halben Preis* –, vorbei an Behältern mit Weihnachtspapier auf Rollen – *besonders preisgünstig* – und Tüten voller Schleifenbänder, und das Geräusch, das mich erschreckt hat, ist verstummt. Es stammte mit Sicherheit von einem Verkäufergehilfen auf Nachtschicht, der die überall herrenlos herumstehenden Einkaufswagen eingesammelt hat. Jetzt befinde ich mich in der geräumigen verwaisten Drogerieabteilung und verlangsame meine Schritte. Ich bin allein und glücklich und bleibe vor Regalen voller Mundwasser in allen erdenklichen Variationen und Ausführungen stehen: blaue Minze, kühle Minze, Pfefferminze, sanfte Minze, frische Minze, und mir dreht sich der Kopf in einer seltsamen Art von Entzücken. Ich stolpere ein paar Schritte weiter, und jetzt präsentieren sich dem Kunden zahlreiche Möglichkeiten, die sichere Haftung seiner dritten Zähne zu gewährleisten, ein Thema, dem diese Welt genauso viel Mitgefühl und Aufmerksamkeit widmet wie die wunderbarsten und liebevollsten Eltern ihren Kindern. Um sich vor wackligen Zahnprothesen zu schützen, kann man zu *Dentrol*, *Sea Bond*, *Fixodent*, *Poli-Grip*, *Dentu-Grip*, *ORAfix*, *Effergrip*, *Rigident*, *Cushion Grip* oder *Klutch* greifen. Eine irrationale Hoffnung lässt mich jetzt erbeben. Doch was für eine Hoffnung das ist, weiß ich nicht.

Ich nehme die Sonnenbrille ab, um all diese Dinge im normalen Licht zu sehen. Einen Moment lang pochen meine Augen schmerzhaft in der Helligkeit, aber sie passen sich den Lichtverhältnissen schnell an. Ich passe mich an. Ich bin froh, hier zu sein. Ich bin überwältigt von den Möglichkeiten, die die Dinge eröffnen. Einige Schritte weiter finden sich viele Mittel zur Reinigung der Zähne, eins davon *alterungshemmend*. Das ist alles, was ich in dieser Abteilung sehen muss. Ich umrunde eine Regalreihe. Dem dunklen stellaren Wind der Sterblichkeit zu trotzen, indem man ihm mutig eine Tube Zahnpasta entgegenhält: Vielleicht sind das die mächtigen Auswüchse der Sehnsucht.

Und jetzt befinde ich mich zwischen Lippenstiften, Feuchtigkeitscremes, Wimperntusche, Nagellack, Rouges und Puder, überall um mich herum auf glänzende Verpackungen gebannte Frauen, die Köpfe in einem ständigen Lächeln zurückgeworfen, einem trotzigen Lächeln, wie mir scheint. Ja, auch diese Frauen müssen sich dem Gespenst des körperlichen Verfalls stellen, das alle Geschöpfe dieses Planeten – auch meines eigenen – heimsucht, die Geschöpfe aller bewohnten Planeten des bekannten Universums ... und diese Frauen werfen die Köpfe zurück, lachen, lächeln und sind zuversichtlich. Hier stehe ich mitten in diesem Geschäft, in dem ich so viel lerne, drehe mich um, und ein Frauengesicht – im ersten Moment halte ich es für ein Gesicht aus den Regalen voller Kosmetika, aber ich habe mich getäuscht –, das Gesicht einer Frau, glatt und totenbleich im fluoreszierenden Licht, wendet sich mir zu und entdeckt das meine, einen Stift mit Wimperntusche in der Hand – *Maybelline Great Lash Waterproof* –, und ihre Augen weiten sich bei meinem Anblick. Plötzlich bin ich mir intensiv bewusst, dass ich meine Sonnenbrille in den Händen halte, und die Frau kreischt.

»Hi«, sage ich. »Ich heiße Desi.«

Sie kreischt erneut. Vom anderen Ende des Geschäfts erklingen Stimmen. Außerhalb meines Raumschiffs, auf der Oberfläche dieses Planeten, könnte ich nur das Bewusstsein von einem, höchstens zwei Menschen in einem Radius von nicht mehr als drei Schritten verändern. Ich trete einen Schritt auf die Frau zu, die ihren Wimperntuschestift hebt, als wäre er eine Waffe.

»Ich bin ein freundlicher Bursche«, sage ich, aber sie öffnet schon wieder den Mund, um ein weiteres Mal zu schreien, und ich wedle schnell mit der Hand. Ihre Augen werden glasig, sie gähnt, macht ein schmatzendes Geräusch mit den Lippen und blickt sich um.

»Hi«, sagt sie an keine bestimmte Person gerichtet. »Ich kenne ein kleines Lied.«

Die anderen lauten Stimmen kommen näher. Ich höre, wie ein Mann ruft: »Es kam von da drüben!«

»Drei kleine Fischlein ...«, beginnt die Frau vor mir zu singen.

Ich setze die Sonnenbrille auf, ziehe mich zurück und spüre, wie die Hitze der Panik durch meine Arme und weiter bis in meine Hände fließt. Mir wird klar, dass mein Besuch des Kroger Center beendet ist. Und die Lage könnte sogar noch schlimmer werden. Viel schlimmer. Ich höre die elektrischen Türen in der Ferne zischend aufgleiten. Mehr Stimmen. Der Wachposten, das weiß ich, ist hineingeeilt. Ich entferne mich schnell, halte vorerst Abstand zur Tür, nehme wieder die Abzweigung zur Kosmetikabteilung und folge dann in gebückter Haltung einem Quergang, dringe auf der Flucht vor den zusammenströmenden Erdlingen tiefer in den Laden ein, gepackt von der heißen Furcht, die meine Finger steif werden lässt, in eine Falle zu tappen. Wieder biege ich ab, und meine

Chuck-Taylor-Schuhe erzeugen einen furchtbaren Lärm. Ich kann nur hoffen, dass sich meine Verfolger auf der Jagd nach mir aufteilen, dass sie keine Fackeln und Hunde haben, und ich erkenne, dass ich jetzt völlig in Panik gerate. Ich haste auf quietschenden Sohlen vorbei an großen Stapeln mit Einwegwindeln, *Huggies* und *Pampers*, und ich sehne mich jetzt inbrünstig nach der tröstlichen Umarmung meiner Frau Edna Bradshaw, ich wünsche mir, ich würde sicher in meinem Raumschiff über dem Planeten schweben, und ich verspüre kein Bedürfnis danach, jemals wieder irgendjemanden in die Wolken zu entführen. Soll diese Welt sich selbst überlassen bleiben.

Ich nähere mich dem westlichen Ende des Ladens. Wieder Kisten vor mir, Christbäume und Weihnachtslichter, die Heilige Familie in ihrem Stall, elektrisch beleuchtet, doch in Anbetracht der aktuellen Umstände bin ich jetzt weniger entzückt von dem hier erhältlichen *unglaublich günstigen Festtagsangebot*. In diesem Moment zählt für mich bedauerlicherweise nur noch, dass ich mich entscheiden muss, entweder nach rechts in Richtung der Vorderseite oder nach links in Richtung der Rückseite des Ladens abzubiegen oder aber wieder umzukehren. Ich wende mich nach links, es sind weniger als ein Dutzend Schritte bis zur nächsten Abzweigung, und ein Stückchen weiter voraus entdecke ich eine Tür, auf die ich zueile. Also habe ich die richtige Entscheidung getroffen. Dieser Weg wird mich in einen Lagerraum führen und von dort aus vielleicht – fast mit Sicherheit – durch einen Lieferanteneingang in der Rückseite des Gebäudes hinaus ins Freie.

Über der Tür verkündet ein Schild: KEIN KUNDENAUSGANG, aber ich bin entschlossen, das Schild zu ignorieren, und ich begrüße die in ihm enthaltene Botschaft, *dass* es dort einen weiteren Ausgang gibt, einen PRIVATAUSGANG. *Privatsphäre*, das ist es, was ich mir von Herzen wünsche. Ich erreiche die Tür, packe den Knauf und drehe ihn, aber er gibt nicht nach. Ich drehe ihn stärker. Die Tür ist aus Metall und besitzt ein Sicherheitsschloss, und ich bin schlecht ausgerüstet dafür, mechanische Gewalt anzuwenden. Wieder steigt Hitze in mir auf. Ich wirble herum und sehe mich im hintersten Winkel dieses großen Gebäudes gefangen, die endlosen Regalreihen vor mir strahlen im fluoreszierenden Licht, schneiden mir den Fluchtweg ab, besiegeln mein Schicksal. Die Stimmen kommen näher, aber jetzt klingen sie deutlicher, einzelne Stimmen.

Ich befinde mich inmitten eines gewaltigen Gebirges aus Haustiernahrung, das nicht einer gewissen Ironie entbehrt. An der westlichen Wand stehen Regale voller Tüten mit Körnern, Futter für süße kleine Vögelchen, direkt daneben Dosen mit dem Fleisch ermordeter Vögel, Futter für süße kleine Kätzchen. Überflüssig zu sagen, dass mich die Widersprüchlichkeit des Lebens auf diesem Planeten momentan zutiefst beunruhigt. Ganz besonders jetzt, da ich über einem Regal in einem Gang, nur ein Stückchen von mir entfernt, einen Haarschopf dahingleiten sehe, der sich in meine Richtung bewegt.

In dem Bereich vor mir, wo normalerweise Kartons stehen sollten, sind große Säcke mit Hundenahrung aufgestapelt. Ich ducke mich tief hinter sie, verharre einen Augenblick, spähe dann um sie herum, und mein gesamtes Sichtfeld wird von Insektenvertilgungsmitteln für Küchenschaben ausgefüllt. Eigentlich handelt es sich um Schabenhotels, auf jeder Packung ist eine winzige Hotelfassade mit einladend geöffneter Tür zu sehen, doch jeder aufmerksame Betrachter erkennt sofort, dass es eine Falle ist. *Sie ziehen ein, aber sie kommen nicht mehr heraus.*

Ich verberge mich in einer sich erheblich verschlechternden Gemütsverfassung erneut hinter der Hundenahrung. Ich muss jetzt aufhören zu denken, aber überall auf den Säcken meiner Bastion prangt die Aufschrift *Metzgers beste Wahl*. Und ich sehe, wie meine viel zu vielen Finger und Zehen abgehackt und mit dem glänzenden Beil vom Schlachterblock gekratzt werden, weil an ihnen nicht einmal genug Fleisch ist, um als Hundefutter zu taugen, wie sie in die Abfalltonne geworfen werden, und jetzt hebt sich das Beil wieder, um mir auch noch den ähnlich unbrauchbaren Kopf abzuhacken, dessen lippenloses Lächeln selbst im Tod nicht schwindet.

Obwohl es gerade die Aufschrift der Säcke ist, die dieses letzte Aufwallen von Furcht in mir ausgelöst hat, schmiege ich mich noch dichter an sie und versuche, mich ganz klein zu machen, zu einem winzigen Objekt zusammenzuschrumpfen, billig und nutzlos für jedermann, leicht zu übersehen.

Aber es nähern sich schnelle Schritte meiner Richtung, und plötzlich taucht zu meiner Linken eine Gestalt in meinem Blickfeld auf, die sich, wie ich zuvor, an der Tür zu schaffen macht und sie ebenfalls verschlossen findet. Und jetzt dreht sich die Gestalt zu mir um. Es ist ein noch sehr junger Mann, der ein Kroger-Hemd von der Farbe geronnenen Blutes trägt, an dem ein Namensschild baumelt, was mich ein wenig beruhigt, auch wenn es nicht annähernd so freundlich wirkt wie die Namensschilder meiner Frau Edna Bradshaw. Alles, was darauf steht, ist: KROGER, *Roger*. Jetzt hat Roger mich entdeckt. Ich bin ein seltsamer Anblick für ihn, und er ist verblüfft. Aber da ich die Sonnenbrille aufgesetzt habe, ist er sich unsicher, was er da sieht. Ein glücklicher Umstand. Er tritt einen Schritt auf mich zu, ohne einen Laut von sich zu geben. Ich wedle mit der Hand. Er bleibt stehen, seine Lider fallen herab, sein Körper gleitet in einer fließenden Bewegung zu Boden, und er schläft.

Ich frage mich, wie viele Personen Jagd auf mich machen. Die Belegschaft kann um diese Tageszeit nicht sehr groß sein. Und es gibt keinen Grund, warum sich jeder hier im Laden an der Verfolgung beteiligen sollte. Schließlich gibt es noch Einkäufe zu erledigen. Außerdem dürfte die Frau, mit deren Geschrei das alles begonnen hat, niemandem eine genaue Personenbeschreibung geliefert haben. Vielleicht halten sie sogar nach drei kleinen Fischlein Ausschau.

Jetzt aber vernehme ich eine Männerstimme, ein deutliches »O mein Gott!«, hastende Füße und dann erneut die Stimme:

»Da drüben!« Mein Blick richtet sich auf Roger, und im selben Moment senkt sich eine große weiße Masse über den schlafenden jungen Mann herab und verharrt dort. Aus dieser Masse dreht sich ein Gesicht in meine Richtung, dessen Augen sich weiten. Der Mann wirbelt herum. Ein weiteres Kroger-Namensschild. *Ken*. Ken, der *stellvertretende Filialleiter*. Ich wedle mit der Hand, und er schnarcht bereits, noch bevor er zügig vornübersinkt, bis er, Wange an Wange, auf Roger liegt.

»Ken!«, ruft jetzt irgendjemand. Ich schleiche mich näher an die Schlafenden heran. Ken, der ein makellos weißes Hemd trägt, liegt mit dem Oberkörper auf Roger, aber er ist auf die Knie gesunken, sodass sein Hinterteil in die Luft ragt. Obwohl die Haltung unbequem aussieht, verhelfe ich ihm nicht zu einer besseren Schlafposition. Ich bleibe in meinem Versteck hinter den Hundefuttersäcken. Wieder nähern sich Schritte, und wieder ertönt eine Männerstimme. »Ken. Was zur Hölle tust du?« Weitere Schritte. »Oh … Scheiße!«

Ich höre das Rauschen eines Funkgeräts. Das muss der Wachposten sein, und er fordert Hilfe von der Polizei an. »Hier ist Nate«, sagt er. »Wir haben hier ein Problem. Over.«

Ich richte mich auf und spähe über die Säcke mit der Hundenahrung. Es ist tatsächlich der Mann in der hellbraunen Uniform. Er starrt auf die beiden Schlafenden hinab und tritt einen Schritt auf sie zu. Während ich die Hand hebe, sagt er in sein Funkgerät: »Ich bin mir nicht sicher …« Dann entdeckt er mich und fügt – nicht direkt in das Funkgerät, sondern eher an Ken, Roger und Barry Manilow gerichtet, der über ihm davon singt, dass er versucht, ein ungenanntes Gefühl zu neuem Leben zu erwecken – hinzu: »Ja, leck mich doch …« Und mir wird bewusst, dass ich meine modische Sonnenbrille wieder in der Hand halte, ohne mich erinnern zu können, sie abgenommen zu haben. Nate will garantiert noch etwas sagen, auch wenn sein Gesicht, während er das meine betrachtet, wie eingefroren wirkt, aber ich lasse ihm keine Chance. Ich wedle mit der Hand. Das Funkgerät klappert über den Boden. Aus dem rauschenden Lautsprecher ertönt die Aufforderung, sich wieder zu melden. Nate aber schläft ein, sinkt auf das in die Luft ragende Hinterteil Kens und bringt ihn dadurch aus dem ohnehin wackligen Gleichgewicht, worauf der stellvertretende Filialleiter zur Seite kippt und drei laut schnarchende Mitglieder der Primärspezies dieses Planeten auf einem Haufen zu meinen Füßen liegen. Ich blicke mich schnell um, kann jedoch keine Köpfe mehr über die Regale schweben sehen oder hastende Schritte hören. Aber in der Mitte des Ganges rauscht das Funkgerät, und ich muss davon ausgehen, dass bereits ein Streifenwagen unterwegs ist.

Ich fahre mit der Hand über jeden der drei Schlafenden, um ganz sicherzugehen, dass sie sich später nicht mehr an mich erinnern werden. Dann laufe ich davon, so schnell meine Segeltuchschuhe mich tragen, zurück zum Eingang. Das reichliche Angebot unterschiedlicher Waren in den Regalreihen links und rechts von mir huscht als verschwommene Schemen an mir vorbei. Ich denke an Ken, Roger und Nate, und ich frage mich, was sie wohl denken werden, wenn sie, fest ineinander verschlungen, wieder erwachen und sich nicht erinnern können, wie sie in diese Lage geraten sind. Vielleicht wird dadurch – auch wenn das nicht in meiner Absicht lag – Liebe zwischen ihnen erblühen. Das hoffe ich, während ich an der Frau vorbeieile, die das ganze Geschehen ausgelöst hat, und ihre Stimme trägt mich zu der automatischen Tür: »Schwimmt, kleine Fischlein, schwimmt, wenn ihr könnt …«

Endlich bleibt das helle Licht hinter mir zurück, Dunkelheit umfängt mich, und ich höre schon das Heulen einer Polizeisirene. Ich biege in Richtung des freien Geländes der ROLLSCHUHBAHN ab, das mir sehr weit entfernt zu sein scheint, mache einen Schritt, noch einen und noch einen, beuge mich in der Dunkelheit vor und versuche zu gleiten, so gut ich kann, aber wie sehr ich meine Chuck-Taylor-Schuhe auch bewundere, sie sind nicht dazu geschaffen, die gleitende Fortbewegungsweise eines Angehörigen meiner Spezies zu ermöglichen, und ich laufe weiter über den Asphalt, durchquere den Lichtkegel einer Straßenlaterne, tauche wieder in die Dunkelheit ein, und die Sirene kommt näher, ich bewege mich mit quälender Langsamkeit, und mir wird klar, wie auffällig verdächtig ich mit meinem Hut, dem Trenchcoat und den gelben Segeltuchschuhen in Übergröße aussehen muss, und ich begreife, dass ich sie ausziehen sollte, die Schuhe. Ich mache mir jetzt keine Sorgen mehr darüber, meine wahre Identität durch einen Teil meiner Anatomie zu verraten, ich denke nur noch daran, schnell vor den Cops wegzulaufen, die immer näher kommen. Und so beginne ich, an einem meiner Schuhe zu zerren, ohne dabei anzuhalten, aber er klebt regelrecht an mir fest, und ich hüpfe auf einem Fuß weiter, den anderen in den Händen, ich hüpfe und ringe mit meinem Schuh, hüpfe und zerre und hüpfe, und ich bin ein *böser Junge* und frage mich, was ich tun soll, denn die Polizei hat es fraglos auf mich abgesehen, und ich bin mir nicht sicher, ob ich die Lage kontrollieren kann.

Hinter mir höre ich einmal mehr den Zug pfeifen, ziemlich laut, als würde auch er mich jagen, und da ist noch ein anderes Geräusch, ein Klicken und Klacken. Ich drehe den Kopf, und der Zug fährt vor dem Kroger Center vorbei, nähert sich langsam der Kreuzung, wo rote Lichter blinken, und ich sehe das blaue und weiße Aufblitzen der Lichter eines Streifenwagens, der auf der Straße parallel zu den Gleisen in diese Richtung rast, und die Zugmaschine erreicht die Kreuzung, überquert sie, zieht die Waggons hinter sich her, und unter ihnen hindurch kann ich das blaue und weiße Flackern sehen, wie es sich nähert, langsamer wird und wendet, um mich zu jagen. Doch der Zug versperrt dem Polizeiwagen den Weg. Und ich hüpfe weiter, noch immer einen unnachgiebig umhüllten Fuß in den Händen. Ich hüpfe über die Straße, über das gespenstische Gelände der Rollschuhbahn, pralle gegen mein unsichtbares Schiff und schlüpfe endlich hinein, lasse meinen Fuß los, begebe mich ins Cockpit, nehme vor der Steuerkonsole Platz und verharre dort eine Weile. Ich werfe einen Blick auf das Kroger Center, und es betrübt mich, ein Familieneinkaufszentrum in Aufruhr versetzt zu haben. Aber es wird demnächst noch sehr viel mehr Aufruhr geben, fürchte ich. Sehr viel mehr. Und so bewege ich die Hand, steige schnell in den Himmel über Lake Charles empor und fliege den tröstlichen Umarmungen meiner Frau entgegen.

12

Edna Bradshaw schlief immer noch, als ich zurückkehrte. Alle meine Besucher an Bord des Schiffes schliefen. Doch als ich mich neben meine Frau legte, rührte sie sich, ohne die Augen zu öffnen, und schlang die Arme um mich, als wüsste sie sogar in den Tiefen ihrer Träume, was ich in diesem Moment brauchte. Ich war dankbar.

Ich bin verängstigt. Selbst jetzt, da ich in den Armen meiner Frau Edna Bradshaw liege und einen schwachen Duft von ihr aufschnappe, einen guten Geruch, der direkt von ihren Möpsen zu kommen scheint, die über mir aufragen, während sie mich in den Armen hält, und die so ganz anders als bei den Frauen meiner Spezies sind, trotz alledem kann ich nur an meine unmittelbar bevorstehende öffentliche Erscheinung auf diesem Planeten denken, an die damit verbundenen Gefahren, an die erforderliche sorgfältige Planung und daran, dass ich immer noch nicht den leisesten Schimmer habe, wie dieser Plan eigentlich aussehen soll. Ich glaube nach wie vor, dass alles – was auch immer ich sagen und tun werde – von den Stimmen der Lebenden und Toten geformt werden muss, die in den gewaltigen Energiefeldern meiner Speichermaschinen schlummern, und ganz besonders von den Stimmen derjenigen, die jetzt in meinem Schiff schlafen und bereit sind zu sprechen. Letztere bieten mir bestimmt die Möglichkeit, diesem speziellen Zeitabschnitt, dem Endzeit-Bewusstseinszustand der zahllosen Geschöpfe, denen ich schon sehr bald gegenübertreten werde, so nahe zu kommen, wie ich nur kann.

Und so löse ich mich sanft aus den Armen meiner Frau, ohne mich selbst in den Schlaf sinken zu lassen, erhebe mich und trete auf den Korridor hinaus. Während ich mich dem Bereich nähere, wo sie alle warten, versuche ich, exakt zu berechnen, wie viel Zeit mir noch bleibt, bevor ich für jeden deutlich sichtbar aus meinem Raumschiff zur Erde hinabsteigen muss.

Es ist nicht einfach, derartige Berechnungen im Kopf anzustellen.

Meine Zeit entspricht nicht ihrer Zeit.

Und es ist mit Sicherheit falsch von mir, so etwas ohne die Hilfe meiner Maschinen zu tun.

Und dann bleibe ich stolpernd stehen.

Ich bin nahe an einem Wendepunkt angekommen, aber ich habe im letzten Moment den Blick abgewendet, habe Unwissenheit vorgetäuscht, mich nach Unwissenheit gesehnt. Jetzt begebe ich mich in die Kommandozentrale, stehe vor meinen Maschinen, und es bedarf nur einer einfachen Handbewegung von mir, um die exakte Antwort zu erhalten. Ich bin wie eine Dynamitstange mit glimmender Lunte, bereit zu explodieren, und ich habe Mühe einzuatmen. Die Hand, die ich schließlich ausstrecke, ist starr wie eine Felstafel, wie eine Gesteinsschicht, die bei einer Ausgrabung in der Wüste aus dem Boden gehackt wurde, voller Fossilien von Lebewesen dieses Planeten, die schon seit langem tot sind.

Meine Augen versuchen, die Zahlen zu erkennen, die vor mir erscheinen, als wären es Hieroglyphen einer nicht mehr existierenden Sprache. Unlesbar. Aber dieser Zustand kann nicht lange währen. Mein Geist späht durch die Schleier der Verunsicherung. Und die Hitze in mir wallt und schwillt an. Ich wusste, dass mir nicht mehr viel Zeit bleibt. Aber die Zahlen vor mir sind eine schreckliche Überraschung.

Mir bleiben gerade einmal zweiundzwanzig Stunden und elf Minuten.

Ich beneide die Küchenschaben auf diesem Planeten. Ich wäre bereit, mich freiwillig an einem Ort zu verkriechen, aus dem ich nicht mehr herauskommen kann.

Aber ich bin, wer ich bin.

Und dies ist mein Leben.

Und es gibt noch so viele Stimmen, die ich hören muss, bevor ich mich offenbare.

Und so verlasse ich die Kommandozentrale, gehe erneut durch die Korridore meines Raumschiffs, bewege mich schnell, und dann bin ich bei meinen Besuchern – mir wird jetzt klar, dass ich sie vielleicht nicht mehr alle anhören kann –, und so entscheide ich mich für denjenigen, dessen Name allein all das ausdrückt, was die Reisenden in diesem Bus suchten, als ich sie in die Wolken entführte, etwas, das auch ich für mich selbst suche. Ich wecke den jungen Mann namens Lucky und versetze ihn in einen Traumzustand, in dem er sprechen kann.

Er sitzt jetzt vor mir, und ich bin – ich höre, wie *Worte* ihren eigenen Daseinszustand erschaffen, und ich wünschte, auf diesen hier träfe es zu – Lucky, der Glückliche, der Glückspilz.

Ich bin ganz und gar ein amerikanischer Bursche, durch und durch rot, weiß und blau. Daran gibt es nichts zu rütteln. Ich erinnere mich nicht einmal an Vietnam. Nicht einmal vage. Meine Mutter und mein Vater, sie haben ständig von Vietnam erzählt, als ich aufwuchs. Du hättest die Wolken am Himmel in der Dämmerung sehen sollen. Du hättest die Teakholzmöbel in unserem Haus sehen sollen, die Pagode des Jadekaisers. Und ich sage, genau. Ihr solltet die Astros gegen die Cardinals spielen sehen. Vielleicht habt ihr sogar Glück und könnt miterleben, wie Mark McGuire einen Homerun schlägt. Ich gehe zu einem Spiel der letzten Saison, und er schlägt einen Ball rund zehn Sitzreihen weit in die obere Tribüne. Ich stehe auf die Astros, aber ich sehe gern einen großartigen Homerun, und dieser war so großartig, wie es nur einer sein kann.

Sehen Sie, ich heiße sogar Lucky. Ich könnte mich Joe, Ed oder Bill nennen, oder was immer mir gefällt, da ich Amerikaner bin und meine Eltern mir einen vietnamesischen Namen gegeben haben. Ich nehme es ihnen nicht übel, verstehen Sie, ich bin in Vietnam geboren und so, aber die Dinge liefen ziem-

lich schlecht dort drüben, wie jeder weiß, und so sind meine Eltern, meine Schwester und ich schließlich geflohen. Und man kann seine Teakholzmöbel nicht auf einen mit Flüchtlingen voll gestopften Sampan im Südchinesischen Meer mitnehmen. Also besaßen wir kaum mehr als das, was wir auf dem Leib trugen, als wir nach Amerika kamen – bedenken Sie, ich habe keine einzige Erinnerung an das alles –, und irgendwann wurde klar, dass die kommunistische Regierung nicht einfach stürzen würde und wir hier festsaßen – so empfanden es zumindest meine Eltern –, und sie erkannten, dass es für mich an der Zeit war, einen Namen zu bekommen, den meine amerikanischen Mitbürger verstehen konnten. Also überließen sie mir die Wahl. Ich war damals zwölf Jahre alt.

Da ich weiß, wie sie unter dem leiden, was sie verloren haben, muss es ein schlimmer Tag für sie gewesen sein. Wir saßen alle am Küchentisch in unserer kleinen Gemeinschaftswohnung draußen im Bellaire-Viertel von Houston, hatten einen Stapel von Büchern mit Namensvorschlägen für Eltern, und jeder von uns suchte sich einen neuen Namen aus. Unser Familienname war Nguyễn. Das konnte garantiert kein Amerikaner aussprechen. Wenn die Leute es trotzdem versuchten und beschlossen, sich vor dem Ng-Laut am Anfang zu drücken, kam dabei häufig etwas heraus, das so ähnlich wie ein amerikanischer Name klang: Wynn. Also setzte mein Vater die Frage des Familiennamens ganz oben auf die Tagesordnung und verkündete, dass er von nun an so lauten würde. Wynn. Was für mich in Ordnung war. Ich war bereits ein Baseballfan, und ich wusste alles über meine Astros bis in die Zeit, als sie die Colt 45s hießen, noch vor meiner Geburt, und einer ihrer großen Spieler war Jimmy Wynn, der von 1967 bis 1969 sechsundneunzig Homeruns geschlagen hatte. Er war ein kleiner Bursche und wurde allgemein Toy Cannon genannt. Ich stelle ihn mir gern vor während dieser schlimmen Jahre des Krieges dort draußen im klimatisierten Astrodome, diesen kleinen Mann, der genau den richtigen Schlag an-

brachte, den schnellen oder im Bogen geworfenen Ball genau richtig einschätzte, den Schläger richtig schwang und den Ball genau am richtigen Punkt traf, auf den Millimeter genau – sehen Sie, gute Schläge erfordern ein bisschen Spekulation, man braucht ein bisschen Glück, um einen langen Ball zu erwischen… ich stelle mir gern vor, wie er 1967, 1968 und 1969 wichtige Homeruns schlug, lässig um die Bases trabte und sich nicht einmal beeilen musste, weil bereits alles zu seinen Gunsten entschieden war. Es war, als würde er mir einen Weg ebnen. Ich bedaure meine Eltern, ihren Verlust und den Umstand, dass sie hier nie richtig glücklich geworden sind, aber Jimmy Wynn ebnete diesen Weg für einen Burschen, der wie ein Vietnamese aussah und ein Amerikaner wurde, der seinen Astros zujubelte und frei war, seinem eigenen Glück hinterherzujagen. Für mich.

Meine Schwester macht also an diesem Tag den Anfang, und sie wirft nicht einmal einen Blick in die Bücher. Sie ist fünfzehn, und es ist klar, dass sie schon lange über diese Sache nachgedacht hat und meine Eltern wahrscheinlich genau darauf ansprechen wollte, aber sie ist eine viel zu gute, gehorsame und altmodische Tochter, als dass sie den Mund aufgemacht hätte. Sie behauptet sogar, sich ein bisschen an die Möbel und die Sonnenuntergänge in Vietnam erinnern zu können. Nancy, sagt sie.

Nancy?, frage ich. Nach Nancy Reagan?

Damals sitzt Ronald Reagan seit fast vier Jahren im Weißen Haus, 1986, das Jahr, als die Astros in der Western Division die Saison mit zehn Spielen Vorsprung beendet und dann in den Play-offs gegen die Mets verloren haben. Wirkliches Pech. Und die Mets gewinnen tatsächlich die World Series, nur weil so ein Typ einen langsamen Kullerball durch seine Beine rollen lässt, einen Ball, den er 999 von 1000 Mal fangen würde. Und deshalb gewinnen nicht die Red Sox die World Series, was sie schon seit siebzig Jahren und bis auf den heutigen Tag nicht mehr geschafft haben. Nur weil ein Fehler passiert, bei dem die Chancen, dass es dazu kommt, tausend zu eins stehen, verlieren sie 1986. Pech gehabt.

Ja, sagt meine Schwester, ich bewundere sie.

Ich auch, sagt mein Vater, der diese Sache reibungslos abwickeln möchte. Das ist eine gute Wahl.

Fred, fügt er dann hinzu.

Bist das du?, frage ich.

Das bin ich, sagt er.

Kommt das von Fred Feuerstein?, frage ich. Das ist dieser Höhlenmensch aus den Cartoons.

Und mein Vater wird wütend. Du nimmst das nicht so ernst, wie du solltest, wirft er mir vor. Es ist schon schwer genug, was alles mit uns passiert. Du bist verdorben, Kind. Du bist überhaupt nicht vietnamesisch.

Den letzten Satz sagt er, als würde es meine Gefühle verletzen, als würde ich mich darüber aufregen. Aber natürlich bin ich nicht vietnamesisch. Ich will es auch gar nicht sein. Ich spiele jetzt in einem anderen Team. Der Ball ist meinem Vater durch die Beine gerollt, und das war es. Pech.

Meine Mutter blättert durch die Namensbücher. Sie kann es nicht ertragen, dass mein Vater und ich streiten, und so beginnt sie, Namen für sich selbst laut vorzulesen, aber sie ist dabei nicht allzu wählerisch, was mir verrät, dass sie nur versucht, den Streit zwischen meinem Vater und mir zu beenden.

Wie wäre es mit Hildegard?, fragt sie.

Der Kopf meines Vaters ruckt in ihre Richtung.

Doch noch bevor er irgendetwas sagen kann, fährt sie fort: Vielleicht Hyacinthe.

Es sollte zu Fred passen, sagt mein Vater, aber seine Stimme klingt plötzlich sehr kleinlaut, als wäre ihm gerade bewusst geworden, dass er den Ball verfehlt hat. Der Ball rollt in das rechte Feld, und jedem ist klar, dass er es verpatzt hat.

Meine Mutter blickt von ihrem Buch auf und meinem Vater direkt in die Augen. Sie denkt einen Moment lang nach, und man kann sehen, wie ihr Mund lautlos den Namen Fred formt. Schließlich ist es nur ein Wort. Nur ein dummes Wort. Es wird nichts daran ändern, wer einer von ihnen ist. Ethel, sagt sie dann.

Und diesmal meint sie es ernst.

Ich habe ein paar Folgen dieser alten TV-Serie mit der durchgedrehten, quengelnden Frau eines gutmütigen, trotteligen kubanischen Bandleaders gesehen. Lucy und Desi. Und sie hatten diese Freunde, einen alten Geizhals und so eine Art durchgedrehte, nörgelnde Aushilfsfrau. Fred und Ethel. Fred war ein verknöcherter seltsamer Kauz. Er sah aus, als wäre er ungefähr dreißig Jahre älter als Ethel. Sie hatten keine Kinder, und das einzig Interessante an ihnen für mich war, mir vorzustellen, dass er sie wahrscheinlich geheiratet hatte, als er fünfundvierzig und sie so um die fünfzehn gewesen war, und sie seit Jahrzehnten darauf wartet, dass er sich eines Nachts auf sie einlässt, was er jedoch nie tut. Diese unausgesprochene Situation, die sich hintergründig durch die Geschichte zog, machte alles andere wirklich einigermaßen interessant. Ich aber sitze nun da, und mein Blick wandert von meiner Mutter zu meinem Vater und wieder zurück. Von Ethel zu Fred und wieder zu Ethel. Und ich halte einfach den Mund.

Wie sich allerdings später herausstellt, hat mein Vater den Namen Fred nach irgendeinem großen Boss bei Pennzoil ausgesucht, mit dem er nie auch nur ein einziges Wort gewechselt hat. Mein Vater arbeitet dort als Computerexperte. Er hasst Computer. Und meine Mutter hat sich für Ethel entschieden, weil sie irgendwo gehört hatte, dass Fred und Ethel so eine Art Ehepaar sind, und das war auch schon alles, was sie von den beiden wusste. Als meine Mutter also Ethel vorschlägt, sagt mein Vater: Gut. Auch meine Schwester sagt: Gut. Und sie muss nicht einmal versuchen, nicht zu lachen oder sich zu beherrschen, obwohl sie die TV-Serie genauso gut kennt wie ich. Es klingt, als fände sie wirklich, dass diese Namen gut klingen, und das ist etwas ziemlich Unheimliches bei meiner

Schwester, wenn man sich die Zeit nimmt, darüber nachzudenken.

Und jetzt sehen alle drei mich an.

Nicht dass ich mir die Sache nicht ebenfalls gründlich durch den Kopf hätte gehen lassen. Und so sage ich: Lucky.

Lucky?, fragt mein Vater. Was für ein Name soll das denn sein, Lucky?

Ich bin darauf vorbereitet. Es ist die englische Übersetzung meines vietnamesischen Namens, erkläre ich.

Und das ist die Wahrheit. Mein vietnamesischer Name lautete Vận. Natürlich wissen meine Mutter und mein Vater im selben Augenblick, dass ich sie damit in der Tasche habe.

Ich möchte diese Verbindung zu meiner vietnamesischen Vergangenheit bewahren, sage ich. Und ich sehe zu meiner Schwester hinüber, Nancy Reagan Wynn, von der eigentlich erwartet wird, die Wurzeln der Familie zu schätzen, und auch sie weiß, dass ich sie erwischt habe.

Das ist sehr gut, sagt meine Mutter. Ich habe dir selbst den Glücksnamen gegeben.

Mein Vater kann sich nicht ganz dazu durchringen, die Worte auszusprechen, aber er hat keine andere Wahl, als mit einem Nicken seine Zustimmung zu bekunden, trotz seines Misstrauens mir gegenüber.

Bist du sicher, dass dabei nicht Lucky Luciano Pate gestanden hat?, fragt meine Schwester. War das nicht ein Gangster, der in einem Friseursessel umgebracht worden ist?

Du überraschst mich, Nancy, sage ich in verletztem Tonfall. Ich glaube sogar, dass sie da etwas verwechselt hat. Lucky Luciano ist an Altersschwäche gestorben.

Oder vielleicht Lucky Strikes, fügt meine Schwester hinzu.

Ich habe sie wirklich erwischt.

Davon kriegt man Krebs, sagt sie.

Ich lege jetzt sogar ein leises Schluchzen in meine Stimme. Ich dachte, du wärst die Erste, die versteht, wie sehr ich meine wahre Heimat vermisse, sage ich.

Ja, sagt meine Mutter zu meiner Schwester. Pass auf, was du sagst.

Also bekomme ich, was ich will. Ich finde mein Glück direkt in meinem Namen wieder. Und das sogar auf Kosten des einzigen perfekten vietnamesischen Kindes der Familie.

Und ich habe Glück. Ich bin fünfundzwanzig Jahre alt und mache im Jahr neunzig Riesen mit Computern. Ich liebe Computer. Ich habe ein großartiges Mädchen, Mary Wynn – zum Glück nicht mit mir verwandt. Ihr ursprünglicher Name war Hiện, was großzügig bedeutet, und das ist sie wirklich, ein großzügiges Mädchen, das mich liebt. Und ich kann auf die Casinoschiffe gehen und das tun, was ich am liebsten tue, außer den Astros zuzusehen. Nun, vielleicht sogar noch lieber, als den Astros zuzusehen, denn das ist mehr so, als spielte man selbst mit, anstatt nur ein Zuschauer zu sein.

Ich spiele an den Münzautomaten. Eine Menge Vietnamesen gehen zum Glücksspiel. Es gibt sogar einmal im Monat eine vietnamesische Nacht auf einem der Boote, bei der die eine oder andere vietnamesische Sängerin wehmütige Melodien vor einem Haufen von Exilanten jammert. Sie unterscheiden sich eigentlich kaum von mir. Außer dass die meisten irgendetwas zurückgewinnen wollen. Sie haben irgendwann einmal in großem Maßstab Pech gehabt. Haben eine Karte zu viel gezogen und ein Land verloren. Und das hat ihnen eine gewaltige Dosis Spielerlogik verpasst: Wenn du so viel verlierst, müssen die Dinge auch wieder im gleichen Maßstab zu deinen Gunsten laufen, die großen kosmischen Waagschalen müssen sich wieder ausgleichen. Sogar noch besser, wenn es in einer fremden Währung passiert. Verlier ein Land und gewinn eine Million Scheine. Aber man muss zur Stelle sein, wenn die Zeit für den Ausgleich gekommen ist, oder man endet für immer als der große Verlierer und hat es sich selbst eingebrockt.

Ich weiß, woher sie kommen. Und sie alle lieben die Kartentische. Blackjack, Baccarat und Pai-Gow-Poker, was ziemlich lustig ist, wenn man darüber nachdenkt. Vietnamesische

Glücksspieler, die versuchen, ihre Vergangenheit durch ein chinesisches Spiel zurückzugewinnen. Aber wie ich schon sagte, für mich sind es die Münzautomaten. Die Mega-Dollar-Automaten.

Einer gegen einen, Werfer und Schläger, die auf den nächsten Moment ihres Lebens lauern. Das ist es, was das Spiel für mich bedeutet. Ich versuche nicht, irgendetwas zu kompensieren. Ich glaube nicht, dass das Universum bereit ist, mein Punktekonto auszugleichen. Es geht nur um mich und den Moment. Und ich benutze immer den Hebel der Maschine. Kein Tastendrücken. Wenn man eine Taste drückt, ist es, als wäre man völlig passiv. Damit sagt man nur: Ich bin bereit. Zeig mir, was du hast. Das ist soweit ganz in Ordnung. Aber mit dem Hebel hat man eine Chance, den Moment zu beeinflussen. Verstehen Sie? Man legt die Hand auf den schwarzen Knauf am Ende des Hebels, schließt die Finger darum und wartet. Man kann fühlen, wie die Zeit dahinfließt, man tut es, und entweder man verliert, oder man gewinnt. Aber es gibt eine Möglichkeit, es selbst zu gestalten. Dessen bin ich mir sicher. So als ob man denkt: Okay, er hat mir zweimal seinen Bogenwurf tief und außerhalb des Feldes serviert, jetzt wird er versuchen, einen schnellen Ball hineinzuhämmern. Ich rechne mit einem schnellen Ball und erwarte ihn. Der Hebel erzeugt vier klickende Geräusche. Man kann sie hören, und wenn der Lärm zu groß ist – das laute unablässige Samstagabend-Casinobrüllen –, dann kann man das Klicken in der Handfläche spüren. Ein Klicken. Zwei. Man macht es ganz langsam und zählt mit. Drei. Vier. Und man zögert, vielleicht. Oder man zögert nicht. Wie auch immer, man fühlt den Moment. Da ist dieses Fließen der Zeit, und wenn man in einer ganz besonderen Sekunde zuschlägt, gewinnt man, schlägt man in einer anderen Sekunde zu, hat man verloren. Das ist es, wie die Dinge laufen. Du spürst also das Klicken Nummer vier, du wartest ein oder zwei Herzschläge lang, und die Jackpotanzeige zählt lautlos über deinem Kopf, fünf Millionen und ein paar Dollar und ein paar Cent, sie läuft schnell, häuft eifrig ein Vermögen für dich an, und du wartest auf diesen dritten Herzschlag, und das ist es, wird dir bewusst, ein kleiner Walzer, ein Dreivierteltakt, und du ziehst den Hebel.

Und worauf du wartest, sind drei kleine Adler. Das ist alles. In den Sichtfenstern des Münzautomaten. Vergiss die kleineren Gewinne, die Einer, Zweier und Dreier, die Kirschen, Balken oder Siebenen. Du setzt auf den Hauptgewinn. Du wartest darauf, dass drei kleine weiße, blaue und rote Adler nebeneinander vor dir landen. Sieh nur, wo du hier bist, werden sie zu mir sagen. Das ist Amerika.

Lucky Wynn und ich verstummen. Er schwebt jetzt in seiner Traumwelt und wartet darauf, nehme ich an, dass die Adler in den Sichtfenstern des Münzautomaten in seinem Kopf nebeneinander erscheinen. Und mir geht es genauso. Ich ziehe immer wieder den Hebel und warte darauf, dass sich ein paar dieser Stimmen zueinander gesellen – vielleicht reichen ja schon drei davon aus –, und sie werden sagen: Sieh nur, wo du bist. Und ich werde es wissen. Aber da ist natürlich nur eine Stimme vor mir und zwei leere Felder zu beiden Seiten.

Eines verstehe ich. Lucky weiß genauso wenig wie ich. Er sagt, er wäre Amerikaner, aber ich glaube, dass er tief in sich Gefühle hat, die er nicht wahrnimmt. Er wartet noch immer, er sehnt sich danach, das zu sein, wovon er glaubt, er wäre es bereits geworden, das zu erfahren, was er bereits zu wissen glaubt.

Eine verlorene Heimat. Ein Schiff, das dich in eine neue Welt bringt. Ein neuer Name. Andere Menschen, deren Stimmen du hörst, die du aber nicht wirklich verstehst. Noch dass sie dich wirklich verstehen. Ich teile diese Diaspora mit Lucky Wynn. Doch obwohl ich das weiß, fällt mir nichts ein, was ich ihm sagen oder für ihn tun könnte, außer ihn zu seiner Kammer zurückzubringen, damit er wieder schlafen kann. Und ihn später wieder in sein normales Leben zu entlassen, nachdem seine Erinnerungen an die Geschehnisse hier ausgelöscht worden sind und seine Sehnsucht fortbestehen wird.

Andererseits aber ist es vielleicht gar nicht nötig, die Erinnerungen irgendeines meiner derzeitigen Besucher zu löschen, da ich ihnen selbst auf die Oberfläche des Planeten folgen und allen das Geheimnis enthüllen werde. In nur noch wenigen Stunden. Sollen sie sich alle erinnern.

Und so bringe ich Lucky Wynn zurück in die tiefe Dunkelheit seiner Schlafkammer. Dann stehe ich im Gang, lausche dem Atmen all meiner schlafenden Besucher und warte. Ich muss mich der nächsten Stimme widmen. Noch könnte es irgendeine plötzliche Offenbarung geben. Aber ich weiß nicht, wen ich auswählen soll, und so wandere ich im Korridor vor den Schlafkammern auf und ab und singe vor mich hin. Das muss ich ohnehin tun. Ich singe ein wortloses Lied in meinem Inneren, und wenn ich das Wort *singen* verwende, meine ich damit etwas anderes als das, was man auf dem Planeten unter mir unter Musik versteht – denn dieses Lied lässt sich nicht in einzelne Bestandteile übersetzen, in Worte und wahrnehmbare Geräusche, die auch in den räumlichen Dimensionen außerhalb der eigenen Innenwelt existieren könnten –, es sind Urlaute, die in mir aufsteigen und umherwirbeln, genau wie die Staub-, Wolken- und Nebelwirbel in der Dämmerung auf meinem Heimatplaneten, ein Vorgang, der jeden Abend mit dem Untergang unseres wunderschönen blauen Sterns einsetzt, wenn die Elemente unserer Welt zum Himmel aufsteigen, um unserem Stern Lebewohl zu sagen, wenn sie in ihrer Sehnsucht emporsteigen … ja, jetzt schreibe ich sogar der unbelebten Materie meines eigenen Planeten bereitwillig diese Haltung zu. Die Elemente sehnen sich danach, den Stern zu begleiten, sobald er uns alle zu verlassen scheint. Dies ist das sinnliche Thema des Liedes, das ich singe, ein Lied, das im gleichen Moment, während ich es singe, in meinem Kopf entsteht und nur dort in seiner wahren Form existiert wie das Lied keines anderen, und auch ich bin voller Sehnsucht, ich sehne mich danach, diese Musik dem Geist eines anderen Wesens zu übermitteln, direkt und ohne es zu übersetzen, aber selbst meine Frau Edna Bradshaw, die ich mit einer mächtigen Gefühlsaufwallung liebe, meine eigene Frau ist nicht in der Lage, diese Art von Musik zu hören, ich kann sie nicht mit ihr teilen, und ich weiß, dass das auf alle Geschöpfe dieser Welt zutrifft, dass ihr Leben nun einmal so beschaffen ist. Sollte es irgendeinen tief verborgenen Sinn für die grundlegenden Dinge in ihnen geben, für eine ontologische Musik jenseits von Worten und Lauten, dann ist es ihnen unmöglich, diese Dinge wahrhaft mit einem anderen zu teilen.

Ich habe zugelassen, dass meine Gedanken störend werden. Die Musik verstummt. Ich verharre. Ich stehe vor einer Schlafkammer, und so entscheide ich mich für diese. Kurz darauf sind wir auch schon in dem Gesprächsraum. Vor mir sitzt die winzige ältliche Viola Stackhouse. Und obwohl sie das, was in ihr vorgeht, meinem Geist nicht auf direktem Weg vermitteln kann, sprechen wir und formen wir diese Worte, als wären wir eins.

Mein Mann Arthur kauft Buicks. Das hat er schon immer getan. Der Buick LeSabre, sagt er, wäre das einzige amerikanische Auto, von dem die Hersteller nie vergessen hätten, wie man es baut, nicht einmal in der schlimmen Zeit der späten 70er und bis in die 80er hinein, als die Japaner kamen und unseren Automobilmarkt übernahmen, weil so viele US-Hersteller anscheinend vergessen hatten, wie man es richtig macht.

Und wissen Sie, es war mir immer unangenehm, seine Liebe für Buicks. All die Jahre wäre ich lieber mit so ziemlich jedem anderen Auto als mit einem Buick herumgefahren. Aber was hätte ich schon sagen können? Für eine Ehefrau ist es aussichtslos, auch nur zu versuchen, ihrem Mann etwas so Verrücktes zu erklären. Es war einfach ein Gefühl. Wann immer die Zeit kam, unseren Wagen in Zahlung zu geben, so alle zwei bis drei Jahre – Arthur liebt es, einen Wagen, der nicht mehr als vierzigtausend Meilen auf dem Tacho hat, gegen einen neuen einzutauschen –, wann immer also die Zeit gekommen war, habe ich versucht, ihm den einen oder anderen Wagen statt eines Buick vorzuschlagen. Aber das ist seine Sache, Sie verstehen schon. Das ist etwas, das er sein ganzes Leben getan hat, immer nur Buicks, eine Angewohnheit, die er von seinem Vater übernommen hat, vermute ich. Wenn bessere Autos gebaut werden, wird Buick sie bauen, hat er mir immer wieder gesagt. Und was hätte ich darauf schon antworten können? »Bitte tu's nicht, ich habe so eine unerklärliche Aversion gegen jedes Auto, das du jemals gekauft hast.« Hätte ich das vielleicht sagen sollen?

Aber jetzt, da ich hier sitze, erinnere ich mich plötzlich. Ziemlich deutlich, obwohl es schon lange her ist. Ist das ein schlimmes Zeichen? Werde ich demnächst sterben oder so was? Oder ist es einfach nur Senilität? Was auch immer, da ist diese Sache, die mir jetzt wieder einfällt. Ein Buick, Baujahr 1929. Meine Mama war im Begriff, meinen Papa zu verlassen, und sie, ihr Freund und ich, wir alle stiegen in den 1929er-Buick-Roadster ihres Freundes, um nach Reno zu fahren, wo sie die Scheidung einreichen wollte. Sie verfrachteten mich in den Notsitz – ich war damals ungefähr fünf Jahre alt, schätze ich –, und wir fuhren vom Senator-Hotel in Sacramento los, wo meine Mama und ich vorübergehend gewohnt hatten. Sie wickelte mich in die Chenilleüberzugdecke ihres Hotelbetts. Es war ein Morgen Mitte Oktober, und das Wetter war ziemlich schön. Es war nicht sonderlich kalt. Mama hatte mich bis zum Hals eingepackt. Ich mochte ihren Freund nicht sonderlich, aber ich hasste ihn auch nicht, obwohl ich wusste, was hier passierte.

Es war meine Mama, die ich am meisten liebte, sie war immer bei mir, und mir war schon damals bewusst geworden, dass ich meinen Papa nicht allzu häufig sah, obwohl es, wie ich glaube, nicht daran lag, dass er sich mit anderen Frauen herumtrieb, sondern daran, dass er versuchte Geld zu verdienen. Wenn ich im Laufe der Jahre als Erwachsene darüber nachdachte, was zwischen meiner Mutter und meinem Vater vorgefallen war, kam ich stets zu dieser Überzeugung. Und Mama sagte, es wäre in Ordnung, was passierte. Natürlich wünschte ich mir, dass es keine Probleme geben würde und alles normal wäre, so wie sich jedes Kind seine Familie wünscht, aber solange ich bei Mama war und sie mir versicherte, dass alles in Ordnung wäre, machte mich die Trennung nicht so unglücklich, wie man eigentlich hätte erwarten können.

Der Freund meiner Mutter war der Geschäftspartner meines Vaters. Sie arbeiteten zusammen als Aktienmakler in ihrer eigenen kleinen Firma in San Francisco, wo wir lebten. Und beide waren sie die gleiche Art von verdammten Dummköpfen wie der Rest des Landes in den 20ern, spielten ein höchst riskantes Spiel und glaubten, man müsste nie zurückstecken. Aber hören Sie. Ich liebe das Glücksspiel. Vielleicht ist es nicht Liebe. Es gibt mir etwas, das ich brauche, und ich bleibe dabei. Zumindest aber weiß ich, wie viel ich zu verlieren bereit bin, und wenn ich es verloren habe, weiß ich, dass ich aufhören muss.

Aber daran ist nichts neu für mich. Ich hatte jede Menge Zeit, erwachsen zu werden und darüber nachzudenken, wie die Dinge in meiner Familie gelaufen sind, wie sich meine Mama von meinem Papa scheiden ließ und danach ein Leben mehr oder weniger im Chaos führte. Ich schweife ab von der Erkenntnis, die mir gerade gekommen ist. Was neu ist in meiner Erinnerung, sind die Fahrt nach Reno und dieser Buick. Der Freund meiner Mutter hatte einen Buick, ich war in eine Überzugbettdecke eingewickelt, saß hinten im Notsitz und sah nur die Hinterköpfe meiner Mama und ihres Freundes, die mir überhaupt keine Beachtung schenkten. Sie schmiegte sich an ihn, er legte einen Arm um sie, und sie benahmen sich so, als wäre ich überhaupt nicht da. Es gab nur mich und den Buick.

Und das war prima. Es war ein wunderbares Auto. Das kann ich sehen. Der Freund meiner Mama hatte dafür viel-

leicht fünfzehnhundert Dollar gezahlt, damals genug Geld, um zwei Familien ein ganzes Jahr lang zu versorgen. Ich glaube, der Sitz war aus Leder und gemütlicher als unsere Couch zu Hause. Und ich konnte den Motor des Buick hören. Die meisten Autos auf den Straßen machten einen fürchterlichen Lärm, stotterten, gurgelten und husteten. Dieser Buick jedoch schnurrte. Selbst wenn er im Leerlauf an einer Kreuzung stand und meine Mama und ihr Freund zu lange warteten, weil sie sich küssten, und irgendjemand hinter uns ungeduldig hupte und schrie. Selbst dann machte der Buick dieses leise gleichmäßige Geräusch direkt unter mir, so fühlte es sich jedenfalls an, und alles andere interessierte mich nicht. Der Buick hielt mich fest, sprach leise und zärtlich mit mir, und dann trug er mich fort, schnell, ließ mein Haar im Wind flattern.

Mein Wort darauf. Ich liebte diesen Buick. Das erklärt überhaupt nichts. Der Buick trug mich in eine ruhige grüne Welt, durch Wiesen, Senken und Felder voller niedrig wachsender Pflanzen, Gemüse, das ich kannte, aber ich konnte nichts mit Namen bezeichnen, kein Gemüse, keinen Baum, keine Bodensenke oder Erhebung, ich verfügte in diesem Alter nicht über das erforderliche Vokabular, um irgendetwas zu benennen. Außer den zerklüfteten Ausläufern der Berge vor mir – ich wusste, dass es die High Sierras waren, der Freund meiner Mutter hatte mir diesen Namen vor unserer Fahrt genannt. Wir kletterten zu ihnen empor, der Buick flüsterte mir zu, beruhigte mich, trug mich hinauf in einen Wald, und wir kamen langsam höher, Meile um Meile, die Straße wand sich in engen Kurven und Kehren, und alles fühlte sich für mich gut an. Einmal sah ich zwischen den Baumstämmen die gefleckten Flanken eines Hirsches und ganz flüchtig seine dunklen Augen. Ich war ziemlich glücklich.

Aber es wurde kalt. Die Sonne stand frei und klar am Himmel, und obwohl sie heller zu werden schien, je höher wir kamen, spendete sie immer weniger Wärme. Ich wunderte mich darüber. Ich begann, vor Kälte zu zittern, schmiegte mich tiefer in meinen Sitz, schlang die Decke fester um mich, aber sie war sehr dünn, wie mir klar wurde, ich war in so viele Lagen davon eingewickelt, dass man hätte annehmen sollen, sie müsste mich wärmen, aber sie war zu dünn und so kraftlos wie die Sonne. Meine Mutter und ihr Freund hatten sich aneinander gekuschelt und schienen die Kälte überhaupt nicht zu bemerken. Und der Buick trug mich weiter, flüsterte mir immer noch zu, und ich wollte, dass er mich wärmte, aber das konnte er nicht.

Dann hatten wir den Pass überquert, fuhren wieder abwärts, und plötzlich veränderte sich die Welt. Sie bestand nur noch aus Felsen und Staub, aus dürrem Gestrüpp und Flecken von niedergedrücktem Gras, das wie der Schmutz zwischen den Fliesen unseres Badezimmers aussah. Ich zitterte, die Straße beschrieb eine scharfe Kurve nach der anderen, und ich konnte scheinbar meilenweit in die Tiefe blicken, in lange Schluchten aus nacktem Fels, und ich hatte das Gefühl, als würde mich irgendetwas an den Schultern packen, das mich aus dem Sitz ziehen und diese Berge hinabschleudern wollte. Ich versuchte, mich so schwer wie ein Felsblock zu machen, und ich bat den Buick, mich nicht loszulassen. Und das tat er auch nicht. Er hielt mich fest, klammerte sich an die Straße und schlängelte sich mit uns das Gebirge hinab. Die Luft wurde wärmer, ich lauschte wieder aufmerksam auf die Stimme des Buick, und es ging mir gut.

Und dann war da ein Stocken in der Stimme. Der Motor hustete und stotterte, hustete erneut, der Freund meiner Mama fluchte, und plötzlich wurde ich mir der Straße bewusst, die steil abfiel. Auf einer Seite erhob sich eine große Felswand, auf der anderen Seite gähnte ein tiefer Abgrund, die Straße war schmal, und der Buick schüttelte sich leicht. Nein, bitte nicht, flehte ich ihn leise an. Doch der Motor verstummte, die Bremsen quietschten, meine Mama gab kleine keuchende Laute von sich, ihr Freund fluchte weiter, und ich dachte überhaupt nicht an die beiden, überhaupt nicht. Ich zog meine Hände unter der Decke hervor, legte sie flach auf den Ledersitz des Buick und betete, dass das Auto wieder zum Leben erwachen und mich an einen sicheren Ort bringen würde, wo alles für alle Zeit in Ordnung war.

Doch wir rollten durch eine Kurve und durch eine weitere, meine Mutter rief immer wieder den Namen ihres Freundes, er herrschte sie an, den Mund zu halten, und dann kam ein kurzer Schotterstreifen neben der Straße vor der nächsten Kurve in Sicht, der sehr schmal war, dahinter eine scharfe Kante und ein großer Abbruch und danach eine Meile weit nichts. Ich konnte spüren, wie der Freund meiner Mama die Bremsen bearbeitete, seine ganze Kraft in sie hineinlegte, und dann rutschten wir seitlich auf den Randstreifen, Schotter spritzte auf, meine Mama schrie, und wir kamen zum Stehen.

Eine Weile sagten beide kein Wort, aber man konnte sie heftig atmen hören. Sie saßen weit auseinander, meine Mama und ihr Freund, und jeder blickte in eine andere Richtung. Was mich anging, ich lauschte auf den Buick. Er gab ein kleines tickendes Geräusch von sich. Dann hörte selbst das auf. Ich hockte in der Mitte des Notsitzes, schälte mich aus der Bettdecke und kroch zur rechten Seite. Zuerst hielt ich den Kopf tief gesenkt, roch die Lederpolsterung des Buick und dachte: Was für ein Schwindler du doch bist, was für ein Betrüger, was nützt es schon, wenn du gut riechst. Und dann war ich bereit, den Kopf zu heben und hinauszusehen, und vor mir war nur eine große, breite Schlucht, grau, felsig und tief, und das war alles, worum es dem Buick, der mich festgehalten und getragen und zärtlich flüsternd mit mir gesprochen hatte, gegangen war. Nur darum, mich an den Rand des Todes zu bringen und zu verstummen.

Lustig. Ich erinnere mich kaum an sonst noch etwas bezüglich dieser Reise. Irgendwie endet alles auf diesem Berg. Offensichtlich muss irgendjemand vorbeigekommen sein, und wir schafften es nach Reno. Ich weiß allerdings, dass die

Scheidung nicht mehr in diesem Herbst erfolgte. So viel wurde mir berichtet. Wir sollten drei Monate in einem Hotel in Reno leben, um dort heimisch zu werden, aber so lange dauerte es nicht. Irgendwann in der ersten oder zweiten Woche brach der Aktienmarkt zusammen, und mein Vater und sein Partner, der Freund meiner Mutter, waren ruiniert. Wie auch Mama und ich, auf eine gewisse Weise. Wie so ziemlich alle anderen auch.

Also, das erklärt die Sache mit den Buicks, schätze ich. Zumindest für mich. Und für ein mitfühlendes, glubschäugiges Alien, schätze ich. Aber Arthur würde diese Erklärung nie ausreichen. Er würde es nie verstehen. Ich bin schon glücklich, dass er weiß, wann er verloren hat und es Zeit ist zu gehen. Das wissen wir beide. Das reicht als Grundlage für eine recht gute Ehe, denke ich mir.

Ich habe aufgehört, Viola Stackhouse zu sein. Sie schließt einen Moment lang die Augen, während sie sich aus ihren Erinnerungen löst. Dann blickt sie mich an und fragt: »Habe ich Sie beleidigt?«

»Natürlich nicht«, versichere ich.

»Habe ich Sie nicht gerade ein glubschäugiges Alien genannt?«

»Ah, ja«, sage ich. »Aber ein *mitfühlendes* glubschäugiges Alien.«

»Habe ich nicht auch viel geschrien? Auf der kleinen Party, die Sie und Ihre Frau für uns geschmissen haben?«

»Sie hatten Angst um Arthur.«

»Das ist alles so neu«, sagt sie. »Ich habe das nicht vorausgesehen.«

»Nicht einmal in den High Sierras«, sage ich.

Darüber lächelt sie. »Sie sind nicht beleidigt? Darüber, wie ich mich benommen habe?«

»Nein.«

»Meine Mama hatte schon so einige Freunde über all die Jahre. Ich würde nicht einen von ihnen als *mitfühlend* bezeichnen.«

»Oder glubschäugig«, sage ich.

»Ein oder zwei von ihnen waren es, zum Ende hin.« Viola Stackhouse lacht.

Dann endet ihr Lachen abrupt, und ich weiß, dass sie an der Abbruchkante der großen breiten Schlucht dessen sitzt, was ihr Leben gewesen ist. Ich ergreife ihre Hände, berühre sie mit meinen Fingerkuppen und schenke ihr meinen Herzschlag.

»Ach je«, seufzt sie.

»Gehen Sie schlafen«, flüstere ich, wobei ich versuche, meine Stimme so tief und sanft wie den Motor des Buick klingen zu lassen.

Ich bringe sie zurück in ihre Kammer, helfe ihr, sich auf ihr Bett zu legen, und wünsche mir verzweifelt, ich hätte eine Chenilleüberzugdecke, in die ich sie wickeln könnte, aber mehr kann ich nicht für sie tun, und vielleicht ist das auch in Ordnung, denn sie schläft bereits.

Es war eine lange Nacht. Aber meine Zeit wird knapp. Und ich bin ein Nachtspieler, den die Spannung des Spiels gepackt hat. Ich habe wieder und wieder den Hebel des Münzautomaten gezogen, und jetzt habe ich einen roten, weißen und blauen Adler im linken Sichtfenster. Die Walzen in den beiden anderen Fenstern drehen sich noch, und ich warte darauf, dass der zweite Adler erscheint. Ich brauche einen großen Gewinn, und ich brauche ihn möglichst bald. Dann habe ich eine Idee, auf die ich schon früher hätte kommen sollen: nacheinander mit den Partnern eines Ehepaars zu sprechen. Also wecke ich Arthur, und jetzt sitzt er vor mir. Ich bin Violas Ehemann. Ich bin Arthur Stackhouse.

Ich habe einige ziemlich schlimme Dinge im Krieg gesehen. Ich meine den richtigen Krieg. Den guten Krieg. Aber im Großen und Ganzen habe ich ihn unbelastet überstanden. Es half uns, dass wir alle wussten, dass wir für eine gerechte Sache kämpften, eingeschlossen das Wohl unserer Familien. Das hat wirklich geholfen. Man wusste tief im Inneren, dass jede Frau und jedes Kind in Amerika, jeder Briefkasten und jeder Apfel-

baum auf dem Spiel stand. Und irgendwie half es, dass man für unbegrenzte Zeit dabei war, nichts von dieser »Zwölf-Monate-und-du-hast-es-hinter-dir«-Kiste, was es für die Jungs in diesem anderen Krieg sogar noch schlimmer gemacht hat, schätze ich, in dem dreckigen Krieg vor einigen Jahrzehnten. Wenn man in einen Krieg zieht, in dem es um nichts geht, was man als wichtig erkennen kann, egal wie viel Propaganda sie dir auch um die Ohren hauen, und wenn man nach einem Jahr wieder draußen ist, egal ob man gewinnt oder verliert, dann muss es einfach einen großen Unterschied machen, wie man damit zurechtkommt. Dann findet man nie so richtig die Sicherheit in seinem Inneren, die einen in die Lage versetzt, zu töten und getötet zu werden.

Also, ich weiß nicht, wie das war, was den Vietnamkrieg und die Jungs betrifft, die dort gekämpft haben, außer als ein unbeteiligter Zuschauer. Es ist nur so, wie ich es mir vorstelle, nach allem, was ich darüber gelesen oder im Fernsehen gesehen habe. Worüber ich jetzt aber wirklich sprechen möchte, das bin ich, wie es mir möglich war, das, was ich in Frankreich und Deutschland getan habe, durchzustehen, nach Hause zurückzukehren und es gründlicher zu verdrängen, als man erwarten sollte. In meiner Generation hat man mit niemandem darüber gesprochen, nachdem man aus dem Krieg zurückgekehrt war. Man klammerte sich an alles, was man liebte und von dem man wusste, dass es ernsthaft in Gefahr geraten wäre, hätte man nicht getan, was man getan hat, und das half, die schlimmen Dinge zum Schweigen zu bringen und sie schließlich loszuwerden. Deshalb fühlte ich mich in Ordnung. Für ein paar Jahre.

Und dann fühlte ich mich ganz unvermittelt nicht mehr in Ordnung und habe mich seither auch nie mehr so gefühlt. Ich will verdammt sein, wenn es mich nicht ausgerechnet mitten im Frieden erwischt hat, auf einem Hoteldach mit einem Drink in der Hand. Bis vor einigen Jahren, als Louisiana diese schwimmenden Casinos auf dem Lake Charles einrichtete, fuhren meine Frau und ich zweimal jährlich nach Las Vegas. Das taten wir jedes Jahr seit unserer Hochzeit 1946, kurz nach dem Krieg. Und es gab eine Zeit in den 50ern, als die Regierung die ganzen Wasserstoffbomben draußen in der Wüste testete. Das Testgelände lag nicht allzu viele Meilen von Las Vegas entfernt, und eine Weile machten die Casinos damit groß Reklame.

1953 also waren meine Frau und ich in einem der Hotels. Vielleicht im Sahara. Oder im Sands. Ich erinnere mich nicht mehr, welches es war. Aber es gab eine Dachterrassenparty, bei der man eine Nuklearexplosion beobachten konnte. Wir hatten bereits alles verloren, was in unserem Budget eingeplant war. Uns blieben noch vierundzwanzig Stunden in Las Vegas, und diese Sache schien uns interessant zu sein. Also stiegen wir auf das Dach. Die Veranstalter hatten Miss Atomic eingeladen, die gerade erst an diesem Morgen in einem Schönheitswettbewerb ermittelt worden war. Sie lief in einem Badeanzug und hochhackigen Schuhen herum und trug eine Atombombenfrisur, das Haar hoch über dem Kopf wie eine Pilzrauchwolke aufgetürmt. Man servierte etwas, das Atomcocktail genannt wurde, woran ich mich noch sehr deutlich erinnere. Es bestand aus Wodka, Brandy, Champagner und Sherry, eine wirklich abenteuerliche Mischung, aber es war ziemlich gut und schmeckte mit jedem Schluck, den ich trank, noch besser.

Dann wurde es Zeit, und einer der Conférenciers von den Showbühnen unten, der einen Smoking trug, machte so eine Art Ankündigung. Die Abenddämmerung war hereingebrochen, glaube ich. So habe ich es in Erinnerung. Die Sonne war gerade erst untergegangen und spendete noch etwas Licht, aber es wurde allmählich dunkel, und dieser Typ sagt: Und jetzt, Ladies und Gentlemen, nur für einen Abend im Sahara, die Wasserstoffbombe. Applaus, Ladies und Gentlemen, und ein herzliches Vegas-Willkommen. Dann blickt er auf seine Uhr und beginnt, von zehn rückwärts zu zählen. Die Leute klatschen, ich trinke einen Schluck von meinem Atomcocktail, Viola an meiner Seite, und ich schaue nach Nordwesten, wo der Himmel immer noch ein bisschen hell ist.

Auf einmal passierte es. Ich war überhaupt nicht darauf vorbereitet. Man liest in der Zeitung davon, und die Bombe hat angeblich all diese Menschen in zwei japanischen Städten getötet und so weiter, man sieht die Pilzwolke in einer Wochenschau im Kino, und man denkt: Was für eine Bombe. So was in der Richtung. Aber alles, was man tut, ist eben nur das. Denken. So wie man über den Krieg nachdenkt, wenn man nie dabei war. Man weiß einfach einen Scheißdreck. Übergangslos ist da draußen dieser Lichtkranz. Man weiß, es ist sechzig oder siebzig Meilen weit weg, aber ganz plötzlich ist sie da, diese Fontäne aus weißem Licht, obwohl man es überhaupt nicht als weiß empfindet, wenn man daran gewöhnt ist, sich Weiß als etwas Sauberes vorzustellen. Dieses Weiß ist so, als hätte man sich sein Leben lang darüber geirrt, was Tod bedeutet. Es ist nicht so, als würde man die Augen schließen, und alles wird einfach schwarz und bleibt für alle Zeiten so. Plötzlich wird einem klar, dass der Tod weiß ist, und da ist er, und es fühlt sich an, als wäre er nicht weit entfernt. Er ist direkt hier in deinem Gesicht, er berührt deine Augen, die sich nicht schließen, wenn du stirbst, sondern geradewegs in dieses grässliche Weiß starren.

Und dann verblasst es etwas, zieht sich zurück, doch an seine Stelle tritt irgendetwas anderes. Und – verdammt! – man kann es sehen. Selbst von hier aus. Aus dieser Entfernung wirkt es winzig, wenn man zurücktritt und sich umsieht, wenn man es schafft, den Blick abzuwenden und zum Himmel emporzuschauen, aber das kann man nicht. Man muss einfach sehen, was dort passiert, und etwas steigt dorthin auf, wo gerade noch einen Moment zuvor dieses Weiß war. Und mehr noch als die schrecklichste Schlacht, mehr als der Gestank nach Kordit und verbranntem Fleisch, mehr als die Stimmen von Männern, die vor Schmerzen lallen, mehr als der Anblick zerfetzter Gliedmaßen und aufklaffender Brustkörbe waren es dieser kurze Lichtblitz, die fern aufsteigende Rauchwolke, der gedankenlos aufbrandende Applaus auf der Dachterrasse eines Hotels und der Geschmack von Champagner und Sherry, die mir verrieten, dass mich in meinem Leben nichts außer Schmerzen und danach das große Nichts erwartete. Ich war dreißig Jahre alt und hatte einen furchtbaren Krieg erlebt, aber erst an diesem Abend begriff ich, was es mit dem Ende des Lebens auf sich hatte.

Und meine Frau legte mir eine Hand auf den Arm. Vielleicht wusste sie, dass irgendetwas Furchtbares in mir vor sich ging, vielleicht auch nicht, aber ich habe nie ein Wort darüber mit ihr gesprochen. Ich behielt meinen unbewegten Gesichtsausdruck bei und trank meinen Drink aus. Dann fuhren wir nach unten, und ich glaube, ich habe an diesem Abend unsere Regel gebrochen. Ich glaube, ich habe noch einmal hundert Dollar oder so verspielt, die wir nicht in unserem Etat eingeplant hatten, und ich wusste schon vorher, dass ich sie verlieren würde. Es war mir unmöglich, an diesem Abend auch nur einen einzigen Penny zu gewinnen. Aber ich bin durch den Aufruhr meiner Gefühle gegangen. Und ich glaube, es hat mir auf eine gewisse Weise geholfen. Ich ging durch den Aufruhr meines Lebens, und hier bin ich jetzt. Und ich habe Viola nie etwas davon erzählt. Sie würde es nicht verstehen. Oder vielleicht doch. Wie auch immer, wir würden verlieren.

Was stimmt nur nicht mit dieser Spezies? Ihre Individuen scheinen selbst denen gegenüber, die ihnen am nächsten stehen, völlig ahnungslos zu sein. Verdammt, Arthur, sprich mit Viola. Viola, sprich mit Arthur. Teilt die Dinge, die ihr in euch tragt, miteinander. Ihr seid minderwertige Geschöpfe. Das ist alles, was ich denken kann, während Arthur erschöpft vor mir döst. So lasse ich ihn eine Weile in seinem Sessel sitzen.

Aber ich schäme mich dieser Gedanken. Vielleicht ist es meine eigene Erschöpfung, die mich unnachgiebig und reizbar gemacht hat. Schließlich habe ich selbst wiederholt die Unzulänglichkeiten der *Worte* kritisiert, was die Gestaltung des Lebens auf diesem Planeten betrifft. Das Schweigen zwischen Arthur und Viola basiert auf ihrer eigenen Erkenntnis ebendieser Tatsache. Ist das von ihrem Standpunkt aus betrachtet nicht vernünftig?

Und vielleicht sagt diese Reizbarkeit, die mich erfasst hat, sogar noch mehr aus. Wie kann ich diese Spezies kritisieren, wenn ein gediegenes Exemplar meiner eigenen Spezies – nämlich ich selbst, Desi, der Außerirdische –, das nicht einmal biologisch durch Worte eingeengt wird, sich tatsächlich nicht einmal selbst im Griff hat? Ist das nicht ein viel größerer Fehler als der, den ich in anderen entdecke?

Dieser sonderbare Augenblick der Dummheit vergeht jetzt wieder. Aber ich bin eindeutig fähig, einen solchen Fehler zu begehen. Ich habe Angst davor, mir vorzustellen, welchen anderen Manifestationen dieser eigenen Ignoranz ich bereits anheim gefallen bin. Jetzt aber ist dieser Teil von mir, den zu erkennen ich nicht in der Lage war und der die Spezies, der die Stackhouses angehören, verurteilt hat, mit einem Aspekt beschäftigt – mir ist die Ironie bewusst –, der unsere beiden Spezies mehr oder weniger gleichermaßen stark betrifft. Ein Aspekt, der sich typischerweise sogar hinter ebendiesen Worten versteckt, die ich gerade formuliere.

Ich spreche vom Tod. Ich spreche vom Tod. Von der endgültigen Wortlosigkeit. Ich habe ihn bis zu dem Moment, da Arthur und ich eine Stimme waren, nie als etwas Weißes betrachtet. Ich habe ihn mir immer als Dunkelheit vorgestellt, so wie es auch Arthur einst getan hat, obwohl mein bildhafter Vergleich – was kaum überraschend ist – die hohe Konzentration von Schwerkraft im All war, ein Phänomen, dem uns körperlich nie zu nähern unsere gesamte Spezies beschlossen hat. Ich spreche von schwarzen Löchern. Das war die in meinem Kopf verankerte Metapher. Dass unser Leben erlöschen und unsere Musik verstummen soll, das erfüllt uns mit Entsetzen. Ja. Aber es ist immer wie diese Furcht einflößende Saugwirkung von Finsternis gewesen, diese Orte, die man nie aufzusuchen wagte. Oder aber, in einer anderen Gemütsverfassung, war der Tod wie die Dunkelheit zwischen den Sternen, der Raum, durch den wir uns ständig bewegen, etwas ganz Alltägliches, das wir beiseite schieben konnten, indem wir einfach unseren Blick auf die Sterne selbst richteten. Die Dunkelheit kann ohne das Licht nicht existieren und ist ihm deshalb untergeordnet. Von ihm abhängig. Und sogar von Materiepartikeln erfüllt. Mit Sonnenwinden. Mit was auch immer. Dumme metaphorische Konstruktionen zum Zweck der Selbsttäuschung.

Doch Arthur hat mich dazu gebracht, die Sterne selbst, das blendende Weiß als den Tod zu sehen. Und diese klare Erkenntnis lodert in mir auf, lässt meine Finger und Zehen steif werden, und ich versuche, an rote und blaue Sterne zu denken, doch es hilft mir nicht, denn ich verstehe Arthur, es hat nichts mit der Brechung des Lichts in diese anderen Farbtöne zu tun, sie sind eine Täuschung, sie sind Teil des gleichen Vergehens.

Ich erinnere mich an eine Stimme. Arthur Stackhouse schläft, sein Kopf ist tief herabgesunken, sein Kinn berührt fast die Brust. Ich störe ihn nicht. Ich fahre mit der Hand über die Instrumentenkonsole und finde eine Stimme, die ich selbst erst vor wenigen Jahren aufgezeichnet habe. Und obwohl vor mir Arthur Stackhouse sitzt, bin ich Jacob Klein. *Manchmal geht mir dieser eine Gedanke durch den Kopf. Ich habe ihn bereits seit Jahren. Sie hätten die Atombombe über Berlin abwerfen sollen. Die Rauch- und Feuersäule hätte wieder erscheinen sollen, so wie sie Moses erschienen ist, um uns aus Ägypten herauszuführen. Sie ging uns voraus und wies uns den Weg, und das war es, was wir zum Ende des Zweiten Weltkriegs gebraucht hätten. Eine Möglichkeit, uns aus dem herauszuführen, was geschehen war. Wäre der Feuerball erblüht und der Rauch über Berlin aufgestiegen, wir wären gefolgt und hätten gesagt: Das ist der Zorn und die Vergeltung*

Gottes, das ist Gottes Kommentar zu all den Leichen unserer Mütter und Väter, Großmütter und Großväter, Tanten und Onkel, Kinder, Schwestern und Brüder, Freunde, Lehrer, Nachbarn und Fremden, die alle nicht nur durch ihr Blut mit uns verbunden waren, sondern auch durch eine gemeinsame tausendjährige Geschichte, durch das jahrtausendelange Bemühen, Gottes Willen zu befolgen, das ist Gottes Kommentar zu all den gequälten und ermordeten Menschen aus unserem Volk. Hier, durch diese Feuer- und Rauchsäule, durch die Heimsuchung, die über ihre Peiniger kommt, über diejenigen, die die größten Gräueltaten verübt haben, die der Mensch auf dieser Welt begehen kann, werden sie ein für alle Mal für würdig befunden. Soll Japan Stein für Stein und Wunde um Wunde niedergerungen werden, aber diejenigen, die das Volk ausgelöscht haben, dessen gemeinsames Erbe die Liebe Gottes war, diese Ungeheuer sollen in einer Vision, die Moses selbst anerkennen könnte, zu Staub verdampfen. Und diese Vision von Feuer und Rauch würde uns wieder den Weg zu einem Ort weisen, wo wir endlich ein Leben frei von der täglichen, tief in unserem Mark verankerten Erinnerung an die schrecklichen Dinge führen könnten, die an Millionen von uns verübt wurden. Ich steige in eine U-Bahn-Station hinab und höre einen metallischen Schrei aus dem Tunnel dringen; ich verlasse meine Wohnung und gehe die Tenth Street entlang, um mir einen Morgenkaffee und ein Hörnchen zu genehmigen, und ich sehe Dampf aus einem Gullydeckel aufsteigen; ich komme an einem Hinterhof vorbei, es ist der Tag, an dem der Müll abgeholt wird, und entdecke Knochen, die aus einem aufgeplatzten Müllsack gefallen sind, winzige auf dem Boden verstreute Knochen; ich stelle fest, dass ich in der Wildnis der Geschichte lebe, und ich suche einen Ausweg, ich möchte, dass mich irgendjemand aus dieser Welt in eine andere führt, wo die Vergangenheit gerächt und überwunden ist.

Ich höre mich wie ein religiöser Mann an. Gott bewahre, dass mich jemand dafür hält! Meine Mutter und mein Vater waren beide Linke der alten Schule. Sie waren nicht mehr jung, als ich geboren wurde – Mama war bereits über vierzig Jahre alt –, und ich war ihr einziges Kind. Für meine beiden Großmütter war ich ihr kleines Shayna-Jungchen, für meine Mutter und meinen Vater dagegen ihr marxistischer Jüngling mit dem richtigen politischen Bewusstsein. Mein Großvater väterlicherseits war ein Bolschewist, der Leo Trotzki für das Vorbild dessen hielt, was die Juden im zwanzigsten Jahrhundert schließlich werden würden. Die Überjuden. Nicht dass ihm ein besseres Schicksal als seinem Helden beschieden war. Er wurde 1937 während des Republic-Steel-Memorial-Day-Massakers von einem Polizisten mit dem Schlagstock zu Tode geprügelt, drei Jahre bevor Trotzki in Mexiko mit einer Eishacke im Schädel starb. Mein Vater war damals gerade erst siebzehn, aber er hatte viel von seinem Vater gelernt. Mein Großvater mütterlicherseits war ebenfalls ein Linker, ein jüdischer Junge aus Brooklyn Heights, der in Spanien im Kampf gegen Franco fiel. Das war also unsere Familientradition. Wir zündeten nie eine Sabbatkerze an, gingen nie in den Tempel, aber wir pilgerten zum Highgate-Friedhof in London und legten einen Stein auf das Grab von Marx, und jeden Sommer schickten mich meine Eltern in ein von linken Aktivisten geleitetes Sommerlager in den Adirondacks.

Vielleicht hätte ich von meinem Vater lernen sollen, so wie er von seinem Vater gelernt hat. Er unterteilte die Welt auf eine andere Weise. Es spielte für ihn keine Rolle, ob man Jude war oder nicht, sondern ob man zu den Arbeitern oder zu den Ausbeutern gehörte. Das Lager war voller Kinder von linken Juden wie meine Eltern. Aber es gab auch eine Menge anderer Kinder. Wenn man einen Gott stürzte, der natürlich der große Kapitalistenboss im Himmel war und die Firma »Opium fürs Volk« leitete, dann gab es auch kein von Gott auserwähltes Volk. Jüdisch zu sein bedeutete das Gleiche, wie irisch, italienisch, deutsch oder englisch zu sein. In all diesen Völkern gab es ausgebeutete Arbeiterklassen und auch jene, die aufrichtig an die Dialektik der Geschichte glaubten. Dies war eine freiwillige Bruderschaft.

Was ziemlich gut in die damalige Zeit passte. Es war während der 60er, dass ich jeden Sommer das Lager besuchte. Wir veranstalteten künstlerische Projekte über ausgebeutete Völker der Welt und führten kleine Stücke über große Momente in der sozialistischen Geschichte auf, und abends sahen wir Filme wie Früchte des Zorns oder Panzerkreuzer Potemkin, und natürlich sangen wir. Es wurde viel gesungen. Jede Nacht, wenn die Lichter ausgingen, piepsten unsere vorpubertären Stimmen »Völker hört die Signale, auf zum letzten Gefecht. Die Internationale erkämpft das Menschenrecht« in die Dunkelheit der Berge hinaus.

Das war es, was ich nach dem Willen meines Vaters von ihm lernen sollte. Er sah in Hitlers Öfen einen Ausdruck des kapitalistischen Geistes. Nazismus und Kapitalismus gediehen in Deutschland Hand in Hand, sie waren in einer leidenschaftlichen Umarmung miteinander verzahnt, Seelenverwandte, was, wie ich schätze, so ziemlich der Wahrheit entsprach. »Es rettet uns kein höheres Wesen, kein Gott, kein Kaiser noch Tribun, uns aus dem Elend zu erlösen, können wir nur selber tun.« Ich sang voller Inbrunst im Lager, um meine Eltern stolz zu machen, und ich denke, das waren sie auch. Und es gab eine Menge Lieder, nicht nur die »Internationale«. Das ist das erste Lied, das mir jetzt, da ich mich plötzlich an all das erinnere, in den Sinn kommt, aber wir hatten eine von der IWW herausgegebene Sammlung linker Hymnen, das Kleine Rote Liederbuch, und wir sangen alle darin enthaltenen Lieder, und wenn ich jetzt darüber nachdenke, war da noch ein anderes Lied, das damals für mich herausragte. 1914 hatten die kapitalistischen Bosse der Kupferminen einem Mann namens Joe Hill einen Mord in die Schuhe geschoben, weil er so etwas wie ein Troubadour der Arbeiterklasse war, der von Wanderarbeiterlagern zu Landstreicherunterkünften und Großstadtslums zog und Lieder über die

Wahrheiten der kapitalistischen Ausbeutung sang. Er starb als Märtyrer vor einem Erschießungskommando. Viele der Lieder in unserem Liederbuch stammten von ihm, aber eins davon war nach seinem Tod über ihn geschrieben worden.

Ich habe schon sehr lange nicht mehr an diese Dinge gedacht. Das Lager bildete den Mittelpunkt von fast jedem Jahr meiner Kindheit, aber es gibt so viele Dinge, die einfach verblasst sind. Ich wurde erwachsen und entwickelte mich für meinen Vater zu einer Enttäuschung, nehme ich an. Ich besuche ihn immer noch einmal die Woche in seiner Wohnung in Brooklyn. Dann sitzt er am Küchentisch, breitet die New York Times *aus, interpretiert für mich die Nachrichten in einem beständigen Strom marxistischer Analysen, und am Ende herrscht er mich immer an: »Du hörst gar nicht, was ich sage!« Ich antworte dann: »Ich höre dir zu, Papa, ich höre zu«, worauf er sagt: »Hören und Zuhören sind zweierlei Dinge«, und ich sage: »Etwas sagen und Propaganda dreschen sind zweierlei Dinge«, und so läuft das jedes Mal ab. Wir ziehen dieses Dialektikritual durch, und wenn ich schließlich sage, dass ich gehen muss, schüttelt er mir die Hand, aber er sieht mir dabei nicht in die Augen.*

Was wusste ich über den Tod, als ich ein Kind war? Joe Hill war erschossen worden. Es bedeutete mir nichts, außer als bloße Idee. Mit dem Holocaust war es das Gleiche. Ich hatte Geschichten über diese Dinge gehört, über die Anzahl der Toten, die Beschwörung von Müttern, Vätern, Schwestern und Brüdern, die ausgelöscht worden waren, vergast, zu Asche verbrannt. Aber ich war ein Kind. Ich wusste nichts über den Tod, außer als eine vage Vorstellung, die Vorstellung eines Kindes. Ich sang: »I dreamed I saw Joe Hill last night.« Ich sang: »›The copper bosses killed you, Joe. They shot you, Joe‹, says I. ›Takes more than guns to kill a man‹, says Joe. ›I didn't die‹, says Joe, ›I didn't die.‹« Und vielleicht war das der Grund, warum mir das Lied im Gedächtnis haften geblieben ist. Joe sagte, er wäre nicht wirklich tot. So wenig, wie ich da-

mals aus eigener Erfahrung über die Welt wusste, erschien es mir realer. Und es nahm den Erzählungen über den Großen Tod, *über all die Millionen Toten, die Schärfe. Joe war nicht einmal Jude. Wenn er das konnte, den Tod überwinden, dann konnten sie das auch.*

Aber dann war da die Sache mit Tony Marcello.

Ich weiß nicht, was gerade jetzt in meinem Kopf vorgeht. Ich habe die Geschichte schon vor langer Zeit verdrängt.

Tony war ein Junge aus Philly, zum ersten Mal im Lager, und auch er war irgendwie von seinem Großvater geprägt worden, dem Vater seines Vaters, glaube ich, der in engem Kontakt mit Palmiro Togliatti stand. Es war eine weitere Konstellation nach dem Motto: wie der Großvater und der Vater so der Sohn, obwohl alle seine Verwandten mütterlicherseits noch immer praktizierende Katholiken waren, die zu den Heiligen beteten und so weiter. Tony schlief direkt neben mir – wir schliefen beide oben auf benachbarten Doppelstockbetten –, und ich konnte trotz der Bergluft nie schnell einschlafen. Ich erinnere mich, ihn jede Nacht atmen gehört zu haben. Er war lauter als die Grillen, obwohl er nicht direkt schnarchte, die Luft schien einfach heftig in ihm aufgewirbelt zu werden, und ich lauschte seinem Atem, obwohl ich es eigentlich gar nicht wollte.

Es war ungefähr vier Wochen nach Sommeranfang, dass wir alle zum Schwimmen an den See gingen. Ein offizieller Badetag mit Aufsehern und so – es gab auch einige unpolitische Sommerlageraktivitäten für uns –, und Tony war ein guter Schwimmer. Er schwimmt also weit in den See hinaus, und das alles passierte so schnell und beiläufig, dass es mich umso härter traf. Er schwimmt weit hinaus, und einer der Aufseher ruft ihm zu, er solle zurückkommen. Ich klammerte mich an einen Pfosten des kleinen hölzernen Stegs, weil ich kein guter Schwimmer war und Angst vor dem Wasser hatte. Also hielt ich mich einfach dort im Schatten des Stegs fest und wartete darauf, dass die Sache vorüberging. Doch als der Aufseher

Tony zuruft umzukehren, blicke ich in seine Richtung und entdecke ihn vielleicht hundert Meter weit draußen im See. Er hält an, sein Kopf hüpft hoch, und dann geht er unter. Ich nehme an, dass er einfach nur umdreht oder so, ein Stückchen unter Wasser schwimmt, und ich schätze, dass der Aufseher das Gleiche denkt. Aber einige Momente später taucht Tonys Kopf wieder auf, genau an derselben Stelle, und diesmal nur ganz kurz, bevor er erneut verschwindet, und der Aufseher springt in den See und krault los.

Ich weiß nicht genau, wie es ablief. Ein zweiter Aufseher sprang in den See, ein dritter holte uns aus dem Wasser und führte uns zum Speisesaal hinauf, und das ist so eine Situation, wo Atheisten im Nachteil sind, vermute ich. Es war schwer, die historische Dialektik und die Unterdrückung der Arbeiterklasse auf das anzuwenden, was dort unten im See geschah. Und es ist unseren Aufsehern hoch anzurechnen, dass sie es erst gar nicht versuchten. Sie ließen uns einfach in Ruhe. Also machte ich mich ganz langsam auf den Rückweg, um das zu beobachten, von dem ich irgendwie wusste, dass ich es sehen musste. Ich ging zur Tür des Speisesaals, und niemand hielt mich auf. Dann trat ich in die Sonne hinaus und ging weiter zum Hang, der zum See hin abfiel, und noch immer hielt mich niemand auf. Auf dem Steg standen ein paar Leute, einige schwammen in der Nähe im See, und zwischen ihnen tat sich etwas, und ich ging den Hang hinab. Ich senkte den Blick und richtete ihn starr auf den zertrampelten Pfad, aber ich folgte ihm weiter bis zum See und hatte ihn gerade erreicht, als sie Tonys Leichnam auf den Steg legten. Sobald er da lag, wichen sie etwas zurück, weil auch sie plötzlich erkannten, schätze ich, dass er irgendwie mehr wie ein Ding als wie ein Mensch war.

Ich erreichte sie, schob mich zwischen ihnen hindurch und betrachtete Tony Marcello – oder das, was er einmal gewesen war, denn genau so empfand ich es. Seine Leiche lag längs ausgestreckt auf dem Bauch, die Arme seitlich an den Körper ge-

legt, die Handflächen nach oben gedreht, das Gesicht von mir abgewandt, und sein Tod drang mir ins Bewusstsein, wanderte von dort direkt in meine Brust und weiter in meine Glieder, die plötzlich ganz intensiv ihre eigene zerbrechliche Lebendigkeit spürten. Der Körper dort vor mir hatte so eine Art furchtbare Klobigkeit an sich, eine Schwere, eine Aura von Abwesenheit. Tony Marcello war fort. Ein für alle Mal. Und ganz plötzlich, durch die Leiche dieses Jungen, der überhaupt kein Jude war, alles andere als das, durch die Leiche dieses Jungen, der ein Christ war, zumindest gemäß der Gebete seiner Mama und seiner Oma mütterlicherseits, durch die Leiche dieses Jungen empfand ich endlich das, was mit all diesen Juden geschehen war, als real.

Also habe ich Tony Marcello vermutlich ganz und gar nicht aus meinem Kopf verdrängt. Er verwandelte sich in einen Schrei in einem U-Bahn-Tunnel, in eine Dampfwolke, die aus einem Gullydeckel aufsteigt, in einen Haufen verstreuter Knochen auf einem Bürgersteig. Und ich träumte wirklich von Joe Hill. Noch Wochen später wachte ich nachts in meinem Feldbett auf, und um mich herum müssen die Geräusche anderer schlafender Jungen und der draußen zirpenden Grillen gewesen sein, aber alles, was ich hörte, war diese Stille, dieses durchdringende, ohrenbetäubende Fehlen von Tony Marcellos Atem, und ich war mit kaltem Schweiß bedeckt und wusste, dass ich von Joe Hill geträumt hatte. Er stand auf einem Steg am Ufer eines Sees, er wurde erschossen, fiel ins Wasser und versank spurlos, und ich wusste, dass er fort war, ich wusste, dass er tot war. Ganz egal, was er gesagt hatte, er war tot. Und in meinem Traum war er Jude.

Und Jacob Klein träumte wieder. Seine Worte verstummten, er träumte, und ich hatte Angst vor seinen Träumen. Auch jetzt habe ich wieder Angst. Vor Arthurs Träumen, vor Violas und Judith Marie Nashs Träumen und denen meiner Frau Edna Bradshaw, vor den Träumen all dieser Geschöpfe dort unten. Ich habe Angst. Um sie und um mich selbst. Sie leben so intensiv mit derart schwierigen Defiziten. Und ich glaube, ich trete aus mir selbst heraus. Es ist nicht Jacob Klein, der jetzt vor mir sitzt. Er ist zu seinem Leben dort unten zurückgekehrt, seine Erinnerung an mich ist für alle Zeiten fort, wie Tony Marcello. Das ist eine Ursache, die zu diesem krampfartigen Anfall von Angst geführt hat, wird mir klar. Für hunderte auf diesem Planeten bin ich Tony Marcello. Ich sitze vor ihnen, ich werde sogar ein Teil von ihnen, ich teile ihre Stimmen, und dann bin ich für alle Zeiten fort. Schlimmer. Tony Marcellos Körper ist zu Staub zerfallen, und doch hat Jacob Klein eine Erinnerung an ihn bewahrt. Ich bin aus dem Leben dieser Menschen verschwunden, und von mir ist nichts zurückgeblieben. Nichts. Mit Ausnahme von Edna Bradshaw. Und von Minnie Butterworth, der ich es erlaubt habe, sich an unsere Begegnung zu erinnern. Ob sie wohl immer noch an mich denkt? Aber nein. Nun ist sie es, die tot ist. Fast mit Sicherheit tot. Aber ich bin es nicht. Ich bin nicht tot. Obwohl ich in niemandes Träumen auf diesem Planeten bin, lebe ich immer noch. Wie nebelhaft ich in meinen eigenen Gedanken geworden bin. Wie tief in mich selbst versunken. Ich habe mich Jacob Kleins Stimme zugewandt, weil ich den dritten der roten, weißen und blauen Adler und den großen Jackpot der Erkenntnis finden wollte, um endlich diese Spezies zu verstehen, nicht nach meinen eigenen, sondern nach ihren Kriterien, aber ich kann diese drei Stimmen nicht zusammensetzen, ich verliere sogar die Bedeutung jeder Einzelnen von ihnen. Vor mir sind nur leere Felder.

Ich betrachte den schlafenden Arthur. Seine Finger bewegen sich leicht. Vielleicht berührt er irgendjemanden in seinem Traum. Es erinnert mich an Eddie, den gelben Kater. Wenn Eddie schläft, bewegen sich seine Pfoten manchmal schwach, als würde er laufen. Seine Zehen strecken sich, und seine Krallen treten hervor. Er träumt. In seinen Träumen jagt er andere Subspezies, um sie zu fangen, zu töten und zu fressen. Vielleicht ist der Bereich, in dem Träume entstehen, unzugänglich für meine Fähigkeit, Vergessen hervorzurufen. Vielleicht haben sie alle von mir geträumt, diese Besucher von der Erde. Wer kann das wissen? Vielleicht jagen sie mich in ihren Träumen, vielleicht packen und töten sie mich dort.

Allmählich werde ich ziemlich hysterisch, nicht wahr? Aber natürlich bin ich sehr müde. Sehr müde. Und dieser Planet dreht sich weiter, nähert sich dem Ende seines Millenniums. Es ist nur noch wenige Stunden entfernt, und ich habe keine Ahnung, was ich tun soll. Ich denke daran, Arthur jetzt zu wecken und ihn wieder in seine Schlafkammer zu bringen. Ich beobachte mich selbst, wie ich genau das tue, obwohl ich mir bewusst bin, dass ich mich gar nicht aus meinem Sessel erhoben habe. Mein Geist spielt mir lediglich vor, was ich in den nächsten Minuten zu tun beabsichtige. Aber nein. Ich tue es tatsächlich. Ganz bestimmt. Ich stehe auf, berühre Arthur am Arm, und er erwacht übergangslos und sieht mich an.

»Es ist Zeit«, sage ich.

»Bist du gekommen, um mich nach Hause zu bringen?«, fragt Arthur.

»Nur an den Ort in meinem Schiff, an dem Sie schlafen«, sage ich.

Er streckt eine Hand aus und umklammert meinen Arm. »Bin ich im Himmel?«

»Sie sind nicht tot.«

»Bist du nicht der Herr?«

»Bin ich das?«

»Ja, du bist gekommen, um mich zu dir zu holen.«

»Woher wissen Sie das?«, frage ich.

»Wir haben auf dich gewartet. Schon immer.«

»Bitte«, sage ich. »Kommen Sie. Schlafen Sie.«

Und Arthur sinkt aus dem Sessel auf seine Knie und verneigt sich tief vor mir. »Herr«, sagt er. »Ich werde in dir ruhen.«

»Nur Ihre Stimme wird in mir ruhen. Es tut mir Leid. Ich wünschte, es wäre mehr.«

Und jetzt öffnet sich die Tür des Befragungsraums mit einem

heftigen Luftschwall, und aus dem Korridor flutet Licht herein. Ich drehe mich um und entdecke dort Silhouetten, zuerst eine und dann eine weitere, sie gleiten in den Raum hinein, eine dritte und noch eine, und es sind einfach dunkle Gestalten mit scharfen Umrissen, und jetzt kommen noch mehr herein, versammeln sich um mich, und die Scheinwerfer erfassen sie. Es sind so viele dieser Gestalten, dass alle Scheinwerfer gleichzeitig aufflammen. Der Raum ist hell erleuchtet, und es sind die restlichen elf meiner zwölf Besucher, meine Viola, mein Lucky, meine Mary, mein Hank, mein Trey, mein Hudson, meine Claudia, mein Digger, meine Misty, mein Jared und jetzt meine Citrus, die sich zwischen den anderen hindurchschiebt. Sie hat sich die schwarze Farbe vom Mund gewischt, und ihre Lippen sind blass, wie die Schenkel meiner Frau Edna Bradshaw, ihre schwarzen Haarstacheln haben sich in lange, seidige, rotbraune Locken aufgelöst, die ihr um die Schultern fallen, die Piercings sind aus ihrem Gesicht verschwunden, und alle diese Stimmen rufen laut: »Herr, Herr, was erwartest du von uns?«

»Ich bin!«, rufe ich zurück.

Und ich warte. Ich blicke in die zwölf vor mir schwebenden Gesichter, und ich spüre, dass diese Seelen auf mehr warten. Bestimmt ist es das, was diese Welt begreifen muss, denke ich. Es ist die fundamentale Wahrheit, die ich aussprechen muss. Aus dieser Wahrheit wird sich alles andere für jeden Einzelnen ergeben. Aber sie warten, sie antworten nicht, ihre Gesichter schweben ausdruckslos vor mir.

»Du bist was?«, fragt Hudson schließlich.

Und sie alle fragen: »Du bist was?«

Und ich antworte: »Ich bin, damit ich bin.«

»Was zum Teufel bedeutet das?«, fragt Hudson.

»Was zum Teufel bedeutet das?«, fragen sie alle.

Und ich versuche, eine weitere Offenbarung zu formulieren. Ich denke daran zu sagen: Ich bin ein Außerirdischer. Ich teile eure Worte mit euch. Ich bin jemand, der sich mit euch sehnt und mit euch trauert.

Doch bevor ich zu Wort kommen kann, sagt Citrus: »Er ist Gott!«

»Gott!«, rufen sie alle, und ihre Gesichter sinken herab. Sie drängen sich jetzt alle tief auf dem Boden am Rande des Lichtes zusammen, und aus ihrer Mitte steigt Citrus' Stimme empor.

»Er hat Moses auf dem Berge Horeb die Worte Gottes überbracht«, sagt Citrus. »Er ist Gott!«

»Ich bin nicht Gott!«, rufe ich, aber meine Stimme hört sich in meinen eigenen Ohren leise an.

»Verlass uns nicht!«, ruft Citrus.

»Verlass uns nicht!«, rufen sie alle.

Und ich sage: »Schlaft.«

»Schlafen!«, sagt Claudia. »Er will, dass wir sterben!«

Ihre Stimme ist voller Angst, und ich fürchte, dass sie erneut ihre Pistole ziehen wird.

»Schlafen!«, rufe ich laut und scharf. »Nur schlafen!«

Und jetzt steigt Arthurs Stimme empor. »Er sagt, es gäbe nichts nach dem Tod!«

»Nur schlafen!«, ruft Hudson. »Es steht schlecht um uns!«

Ein gewaltiges Stöhnen spült wie eine Woge über sie hinweg.

Citrus' Gesicht hebt sich aus der Menge auf dem Boden. Ihre Augen sind voller Tränen. »Sind das die Worte, die du mir verschwiegen hast?«

»Nein.« Es gelingt mir nicht, lauter als flüsternd zu sprechen.

Jetzt strömen Citrus und auch den anderen Tränen über die Wangen, sie alle weinen hemmungslos, und Citrus fragt: »Warum verlässt du uns?«

»Ich möchte euch nicht verlassen«, sage ich und hebe die Hände. Ich werde versuchen, sie zu berühren, meinen Herzschlag in jeden von ihnen fließen zu lassen. Aber im gleichen Moment, als sie meine Hände sehen, zucken sie alle zurück.

»So lässt er uns einschlafen!«, erklingt durchdringend die Stimme des Busfahrers Hank.

»Die Hände!«, schreien andere.

Und Citrus tritt in das Licht, ihr ganzer Körper ist in das Weiß eines atomaren Feuerballs gehüllt, und sie hebt die Hände, während sich auch die meinen, getragen von dem Schwung meines spontanen Verlangens, diesen sich sehnenden Seelen zu helfen, noch immer heben, und in jeder ihrer Hände glitzert Licht, in jeder ihrer Hände ist etwas Langes und Spitzes, aus jeder ihrer Hände ragt ein Metallstachel hervor, und ich möchte aufschreien, aber es gibt nichts zu sagen, und Citrus' Hände biegen sich zurück, ihr Gesicht verzerrt sich vor Schmerzen, und ich sehe das Blitzen der Stacheln, als sie auf *meine* Hände zuschnellen, Stacheln, die *scharf genug sind, um Konservendosen aufzuschneiden, scharf genug für alle Aufgaben in Ihrer Küche*, und ich kann meine Hände nirgendwo verstecken, ich kann sie überhaupt nicht bewegen, und plötzlich brennen meine Handflächen, als explodierten die Atome, aus denen sie bestehen, und ich drohe zu verglühen und mich in Nichts aufzulösen.

Und ich springe auf. Ich stehe in Flammen und mein Körper ist steif, aber ich bin allein in meinem Befragungsraum. Ich wirble zur Tür herum, und sie ist in Dunkelheit getaucht und fest verschlossen. Ich bin allein.

Nein. Nicht allein. Ich spüre noch jemanden, ich drehe mich langsam um und schaue nach.

Es ist Arthur. Er schläft noch immer in seinem Sessel.

Ich werfe erneut einen Blick zur Tür und dann dorthin, wo die anderen gewesen sind. Es ist niemand da. Sie sind verschwunden.

Oder sie waren niemals da.

Und plötzlich begreife ich, dass ich geträumt habe.

Meine Spezies träumt nicht. Wenn ich schlafe, ist nur Musik in mir. Es ist nichts als Schlaf. Aber jetzt habe ich geträumt. Ich bin meinen täglichen Tod gestorben, und statt Dunkelheit und der unbeschreiblichen Bewegung von Tönen habe ich Stimmen gehört, Gesichter gesehen, die Qualen anderer und auch meine eigene Qual gespürt, ein furchtbares Brennen. Ich betrachte meine Hände. Sie sind unversehrt. Aber das versetzt sie nur in die Lage, erneut verletzt zu werden, wenn ich das nächste Mal einschlafe. Ich bin meinen täglichen Tod gestorben und in die Hölle der Träume hinabgefahren.

13

Ich lege mich neben meine schlafende Frau Edna Bradshaw auf unser gemeinsames Bett. Ich lausche den Lauten, die sie von sich gibt, und obwohl sie nicht schnarcht, scheint die Luft in ihr heftig aufgewirbelt zu werden. Ich kann es deutlich hören, und ihr Atem ist lauter als das Zirpen der Grillen in den Adirondack Mountains. Obwohl ich die Grillen in den Adirondack Mountains nie mit eigenen Ohren gehört habe, bin ich überzeugt, dass diese Aussage auf den Atem meiner Frau zutrifft. Und natürlich macht mir das Angst, denn ich fürchte, dass sie zu weit hinausschwimmen und ertrinken wird. Eine unvernünftige Furcht. In meinem Raumschiff ist sie in Sicherheit. Sie wird nie die Gelegenheit bekommen, in einem See in den Adirondacks zu schwimmen. Meine Furcht lässt nach. Doch jetzt bin ich traurig, denn ich selbst werde nie das Zirpen der Grillen in den Adirondacks oder irgendwelchen anderen Bergen hören. Oder vielleicht doch. Vielleicht wird die Welt, wenn ich in weniger als zwanzig Stunden auf sie hinabsteige – ich habe die Zeit nach meinem Traum noch einmal überprüft –, die Wahrheit meiner Existenz begrüßen, vielleicht werden ihre Bewohner mich umarmen, mir aufmunternd und liebevoll auf die Schultern klopfen, ich werde ihr Partner sein, und sie werden sagen: Los, sieh und hör dir alles an, lass alles raus, mach was du willst, die Welt ist deine Auster, spül dir den Staub von der Haut, angle in unseren Flüssen, jage in unseren Wäldern, schwimm in unseren Seen. Und wieder steigt Angst in mir auf.

Ich schmiege mich eng an meine Frau, froh über ihre lauten Atemgeräusche. Ich nähere mein Gesicht dem ihren und lasse ihren Atem über meine Augen streichen. Dann nehme ich ihr Gesicht sanft zwischen meine Hände, berühre sie mit meinen

Fingerkuppen und tausche Herzschläge gegen Atemzüge. Und sie sagt leise: »Oh, du Außerirdischer.«

»Es tut mir Leid, dass ich dich geweckt habe«, sage ich, ohne die Hände zu bewegen.

»Ach, mach nur weiter so«, erwidert sie. »Weck mich jedes Mal auf diese Weise.«

Bedauerlicherweise bin ich nicht in der Lage, die *Worte* zu formen, die diese Welt ihren Geschöpfen abverlangt, ohne damit aufzuhören, meinen Herzschlag zu teilen, und so ziehe ich die Hände von ihrem Gesicht zurück.

Sie seufzt.

»Darf ich dir zwei Fragen stellen?«, erkundige ich mich.

»Natürlich, Schatz«, sagt sie.

»Wenn du träumst, träumst du dann von Desi, deinem außerirdischen Ehemann?«

Sie richtet sich jetzt unter der Decke auf und wirft sie zurück, als tauchte sie wie in einer blendenden Wiedergeburt aus tiefem Wasser auf. Obwohl ich ihr zu Beginn dieser langen Nacht einfach in ihre rosa flauschigen Sachen geholfen habe – dem schläfrigen Häschen, das sie war –, strahlt und funkelt sie jetzt in ihrem *glitzernden goldenen Haremszauberkostüm* im Licht. »Du meinst Desi, mein Ehemann *und* mein außerirdischer Geliebter?«, fragt sie und zupft ihren *formbetonenden Sequin-BH* zurecht.

»Ja«, sage ich, und da meine Zunge plötzlich schlaff ist, klingt das Wort undeutlich. »Ich bleibe ebenfalls dein außerirdischer Geliebter.«

»Natürlich träume ich von dir.«

»Wieso natürlich?«

Sie lächelt und kichert und macht eine Handbewegung, als wollte sie mir in die Wange kneifen. Heute Nacht kann ich diese Geste der Zuneigung nicht ertragen, und so ziehe ich mich aus ihrer Reichweite zurück, wobei ich versuche, es so aussehen zu lassen, als wollte ich mich bloß aufrichten und etwas zur Seite rücken, um mich ihr gegenüber hinzusetzen.

Ich denke an meinen eigenen Traum und daran, wie alle meine Besucher vor mir zurückgezuckt sind, als ich die Hände gehoben habe.

»Mädchen träumen immer von ihren Beaus«, erklärt Edna.

»Ich werde in deinen Träumen zurückgestuft«, sage ich. »Am Anfang bin ich dein Ehemann, dann dein Geliebter – habe ich nicht Recht, wenn ich denke, dass diese Rolle dem exakten Wortlaut nach, auch wenn in der Aktivität vergleichbar, der eines Ehemanns untergeordnet ist –, und jetzt bin ich dein Beau, also dein Freund, bevor er zu deinem Geliebten wird. Habe ich diese Wörter falsch verstanden?«

Edna zögert und denkt lange darüber nach. »Weißt du, ich habe mir keine Gedanken darüber gemacht, aber du hast Recht. Also, manchmal benutzen Mädchen das Wort *Beau*, wenn sie einen Geliebten meinen und sich in einer vornehmen Gesellschaft befinden oder mit ihren Freundinnen beim Friseur oder irgendwo sonst sind, und dann können sich alle amüsieren, indem sie einander zuzwinkern oder kleine Geräusche von sich geben, die besagen, wir wissen schon, was du wirklich meinst, weil das wie so eine Art Geheimcode ist. Und natürlich ist es traurig aber wahr, dass die meisten *Ehemänner* in den grundlegenden Aktivitäten nachlassen, die man fast immer mit einem *Geliebten* ausübt. Aber du hast trotzdem Recht. Ein Beau verwandelt sich in einen Geliebten und dann in einen Ehemann, wie eine Raupe, die sich stufenweise in einen Schmetterling verwandelt. Abgesehen davon, dass es meistens eher so ist, als würde sich der Schmetterling eines Beaus in die Raupe eines Ehemanns verwandeln. Aber du hörst mir ganz genau zu, mein Zuckerhase, nicht wahr? Also, *das ist* etwas, das alle drei, Ehemänner, Geliebte *und* Beaus sehr häufig vernachlässigen. Mädchen mögen es, wenn man ihnen zuhört, besonders wenn sie gern reden, so wie ich, obwohl du das wahrscheinlich bereits weißt.«

Unvermittelt verstummt Edna. Sie runzelt die Stirn, dann ruckt ihr Kopf schnell ein wenig nach links, als hätte sie gerade ein winziges Tier über den Boden huschen sehen, und dann in einer ähnlich schnellen Bewegung nach rechts. »Wo war ich gerade?«, fragt sie.

»Dass du gern redest«, sage ich.

»Davor.«

»Bei den Träumen.«

»Ich denke, es ist wahr«, sagt sie. »Ich denke, Mädchen träumen mehr von ihren Beaus als von ihren Geliebten und mehr von ihren Geliebten als von ihren Ehemännern. Wahrscheinlich sogar sehr viel mehr. Man träumt von den Dingen, die man sich wünscht.«

»Und die Träume, die einem Angst machen?«

»Man träumt auch von Dingen, die einem Angst machen, das stimmt. Aber das ist gar nicht so anders. Es geht immer noch um etwas, das man will. Man möchte diesen Dingen entkommen. Man rennt in seinen Träumen, man schreit, man weint. Man möchte, dass es aufhört.«

»Aber gibt es nicht auch süße Träume?«

»Es gibt einige, die sehr süß sind, solange man in ihnen steckt, aber dann wacht man auf, und sie sind fort. Dieser liebevolle, attraktive Mann aus deinem Traum liegt nicht neben dir im Bett. Du hast nicht wirklich am vierten Juli vor ganz Bovary eine Rede gehalten, die bejubelt worden ist. Du kannst nicht wirklich mit den Armen flattern und hoch über den Pigeon River fliegen. Du bleibst wieder mit einer Menge an Wünschen und Verlangen zurück.«

»Was du sagst, überrascht mich nicht«, sage ich. »Ich habe den Fehler gemacht, das, was ich mir wünsche, mit Träumen zu verknüpfen. Was ich mir wünsche, ist, dass du dich an mich erinnerst. Ob in deinen Träumen oder im Wachzustand. Ich möchte immer in dir sein.«

Edna Bradshaw beugt sich vor und legt ihre Hand auf meine. Ihre Granaten – so, wie sie von diesen Goldkörbchen gehalten werden, fällt mir nur dieser eine Ausdruck dafür ein – wogen und wallen dort, wo sie zusammenstoßen. Daraus werden süße Träume gemacht. »Du bist immer in mir, du außerirdischer Geliebter, du«, sagt Edna. »Du bist der Beweis, dass Träume wahr werden können.«

Trotz der schwellenden Granaten meiner Frau Edna Bradshaw und obwohl ich erst einmal im Leben geträumt habe, packt mich bei diesem Gedanken die Angst.

Ich möchte jetzt aufhören zu reden. Ich muss schlafen. Aber die Angst, die den Träumen und jetzt der Vorstellung, sie könnten wahr werden, entsprungen ist, erfasst mich von neuem bei der Aussicht einzuschlafen. Ich bin ein Mitglied meiner Spezies, aber ich habe die Natur der Spezies meiner Frau angenommen. Ich bin jetzt so verwundbar wie sie.

»Hast du nicht gesagt, du hättest zwei Fragen?«

Ich sehe meine Frau Edna Bradshaw an, die gerade mit mir gesprochen hat. Ich kämpfe darum, ihre Worte zu erfassen. Sie scheint meine Schwierigkeiten zu verstehen.

»Zwei Fragen«, sagt sie. »Du hast gesagt, du hättest zwei.«

»Ja«, sage ich. »Was ist eine Rollschuhbahn?«

»Du hast einen wirklich interessanten Verstand, Desi, Schatz. Hüpfst von einem Thema zum nächsten. Also, eine Rollschuhbahn ... und wir haben tatsächlich eine in Bovary, Alabama, auch wenn ich sie nie erwähne, wenn ich den Leuten erzähle, was man in der Stadt unternehmen kann, ich nenne dann immer nur die *Rebel Roll Bowling Alley* und das *Sam's Skeet Shoot*, und natürlich treiben sich die Leute gern in der Eisdiele herum, das ist alles, was ich ihnen sage, obwohl die *Dixie-Do*-Rollschuhbahn kaum eine Viertelmeile vom Wal-Mart, wo wir beide uns getroffen haben, entfernt liegt ... also eine Rollschuhbahn ist einerseits ein Ort mit einem riesigen Hartholzfußboden und bunten blitzenden Scheinwerfern, wo sich die Leute Räder unter die Füße schnallen und zu flotter Musik herumrollen, andererseits aber ist es auch ein Ort, den man aufsucht, wenn man ein Mädchen ist, das sich auf ganz verschiedene Arten vor aller Welt demütigen lassen will, zum Beispiel weil man vor allen Leuten lauthals seine Schuhgröße herausposaunen muss, wenn man Größe dreiundvierzig hat und sogar dumm genug ist, nach den extragroßen Schuhen zu fragen, und sie dann lachen und dir ein paar Rollschuhe Größe achtunddreißig andrehen und dir sagen, quetsch dich da rein, Schatz, und wenn du dann versuchst, allen Ansagen des DJ zu folgen – das ist der Typ, der die Musik aussucht –, von *Presto Chango*, wo du plötzlich die Richtung ändern musst, zu *Backwards Time*, wo alle rückwärts rollen müssen, zum *Hokey Pokey*, wo man sich zu einem Kreis zusammenschließt und du verschiedene Körperteile in die Kreismitte streckst und damit wackelst, und das alles nur, um dich dazu zu bringen, auf den Hintern zu fallen, was ich auch immer getan habe mit einem mächtigen Wabbeln und Zittern meiner damals zu üppigen Formen, wenn du weißt, was ich meine. *Das* ist eine Rollschuhbahn. Die Hölle auf Rädern.«

»Es tut mir Leid«, sage ich.

»Was, um Himmels willen?«

»Ich habe dich dazu gebracht, dich an den Ort zu erinnern, der dich gedemütigt hat.«

»Die *Dixie-Do*-Rollschuhbahn? Ach, zerbrich dir deswegen nicht deinen süßen außerirdischen Kopf. Dieses alte Leben ist längst vergangen und vorbei. Aber die Leute können manchmal ganz schön grausam sein... Wo gehst du hin?«

Ich bin voller Anspannung vom Bett aufgesprungen. Es ist die Menge an Grausamkeiten, zu denen diese Geschöpfe fähig sind, die ich fürchte. »Es bleibt nur noch so wenig Zeit«, sage ich.

»Für was?«

Das ist eine Frage, die zu beantworten ich mich nicht vorbereitet fühle. Obwohl ich es sein sollte. Morgen wird der gesamte Planet Bescheid wissen. Und dies dort vor mir ist meine Frau. Meine Direktive enthält nichts, was mir verbietet, meiner Frau zu verraten, worin meine Mission besteht, schon gar nicht so kurz vor ihrem Abschluss und im Schutz unseres

Raumschiffs. Aber ich bin noch nicht bereit, diese erklärenden Worte zu formulieren. Ich bin verängstigt.

»Desi, Schatz, was ist los? Was stimmt nicht?«

»Es ist alles in Ordnung, meine liebe Frau Edna Bradshaw«, sage ich.

»Ich dachte, wir hätten dich einigermaßen davon kuriert, mich auf diese formelle außerirdische Weise anzusprechen. Irgendetwas macht dir Sorgen.«

»Ich habe eine Aufgabe.« Ich stelle fest, dass ich nicht mehr sagen kann.

Edna wartet einen Moment und versucht dann, die Lücke auszufüllen, die mein Schweigen hinterlassen hat. »Du bist ein hart arbeitender Mann, das weiß ich.«

»Ich bin ein hart arbeitender Mann. Das stimmt. Mit mir ist alles in Ordnung. Ich bin ein freundlicher Bursche. Es gibt nichts, wovor sich irgendjemand fürchten müsste. Ich komme in Frieden, Erdlinge.«

»Wovon sprichst du?«

»Du hast nichts zu befürchten«, sage ich.

»Warum erschreckt es mich dann so, dich das sagen zu hören?«

»Warum macht es mir Angst, dass du vor mir Angst hast?«, rufe ich. Dieses ganze Gespräch verläuft sehr schlecht.

»Ich weiß nicht, warum es dir Angst macht, dass es mir Angst macht, wenn du mir sagst, ich sollte keine Angst haben, aber das macht mir sogar noch mehr Angst!«, ruft meine Frau zurück.

Die Antwort darauf ist für mich offensichtlich. »Weil wenn ich dir Angst mache, indem ich dir sage, du solltest keine Angst haben – du, die du meine Frau Edna Bradshaw bist, die mich liebt –, wie viel Angst werden dann all die Geschöpfe dieses Planeten haben, wenn ich meine Befehle ausführe, aus meinem Raumschiff herabzusteigen, um der ganzen Welt die Existenz von Außerirdischen zu offenbaren?«

Und jetzt ist es zwischen uns ausgesprochen worden.

Edna lässt sich auf das Bett sinken. Sie sitzt da und ist, ganz untypisch für sie, einen Moment lang sprachlos.

Ich beginne zu summen, aber schon beim ersten Ton dreht sie mir das Gesicht zu. Ihre Augen sind vor Angst geweitet, und ich verstumme.

»Es tut mir Leid«, sage ich. »*Wann immer ich mich fürchte, pfeife ich eine fröhliche Melodie.*«

»Das war kein Pfeifen«, sagt Edna leise.

»Ein außerirdisches Pfeifen«, sage ich.

»Sie werden dich dort unten in Stücke reißen«, sagt sie.

»*Was unternehmen Ärzte, um starke nervöse Kopfschmerzen zu beseitigen?*«, frage ich.

»Das ist nicht der richtige Zeitpunkt für diese Art von Gerede, Desi, Schatz. Schalte diesen Fernseher in deinem Kopf aus.«

Völlig unerwartet stelle ich fest, dass ihre Worte mich betrüben. Ich setze mich neben sie.

»Ich habe es geschafft, deine Gefühle zu verletzen«, sagt sie.

»Hast du meine Gedanken gelesen?«, rufe ich voller Hoffnung.

»Ich habe deinen Gesichtsausdruck gelesen, Zuckerhase. Wenn deine Gefühle verletzt werden, kräuselt sich dein breiter süßer Mund wie eine *Mary-Lou's-Southern-Belle-Beauty-Nook*-Locke. So wie jetzt gerade.«

»Was ist falsch mit dem Fernseher in meinem Kopf?«

»Es gibt eine Menge guter Sachen im Fernsehen. Ich behaupte nicht, dass es nicht so wäre. Du hast viele nette Szenen im Kopf, die du beim Zuhören aufgeschnappt hast. Aber dies ist die reale Welt, der du dich bald stellen wirst.«

Meine Frau Edna Bradshaw bestätigt jetzt meine schlimmsten Befürchtungen. Da ist einmal die Welt, über die ich all die Jahre Erkenntnisse gesammelt habe, und dann ist da die *reale* Welt, die mir die ganze Zeit über entgangen ist. Ich weiß nichts.

Ihre Augen weiten sich. »Also, ich habe noch nie gesehen,

wie dein Mund *das* macht, Schatz. Als wäre er ein Lügendetektor und ich hätte gerade die gewaltigste Lüge aller Zeiten erzählt. Ich habe nicht vor, weiter deine Gefühle zu verletzen. Aber die Wahrheit ist, dass ich große Angst um dich habe.«

»Auch ich habe große Angst«, gestehe ich.

»Ich mische mich nie in die Arbeit meines Mannes ein. So etwas tut man nicht dort, wo ich herkomme. Aber, bitte, Desi, können wir jetzt nicht einfach zu irgendeiner anderen Welt fliegen? Lass uns einen neuen Planeten ausprobieren. Den Mars oder was auch immer.«

»Auf dem Mars gibt es nichts als Felsen.«

Edna beugt sich zu mir vor und legt ihre Hand auf meine. »Egal wohin«, sagt sie. »Bitte.«

»Ich bin, wer ich bin«, sage ich.

Meine Frau Edna Bradshaw denkt einen Moment darüber nach, und dann sagt sie mit ganz leiser Stimme, während sich ihre Augen mit den Tränen füllen, die mir immer noch so fremdartig erscheinen: »Ja, das bist du. Und ich würde auch nicht wollen, dass es anders ist.«

»Die Zeit ist für mich abgelaufen, Edna Bradshaw, mein Zuckerhase. Ich steige heute um Mitternacht auf euren Planeten hinab. Aber ich bin sehr müde. Ich muss mich ausruhen. Und ich muss noch mit mehr von unseren Gästen sprechen. Stammen sie nicht aus der realen Welt, von der du gesprochen hast? Vielleicht kann ich immer noch lernen.«

»Haben dir all deine Befragungen denn bisher irgendetwas eingebracht?«, fragt sie.

»Ich dachte ziemlich lange, das hätten sie, ja, zumindest bis zu einem gewissen Grad, aber jetzt bin ich mir nicht mehr so sicher. Trotzdem muss ich es versuchen. Ich muss zuhören. Ich muss lernen. Ich … sehne mich nach diesen Dingen, meine Frau Edna Bradshaw. Das ist das Wort für alles, was ich tue. Wie ihr alle. Ich sehne mich. Zu lernen. Zu verstehen.«

»Sehnst du dich auch danach, dort runterzugehen und all diesen Leuten, die so selbstgefällig sind und so viele Methoden kennen, einander wehzutun, zu erklären, dass sie eigentlich gar nicht so große Fische im Universum sind, wie sie glauben? Auch Ida Mae Pickett, jahrelang meine beste Freundin auf der Welt, sehnte sich einmal, sie benutzte sogar genau diesen Ausdruck eines Tages im Schönheitssalon, und als ich ihn aus ihrem Mund hörte, glaubte ich es ihr nicht eine Sekunde lang. Sie sehnte sich danach, nach Montgomery zu ziehen, sagte sie, und sich dort einen Namen als Friseurin von Anlageberaterinnen, Rechtsanwältinnen und solchen Frauen zu machen, und irgendwann vielleicht sogar als Friseurin der Frau des Gouverneurs von Alabama. Und kurz darauf war sie auch schon wieder zurück in Bovary, und sie sprach nie über Montgomery – lieber kein Wort sagen, vielen Dank, dass niemand nachfragt –, und es war ganz offensichtlich, dass sie sich nach den falschen Dingen gesehnt und nichts als Kummer gefunden hatte. Erzähl mir nichts über *Sehnsucht.* Man sollte lieber ganz einfach ein paar Dinge *wollen.* Man kann vielleicht etwas bekommen, das man *will*, aber niemand bekommt jemals das, wonach er sich sehnt, darauf wette ich. Das geht einfach nur immer so weiter.«

»Hast du denn nur *Wünsche*, meine Frau Edna Bradshaw?«

»Ich versuche es.«

»Aber ist es dann nicht wahr, dass du dich danach sehnst, dich nicht zu sehnen?«

Meine Frau flattert mit den Händen, und ihr Blick wandert ziellos umher. Hohlköpfig, wie ich bin, habe ich ihr Unannehmlichkeiten verursacht. »Es tut mir Leid«, sage ich. »Es ist bloß ein Wort. Ich habe diesen Geräuschfragmenten auf diesem Planeten schon immer gezürnt, und da stehe ich nun und stürze meine Frau mit einem Wort in einen Zustand des Unbehagens. Ein Wort, über das ich mir viel zu viele Gedanken mache. Vielleicht befinde ich mich jetzt nicht in der realen Welt. Obwohl ich das fragliche Wort nie in den überspitzten Ausführungen gehört habe, die mich in der *unrealen* Welt so interessiert haben. O nein, ich sehne mich nach *Spagettios*! Ich sehne mich nach einem *Twinkie*! Ich sehne mich nach einem *doppelstöckigen Hamburger mit Spezialsoße, Salat, Käse, Gurken und Zwiebeln in einem knusprigen Sesambrötchen*! Ich sehne mich nach dem *Frühstück der Champions*! Nein! *Das* alles ist eine Frage des Wollens! Und ja, du hast Recht, meine Frau Edna Bradshaw. Das alles kann ich haben. Wie du auch. Wie ein jeder. Es ist einfach! Es ist wirtschaftlich! Es ist Amerika! Ich will! Ich will! Ich bin das, was ich will. Ich kann haben, was ich will. Ich kann ich sein! Ich muss ich sein!«

Ich entdecke, dass ich auf dem Bett stehe, hoch aufgerichtet und stolz, und meine Frau Edna Bradshaw blickt verwundert zu mir empor. Wir mustern einander längere Zeit.

»Desi?«, fragt meine Frau schließlich. »Ist mit dir alles in Ordnung, Schatz? Was willst du genau in diesem Moment?«

»Ich will, was ich nicht haben kann. Mehr Zeit. Ich möchte unseren Gästen zuhören.«

»Ich kann das arrangieren, Zuckerhase. Setz dich, bitte.«

Und ich setze mich. Ich setze mich vor meine Frau, meine Gefährtin, meine Gespielin, meine alte Lady, meine bessere Hälfte, meine Gattin. Obwohl meine Gedanken nach wie vor in wildem Aufruhr sind, setze ich mich.

»Wir sollten ein nettes, schickes Abendessen für alle veranstalten«, sagt Edna Bradshaw. »Dabei kannst du mit ihnen allen sprechen und beobachten, wie sie miteinander umgehen.«

Ich begrüße den Vorschlag meiner Frau, worauf meine Anspannung nachlässt. »Das ist eine sehr gute Idee«, sage ich. »Aber es bleibt so wenig Zeit.«

»Hast du vergessen, mit wem du verheiratet bist, Mr. Außerirdischer? Ich werde alles früh genug erledigen. Es ist sowieso nur angemessen. Du willst doch nicht, dass unsere Gäste dieses besondere Silvester verschlafen.« Und meine Frau Edna Louise Bradshaw – ich erinnere mich deutlich an unsere Hochzeit –, hüpft aus dem Bett. »Wenn das Abendessen ein großer Erfolg wird, brauchst du vielleicht gar nicht dort hinunterzugehen.«

Ich bringe es nicht übers Herz, mit ihr über diesen Punkt zu streiten. Vielleicht hat sich ihr Wollen in ein Sehnen verwandelt. Nicht dass die Geschöpfe dieses Planeten – oder irgendeines anderen Planeten im Universum – auch nur all das bekommen könnten, was sie *wollen.* Aber ich möchte den Mächten gehorchen, die mich zu dieser Welt geschickt haben, auch wenn ich nicht das tun will, was sie von mir verlangen. Und ich muss gehorchen. Aber ich teile meiner Frau nichts von diesen Überlegungen mit, und in diesem Moment bin ich dankbar für die Barriere zwischen unseren Geistern.

»Ich bin in Gedanken schon bei der Arbeit«, sagt sie. »Frag nicht, frag nicht. Es wird eine Überraschung werden. Du bist in den Händen einer Expertin, wenn ich das selbst sagen darf – und das habe ich gerade getan –, obwohl ich hoffe, dass du mich jetzt nicht für allzu eingebildet hältst. Aber du musst eine Entscheidung treffen. Wir brauchen unbedingt Hühnerfleisch. Ohne alles über die gemischte Gruppe zu wissen, mit der wir es hier zu tun haben, könnte man mit allen anderen Hauptgerichten außer Hühnerfleisch einen Fehler machen. Hühnerfleisch ist sicher. Aber das ist nicht die Entscheidung, die ich meine. Ich möchte allerdings, dass du gleich jetzt zwischen zwei Varianten auswählst, Desi. *Chicken Lickin'* – oder *Chicken Wiggle.*«

Sie wartet, als lägen die hervorstechenden Qualitäten dieser beiden Gerichte für mich bereits klar auf der Hand. Wegen ihrer früheren Bemerkungen über meine Physiognomie bin ich mir überdeutlich meines Mundes bewusst. Er hat sich fest zusammengepresst, glaube ich. Edna bemerkt es.

»Ich Dummkopf«, sagt sie. »*Chicken Wiggle.* Wir sprechen hier von in Stücke geschnittenem und gekochtem Hühnerfleisch. Zwiebeln, Dosenerbsen, Worcestershire-Sauce, Piment, Pilzsuppe, gehackter grüner Pfeffer, ein Spritzer Tabasco. Alles zusammen mit Eiernudeln gemischt. Und *Chicken Lickin'* sind ganze gebackene Hähnchen, eingelegt in Milch und cremige Erdnussbutter mit Paprika und … halt, warte.« Edna klatscht sich mit der flachen Hand an die Stirn. »Das war's auch schon. Wir wissen nicht, ob irgendwer eine Erdnussallergie hat. Die kann einen glatt umbringen.«

Sie sieht mich an. Ich bin immer noch gefangen von der Vorstellung gekochter, zerschnittener und gebackener Hähnchen. Völlig unschuldige Vögel, wie mir scheint. Vielleicht mit ihren eigenen Gefühlen und einer Sprache, die es in ihrer Komplexität mit der von Eddie, dem gelben Kater, aufnehmen könnte. Meine Frau würde es nie auch nur erwägen, Eddie zu kochen, zu zerteilen und zu backen.

»Also bleibt es bei *Chicken Wiggle*«, sagt Edna. »Das wäre damit geklärt. Vielleicht musst du mir etwas Worcestershiresauce hochbeamen, aber ich glaube, ich habe alles andere vorrätig.«

Und sie verschwindet ins Badezimmer, um sich anzuziehen. Ich kann sie pfeifen hören.

»Das ist eine fröhliche Melodie«, sage ich.

»Es ist Dixie!«, ruft sie aus dem Badezimmer. »Fröhlich und traurig, wirklich.«

»Fröhlich und traurig«, wiederhole ich, nur für mich. Jetzt erklingt das Plätschern von Wasser. Ich wünschte, ich hätte ein Hähnchen vor mir, bei dem ich mich entschuldigen könnte. Aber das ist nicht das wahre Problem, erkenne ich. Die traurigen Dinge sind komplex, zu komplex für mich, als dass ich damit in diesem Moment zurechtkäme. Und doch bin ich glücklich über den wunderbaren Plan, den mir meine Frau Edna Bradshaw präsentiert hat. Wir werden ein schönes großes Abendessen veranstalten, bevor ich auf den Planeten Erde hinabsteige. Wenn es ein Erfolg wird, weiß ich, was ich tun und sagen muss, sobald ich dort unten ankomme. Ich werde all meine Gäste bitten, ihre Köpfe zusammenzustecken, um mir zu helfen.

Ich fühle mich vor Müdigkeit wie gerädert. Ich bin so müde, dass ich nicht einmal hören kann, wie sich die Musik des Schlafes in mir zu formen beginnt. So müde bin ich. Und jetzt ist es in Ordnung, wenn ich schlafe. Edna wird mich zum Abendessen wecken, und bis dahin kann ich schlafen. Trotzdem möchte irgendetwas in mir eine weitere Stimme hören. Es ist nicht so einfach, die Muster meines Berufslebens abzustreifen, ganz egal, wie müde ich auch bin. Und ich bin müde. Ich sollte schlafen, doch stattdessen stehe ich auf und gehe zu der Tür, die in den Korridor hinausführt, und noch bevor ich Anstalten mache, sie zu öffnen, kann ich spüren, dass irgendjemand auf der anderen Seite ist. Ich weiß das so sicher, als würde dort ein Mitglied meiner eigenen Spezies stehen und warten, seine Gegenwart in meinen Kopf übertragen, sein Bewusstsein in mich hineinströmen lassen. *Ihre* Gegenwart. Ich erkenne, dass auf der anderen Seite der Tür eine Frau steht. Ich stelle mir vor, dass es sich tatsächlich um eine Angehörige meiner eigenen Spezies handeln könnte. Um eine Aufseherin, die gekommen ist, um mir letzte Instruktionen zu geben oder um mir Mut zuzusprechen.

Ich bewege die Hand.

Die Tür öffnet sich.

Und es ist Claudia.

Ich werfe sofort einen Blick auf ihre Hände, obwohl ich weiß, dass ich ihre Waffe in meiner Objektehalle deponiert habe. Aber ich hatte auch Claudia eigentlich bewusstlos in ihrer Schlafkammer zurückgelassen. Alles ist möglich. Doch sie öffnet einfach die leeren Hände vor mir.

»Ich habe lange darauf gewartet, mit Ihnen zu sprechen«, sagt sie. »Bitte.«

»Ich war gerade unterwegs, um Sie abzuholen«, sage ich, und das könnte durchaus wahr sein. Ich wollte tatsächlich *irgendjemanden* holen, und sie ist eine legitime Wahl.

Kaum habe ich das ausgesprochen, macht Claudia auf dem Absatz kehrt und geht den Korridor entlang. Ich folge ihr. Sie steuert direkt den Befragungsraum an, die Tür öffnet sich vor ihr, und als ich eintrete, sitzt sie bereits im richtigen Sessel, von einer Lichtbahn angeleuchtet.

Ich setze mich vor sie. Sie schließt die Augen, und ohne dass ich auch nur mit der Hand winken muss, klingt ihre Stimme auf, meine gesellt sich zu ihr, wir sprechen, und ich bin Claudia Lambert. *Ich denke, ich sollte Sie formell willkommen heißen. Ich habe fast ein Jahrzehnt lang für die NASA gearbeitet. Doch dann wurden andere Dinge wichtiger. Früher arbeitete ich für die NASA, jetzt bin ich selbstständig, auf der Firmentür steht mein Name, ich habe ein Dutzend Angestellte und niemanden über mir, an den ich mich wenden könnte, wenn ich Anerkennung brauche. Ich hatte eine Tochter, aber jetzt habe ich eine einundzwanzigjährige Freundin, eine so gute Freundin, dass sie kein Blatt vor den Mund nehmen muss, wenn ich Mist baue oder mich dämlich verhalte. Ich hatte Vertrauen in die Institutionen von Houston und Texas, doch jetzt trage ich eine Pistole in meiner Handtasche, weil es in Texas plötzlich legal ist, Waffen verborgen mit sich zu führen, und ich Angst davor habe, versehentlich irgendjemanden auf der Interstate zu schneiden, der dann eine Waffe zieht und versucht, mich zu erschießen. Ich möchte in der Lage sein, zurückschießen zu können. Die Aggressionen im Straßenverkehr machen mich wütend. Ich hasse die augenblickliche und derbe Kritik von Autofahrern und ihre selbstgerechte Empörung wegen irgendwelcher Kleinigkeiten, und ich hasse sie dafür mit der gleichen Selbstgerechtigkeit. Ich hatte einen Mann, aber jetzt gehört mein Körper mir allein, und ich finde niemanden, mit dem ich auch nur Händchen halten, geschweige denn ins Bett gehen wollte.*

Gott, wie habe ich das Raumfahrtprogramm geliebt! Besonders die beiden Voyagers. Jetzt liebe ich sie sogar noch mehr, glaube ich. Sie tragen diese elektronischen Aufzeichnungen, wer wir sind, die Bewohner der Erde, mit sich. Sie werden sie Jahrtausend um Jahrtausend weiter hinaus zu den Sternen tragen. Nicht dass ich jemals ihr durcheinander gewürfeltes Bild von uns geschluckt hätte. Aber es ist wenigstens etwas. In der Musikauswahl findet sich neben dem ers-

ten Satz von Beethovens Fünfter Chuck Berrys »Johnny B. Goode«. Dann gibt es da eine Aufnahme von einem Verkehrsstau in Indien neben dem Bild eines Baumfroschs und der Darstellung der menschlichen Sexualorgane. Und fünfundfünfzig verschiedene Sprecher entbieten Grüße in fünfundfünfzig Sprachen. Hauptsächlich so Sachen wie: »Hallo von der Erde. Wir wünschen euch Frieden.« Aber jeder Gruß ist ein bisschen anders. Der Zulu 'Nguni nennt die Außerirdischen die »Großen« und wünscht ihnen ein langes Leben. Der Türke adoptiert sie gleich und redet sie mit »Türkisch sprechende Freunde« an. Der Indonesier scheint ein TV-Talkshowmoderator zu sein. Er sagt: »Gute Nacht, meine Damen und Herren. Auf Wiedersehen und bis zum nächsten Mal.« Und die junge Schwedin weigert sich, die Fesseln ihres persönlichen kleinen Lebens abzustreifen. Sie sagt: »Grüße von einer Computerprogrammiererin aus der kleinen Universitätsstadt Ithaca auf dem Planeten Erde.« Was werden die Außerirdischen davon halten? Ithaca liegt in Schweden, vermute ich. Ich weiß nicht, warum ich einen feuchten Dreck auf Ithaca geben sollte. Ich kann nicht mal meiner eigenen Tochter wöchentlich einen gesprochenen Gruß schicken, der an einem Mittagstisch in River Oaks richtig verstanden wird.

Was ich wusste, war, wie man den technischen Kram der NASA in Ideen und Bilder umsetzt, die die Presse verstehen kann. Und das habe ich eine Weile gemacht. Wenn ich über mein Leben nachdenke, sogar heute noch, dann geht es völlig in Voyager 2 auf. Ich habe an dem Tag geheiratet, an dem Voyager 2 gestartet ist. Als sich die Sonde zwischen der Erde und dem Asteroidengürtel befand, war ich glücklich. Zwei Wochen vom Jupiter entfernt wurde Jenny geboren. Zwischen Jupiter und Saturn ließ ich mich scheiden. Beim Vorbeiflug am Saturn fing ich bei der NASA an, und zwischen Saturn und Uranus bildete ich mir ein, wieder glücklich zu sein, tief in meine Arbeit vergraben. Zwischen Uranus und Neptun wollte ich nur noch weg von anderen Menschen und Vorgesetzten, mich nur noch um mich selbst und um mein Baby kümmern, aber es dauerte noch eine Weile. Erst nachdem Voyager 2 Neptun passiert hatte und in ihrer Blickrichtung außer einem 40 000-jährigen Flug bis zum nächsten Stern plötzlich nichts mehr vor ihr lag, erst damals konnte ich fortgehen.

Ich verfügte über vermarktbare Fähigkeiten für Hightechfirmen in Houston und anderswo. Ich war jemand, der Dinge wie Heliopause *erklären konnte, womit das gemeint ist, was Voyager nach der Meinung der Wissenschaftler irgendwann um den Millenniumswechsel herum entdecken wird. Es ist die äußerste Grenze des Sonnenwindes, der aus den geladenen atomaren Partikeln besteht, die die Sonne auf ihrem Weg durchs All von sich schleudert. An der Heliopause wird der Sonnenwind von all den Ionen abgefangen, die im interstellaren Raum umhertreiben. Sie bildet eine riesige magnetische Blase, die das gesamte Sonnensystem umschließt. Und so schoss ich an der NASA vorbei, holte mir einen gewaltigen Schwung durch ihre Schwerkraft, so wie sich Voyager über die Neptunbahn hinausbeschleunigt hatte, und ich war allein dort draußen mit nichts als jeder Menge leerem Raum vor mir.*

Aber das ist nun schon mehr als zehn Jahre her, und jetzt sitzt mein kleines Mädchen mir gegenüber vor ihrem Spinatsalat mit Sojasprossen. Sie ist eine junge Frau, und sie fragt mich: »Mama, warum bist du so militant? Männer sind gar nicht so schlimm. Schön, sie scheinen von ihrem eigenen Planeten zu kommen. Das ist in Ordnung. Aber ich fürchte, du hast die Venus verlassen und bist auf den Mars gezogen.« Und ich habe keine Ahnung, woher sie die Fähigkeit hat, solche beschissenen Ideen zu übernehmen.

Ich schätze, ich bin immer noch auf der Suche nach irgendetwas, um die Leere in mir aufzufüllen, wo einst all diese beschissenen Ideen waren. Ich kann stundenlang in meinem Büro sitzen, nachdem alle anderen längst gegangen sind, in meinem dunklen Büro mit den offenen Jalousien vor dem Nachthimmel. Ich kann dort sitzen und darüber nachdenken, wie das Leben einer Frau auf diesem Planeten seit Jahrhunderten verläuft – du hast dich unterzuordnen, was dich ausmacht, ist deine Hingabe an deinen Mann, du findest deine Größe in der Rolle, die die Welt dir auferlegt –, und natürlich begreife ich, wie all das den Frauen die Chance genommen hat, sich ihre eigenen Ziele zu setzen. Aber ich bin weiter auf dem Weg dorthin. Am Ende eines Tages lässt all das, was die Männer für sich selbst zu bewahren versucht haben – du bist dein Beruf, du wurdest geboren, um zu erobern und zu herrschen, du gestaltest dein eigenes Schicksal, du findest deine eigene Größe –, die bedeutenderen Fragen ebenfalls offen. Auch nicht besser. Die Fragen, die dein Beruf, deine Kinder, deine Ehe, deine Ideen und dein persönliches Schicksal auf diesem kosmischen Gesteinsbrocken dir einfach nicht stellen. Nicht angesichts der Unendlichkeit dessen, was jede Nacht in der Dunkelheit über dir schwebt. Aber dann denke ich an unsere kleine Voyager dort draußen, und für einen Moment fühle ich mich in Ordnung. Schon bald wird Voyager die Heliopause erreichen. Und dann wird sie die Blase durchbrechen, in der wir alle stecken, und sie wird einfach weiterfliegen. Endlich frei. Vor ihr die großen Geheimnisse und alle Zeit des Universums, um ihnen auf die Spur zu kommen.

Claudia verstummt, und ihre Worte haben mir sofort festen Halt gegeben. Das, was ich in einigen Stunden tun muss, wird eine Antwort auf eins der großen Geheimnisse geben. Bestimmt werden alle, die Claudias Sehnsucht teilen, mich willkommen heißen. So wie die schwedische Computerprogrammiererin aus Ithaca. Und der Zulu, der mir ein langes Leben wünscht. Und der Indonesier, der hofft, mich beim nächsten Mal wieder zu sehen.

»Bestimmt werden sie mich alle willkommen heißen«, sage ich zu Claudia.

Aber sie schüttelt traurig den Kopf. »Nein«, sagt sie. »Sie kommen, um Sie zu holen.«

Und plötzlich beginnt das Licht auf ihrem Gesicht zu flackern. Ihre Augen starren über meine Schulter hinweg. Ich drehe mich um, und in der Tür drängen sich große Männer in zerfetzter Kleidung, sie haben wilde Augen, und sie alle tragen brennende Fackeln und Mistgabeln in den Händen, und der einzige Grund, warum sie noch nicht hereingestürmt sind und mich gepackt haben, ist der, dass es so viele sind, die versuchen, sich alle gleichzeitig durch die Tür zu zwängen. Ich springe auf, Stille umfängt mich, und ich drehe mich wieder zu Claudia um, aber ich sehe nur ein leeres Bett. Das Bett, in dem ich bis zu diesem Moment geschlafen haben muss. Wie ist das möglich? Ich habe Claudia Lamberts Stimme so deutlich gehört.

Ich eile aus diesem Raum heraus, in dem sich mein Körper zu befinden scheint. Vielleicht ist *dies* der Traum. Vielleicht bin ich vor Claudia eingedöst. Der Traum begann mit ihrem traurigen Kopfschütteln. Die Männer in der Tür, *das* ist der Stoff meines Traumes. Ich laufe den Korridor entlang in den Befragungsraum.

Er ist leer. Aber das muss er auch sein, wenn *das* der Traum ist. Trotzdem husche ich zu der Maschine hinüber und bewege die Hand. Ich suche nach der Stimme von Claudia Lambert, aufgezeichnet am 31. Dezember 2000 nach irdischer Zeitrechnung. Sie ist nicht da. Keine Aufzeichnung. Aber natürlich kann es sie gar nicht geben. Es gibt keinen Grund, weshalb die Aufzeichnung der Traummaschine mit denen der realen übereinstimmen sollte. Aber warum wache ich nicht auf? Ich gehe jetzt stampfend hin und her, bewege meine Füße und Beine wie die Erdlinge. Ich trample auf dem Boden herum, und meine Füße brennen vor Schmerz, die Erschütterungen lassen meine Kieferknochen vibrieren.

Ich bin bereits wach. Im leeren Befragungsraum. Ich wende mich der Maschine zu und versuche einmal mehr, Claudias Stimme abzuspielen. Sie war nicht hier. Sie war nur eine Traumgestalt.

Mein nächster Schritt ist klar. Ich kehre in den Korridor zurück und folge ihm bis zu den Schlafkammern meiner Besucher. Ich finde Claudia in ihrer Kammer, beuge mich über sie und bewege meine Hand. Sie öffnet die Augen und wendet mir das Gesicht zu.

»Sind Sie gekommen, um mich zu holen?«, fragt sie ganz leise.

»Ja«, sage ich.

»Erinnere ich mich vage daran, meine Pistole abgefeuert zu haben?«

»Ja, aber Sie haben niemanden verletzt.«

»Ich weiß nicht, was über mich gekommen ist. Es tut mir Leid.« Sie setzt sich auf und schwankt leicht. Ich fasse sie an der Schulter, um sie zu stützen.

»Sie werden sich gleich besser fühlen«, sage ich.

»Das ist schon seltsam. Die Ironie ist, dass ich froh bin, hier zu sein«, sagt sie. »Wirklich. Im Gegensatz zu dem Eindruck, den ich erweckt habe. Jetzt, da ich weiß…«

»Ja, ja«, unterbreche ich sie. Ich spüre, dass mir innerlich heiß wird, auch wenn ich nicht genau weiß, wieso.

Und wir machen uns auf den Weg, Claudia und ich. Wir gehen den Korridor entlang. Sie ist sehr anmutig, neugierig und freundlich, und ich werde immer aufgeregter.

Jetzt sitzt sie vor mir in ihrem Sessel und fragt: »Was soll ich tun?«

»Entspannen Sie sich einfach«, sage ich und bewege meine Hand.

In dem kurzen Moment, bevor wir miteinander zu sprechen beginnen, erkenne ich den Grund meiner Aufregung. Ich fürchte mich vor der Macht meiner Träume. Dann bin ich Claudia Lambert, und ich sage: *Ich denke, ich sollte Sie formell willkommen heißen…*

14

Und so sprachen Claudia und ich, mitgerissen vom Sonnenwind ihres Lebens, gemeinsam exakt die Worte, die ich geträumt hatte, ganz genau die gleichen Worte. Sie verlieh der Sehnsucht nach Antworten auf die großen Geheimnisse mit ihrer irdischen Stimme Ausdruck, und jetzt verstummt sie. Ich sollte keine Angst vor meiner prophetischen Vision haben, vielleicht sollte ich sie als Einblick in Claudias Geist begreifen, dem Gedankenaustausch zwischen Mitgliedern meiner eigenen Spezies nicht unähnlich, der hier lediglich in diesem Traumzustand ausgelöst wurde. Aber ich fürchte mich trotzdem. Dies war etwas anderes. Ich bin ein anderes Geschöpf geworden, das sich von seiner eigenen Spezies, aber auch von der irdischen Primärspezies unterscheidet. Und ich fürchte, dass sich auch der Rest der Prophezeiung erfüllen könnte. Warten direkt hinter der Tür Männer mit Fackeln und Mistgabeln nur darauf, dass ich über meine Hoffnung spreche, auf der Erde willkommen geheißen zu werden, so wie ich es in meinem Traum getan habe? Ich halte den Mund. Trotz der fünfundfünfzig Grüße, die Voyager ins All hinausträgt, kann ich heute Nacht kein fröhliches Hallo erwarten.

Claudia mustert mich eindringlich. »Wenn ich in Ihre Augen sehe, fühle ich mich, als würde ich träumen«, sagt sie.

»Haben Sie nicht geglaubt …?«

»An Sie? Dass Sie existieren? Doch.«

»Das ist kein Traum«, sage ich und Claudia blickt über meine Schulter hinweg, aber ich glaube, ich habe plötzlich die Heliopause erkannt, diese Grenze zwischen meinem Leben als Außerirdischer und diesem anderen Zustand, ich habe gerade die Blase durchbrochen und fliege in die gewaltige interstellare Dunkelheit der Träume. Ich versuche anzuhalten, reiße die Augen weit auf, wedle mit der Hand vor meinem eigenen Gesicht.

»Sie sehen müde aus«, sagt Claudia. Sie konzentriert sich ausschließlich auf mich. Ich bin einmal mehr wach.

»Ich *bin* sehr müde«, sage ich.

»Können wir noch einmal reden?«, fragt sie.

»Heute Abend, während sich der Moment des Millenniumswechsels nähert, werden wir ein Essen haben. Meine Frau Edna Bradshaw ist gerade dabei zu kochen. Dann können wir reden.«

Claudia beugt sich vor und streckt ihre Hand nach mir aus. Ja, Claudia Lambert, du kannst meinen Herzschlag haben. Du hast ihn gesucht und du sollst ihn bekommen. Ich nehme ihre Hände in die meinen.

Sie sieht zu, wie sich unsere Hände miteinander verflechten, und ich bin mir sicher, dass sie weiß, was ich ihr gebe. »Ich bin froh, dass Sie nach unserer Unterhaltung Händchen halten wollen«, sage ich.

Sie blickt mir ins Gesicht. »Ja«, sagt sie. »Danke.«

Ich begleite sie zu ihrer Kammer zurück, und sie akzeptiert meinen Vorschlag, wieder zu schlafen. Ich fahre mit der Hand über sie hinweg und gleite auf unsicheren Beinen zurück in den Korridor und meinem Bett entgegen, von tiefer Sorge erfüllt. Ich muss schlafen. Es wird das erste Mal sein, dass ich bewusst versuchen werde, diesen Zustand zu erlangen, seit ich zu träumen begonnen habe. Ich frage mich, ob dieses bewusste Bemühen meine Träume verändern wird.

Ich schlage die Decke zurück und wünschte, meine Frau Edna Bradshaw würde sich neben mich legen, aber sie hat mir einen Weg geebnet, während ich mir noch die Decke bis an mein schmales, knöchernes Kinn hochziehe. *Müde bin ich, geh zur Ruh, mache beide Äuglein zu. Behüte meine Seele, Gott. Und sollte ich im Schlafe sterben … Schlaf, kleines Kindchen, hoch im Baum, der Wind schaukelt deine Wiege wie im Traum, und wenn der Ast bricht, stürzt die Wiege hinab …* Es ist kein Wunder, dass die Kinder auf der Erde zu träumen lernen. Sie singen immer wieder vom Tod, bevor sie einschlafen. Sie sterben. Sie fallen. Ich höre den Sonnenwind draußen vor dem Fenster. Ich höre das leise Tapsen von Eddies Pfoten auf dem Fußboden. Und vor mir steht Dick Clark.

Ich habe nie mit Dick Clark gesprochen, aber ich habe ihn viele Jahre lang beobachtet, wir alle haben ihn beobachtet, als noch andere Angehörige meiner Spezies bei mir an Bord des Raumschiffes waren, wir alle haben Dick Clark bewundert, wenn er auf Tanzveranstaltungen den letzten Schrei der Unterhaltungsmusik präsentierte und die Leute unermüdlich vor ihm tanzten. Und auch wir Raumfahrer tanzten den *Twist*, den *Stroll*, und später den *Frug* und den *Mashed Potato*, obwohl wir wussten, wie kläglich unbeholfen wir uns dabei aufführten, wir schwebten anstatt zu schlendern, glitten anstatt zu wackeln, aber Dick Clark und all seine Erdenengel und seine verliebten Teenager, die für ihn tanzten, sie lehrten uns eine Menge Dinge über diese Welt, während wir hoch über ihr schwebten, die Tanzschritte nachahmten und dabei wussten, dass wir die einsamen Mauerblümchen waren. Und jetzt trägt er seine flotte blaue Parkajacke, das Haar sorgfältig um die Kopfhörer herumfrisiert, er hält ein Mikrofon in der Hand, es ist Nacht, hinter ihm erstreckt sich der Times Square von New York City, und seine so charakteristisch liebenswürdige, beruhigende und fröhliche Stimme wird von einem stetigen Raunen und Dröhnen untermalt, einem Dröhnen wie den Geräuschen aus den Tiefen des Alls, und der Lärm stammt von der Menge, die eine Million zählt, zwei Millionen an diesem speziellen Silvester in New York City, und Dick Clark lenkt unsere Aufmerksamkeit auf die beleuchtete Kugel auf dem Turm des One Times Square und erklärt, dass sie gleich herabsinken wird, er dreht sich um, blickt über seine Schulter und stößt plötzlich hervor: »Heilige Scheiße!«

Und ich erkenne mein Raumschiff. Es schwebt über dem Turm.

Auf den ersten Blick scheint die Kugel herabzusinken, aber nein, Dick Clarks Vollblut-Reporterseele ist erwacht, und er verkündet der ganzen Welt dieses höchst außerordentliche Ereignis.

»Ladies und Gentlemen und ihr jungen Menschen überall auf der Welt«, sagt er in sein Mikrofon, »das ist nicht die traditionelle Kugel, die den Turm des One Times Square herabsinkt. Stattdessen ist dort ein kreisförmiges Fahrzeug aufgetaucht, eindeutig extraterrestrischen Ursprungs, und es schwebt über dem Turm. Bei dem, was wir dort sehen, von irgendeiner unirdischen unbekannten Lichtquelle angestrahlt, scheint es sich um einen Außerirdischen zu handeln. Er schwebt langsam aus dem Raumschiff herab. Jetzt haben ihn alle auf dem Times Square entdeckt. Eine tiefe Stille hat sich über die gewaltige Menge gesenkt. Hören Sie.«

Dick Clark hält das Mikrofon in die Richtung der Menge, und er hat Recht. Das Dröhnen ist verstummt, von all den Millionen, die zusehen, wie diese Gestalt aus dem Raumschiff herabschwebt, geht nichts als gebanntes Schweigen aus.

Nur ich habe die Gestalt erkannt. Ich bin. Ich bin diese in blendendes Licht getauchte Gestalt, die dort vor dem Turm schwebt – übrigens präzise im Zeitrahmen des Countdowns zum Millenniumswechsel, was Dick Clark nicht entgangen ist, der wie nie zuvor in seinem Leben berichtet, er ist in seinem Element, dies ist der Zenit seiner Karriere… nun, vielleicht war seine erste Vorstellung von Chuck Berry, dessen Stimme auch jetzt weiter zu den Sternen hinausfliegt und den Planeten Erde für alle außerirdischen Geschöpfe repräsentiert, vielleicht war das ein vergleichbarer Moment für ihn… aber dies ist ein großer Knüller jenseits der Unterhaltungsbranche, eine absolute Sensation, und Dick weiß es. »Dieser Außerirdische zählt tatsächlich die letzten Sekunden bis zum Beginn des neuen Millenniums für uns ab«, sagt er, »fünf… vier…«

Und die Menge greift den Countdown auf. Bei »drei« sind es eine Million Stimmen, bei »zwei« eine Million mehr, und es ist, als hätten sie mich alle akzeptiert. Ich bin die strahlende Kugel, ich bin die nächsten tausend Jahre.

»Eins!«, schreien Dick und die Millionen, und dann brandet ohrenbetäubender Jubel auf, Farben explodieren am Himmel, jeder in der gewaltigen Menge scheint mir zuzuwinken, und ich schwebe weiter hinab, vorbei an dem Turm und den oberen Stockwerken des One Times Square, vorbei an den über die Anzeigetafel laufenden elektronischen Schlagzeilen, die bereits Dick Clarks Knüller aufgegriffen haben: *EIN FROHES NEUES JAHR. AUSSERIRDISCHER LANDET AUF TIMES SQUARE.*

All das habe ich von irgendeinem Punkt aus ganz in der Nähe von Dick gesehen, jetzt aber befinde ich mich in meinem herabsinkenden Körper, und die Menge hebt sich mir entgegen, ihre Leiber wogen und Hände greifen aufwärts, und ich möchte meinen Transporterstrahl abschalten, ich möchte ihn umkehren und mich von diesen Händen und himmelwärts gerichteten Gesichtern entfernen, das sind keine lächelnden Gesichter, in ihnen stehen Schock, Gier und Verlangen geschrieben, und die Hände, tausende von Händen, die direkt unter mir zusammengeströmt sind, sind bereit, die Befehle auf diesen Gesichtern unter mir auszuführen, die, wie mir klar wird, lauten, alle Stücke, die ihnen verwendbar erscheinen, von meinem Körper abzureißen, als wäre ich einer der alten Heiligen, dessen Knochen in winzige Stückchen zerbrochen und in Kirchen überall auf der Welt in Schreinen aufbewahrt werden, und diese Hände sind bereit, diese ehrerbietige Handlung zu vollführen, diese heilige Verstümmelung, und ich sinke herab und bin jetzt fast in ihrer Reichweite und möchte irgendwelche Grußworte rufen, aber ich bringe keine Worte hervor, mir sind die Worte ausgegangen, und dann sind die Hände auf mir, zehntausende von herzlosen Händen, und ich werde in die Dunkelheit geschleudert, und da ist nur noch Dicks Stimme, die sagt: »Jetzt, da der Außerirdische in Stücke zerrissen wurde, ist es Zeit für unseren Spotlighttanz.«

Doch die Musik bleibt aus. Jetzt umgibt mich nur noch Stille, Stille und Dunkelheit, und dann nicht einmal mehr das.

Und vor mir steht meine Frau Edna Bradshaw. »Schatz, ich habe das Essen jetzt schon einige Stunden lang warm gehalten, weil ich dich nicht wecken wollte. Du warst so müde und hast so süß geschlafen. Aber ich denke, es wird Zeit für unser Abendessen, und ich wollte gerade damit anfangen, den Tisch zu decken.«

Ich setze mich auf und begreife, dass ich lange geschlafen habe. »Wie spät ist es nach irdischer Zeit?«, frage ich.

»Kurz vor sieben Uhr abends nach Bovary-Standardzeit, wie wir es immer nannten«, sagt Edna.

»Ich bin froh, dass du mich geweckt hast«, sage ich und stehe auf. Die Erkenntnis, wie weit ich hinter meiner Planung herhinke, trifft mich wie ein Schlag. Ich habe nicht einmal entschieden, wo auf der Erde ich erscheinen soll. Allerdings bin ich bereit, auch diesen letzten Traum als prophetisch anzunehmen. Obwohl der Times Square nicht einer gewissen inneren Logik als mein Ankunftsort entbehrt, wird mir klar, dass ich ihn bereits ausgeschlossen habe. Da von meinem Heimatplaneten keine konkreten Anweisungen darüber vorliegen, wo und wie ich mich zeigen soll, kann ich es mir erlauben, mit meiner Offenbarung gegenüber dieser Welt bescheidener anzufangen.

»Danke, mein Zuckerhase Edna Bradshaw«, sage ich. »Mach du nur weiter. Ich werde unsere Gäste wecken.«

»Ich habe das Abendessen in die Empfangshalle verlegt«, sagt sie, eilt davon und lässt einen schwachen Hauch von Süßkartoffelpastete zurück.

Ich habe schon einmal die Süßkartoffelpastete meiner Frau Edna Bradshaw gegessen, eigenhändig von ihr nur für uns beide während unserer Flitterwochen zubereitet, die wir über den Niagarafällen schwebend verbracht haben. Edna hatte die Flitterwochen schon immer an den Niagarafällen verleben wollen. Und durch den Geruch von Süßkartoffeln erlebe ich einmal mehr dieses irdische Phänomen, diese unverzichtbare Beschäftigung mit all den sinnlichen Empfindungen in der räumlichen Welt zwischen zwei voneinander getrennten Bewusstseinen, und ich sehe mich wieder dort schweben, wie ich meine Trenchcoat- und Chuck-Taylor-Verkleidung anlege, mit meiner Braut auf die Planetenoberfläche hinabsause und mir mit ihr die Wasserfälle ansehe, was wir mitten in der Nacht getan haben. Das Wasser schoss an uns vorbei und stürzte in die Dunkelheit. Das Risiko des Moments erregte uns beide, glaube ich, doch um diese nächtliche Stunde wäre ich in der Lage gewesen, das Bewusstsein eines jeden zu kontrollieren, der uns nahe genug hätte kommen können, um meine Fremdartigkeit zu bemerken und darauf zu reagieren. Wir hielten einander umschlungen, beugten uns über das Geländer, die Gischt peitschte uns, und wir waren, das erkenne ich jetzt, ein kleines Doppelsonnensystem, weit draußen am Rande einer zerfaserten Galaxie, und ich glaube, einen Moment lang ein Gefühl der Erfüllung verspürt zu haben. Ich frage mich, ob Edna Bradshaw ebenso empfunden hat, ob sie in der Gischt der Niagarafälle von weiteren Sehnsüchten befreit war.

Aber jetzt ist es zu spät, sie danach zu fragen. Und ich bezweifle, dass die Antwort ein erhellendes Licht auf die Fragen werfen würde, die jetzt auf mich einstürmen. Und sollte es damals tatsächlich einen Moment völliger Zufriedenheit gegeben haben, dann trug er die Unmöglichkeit seines Fortbestehens in sich, denn mit Sicherheit blickte ich schon einen Moment später darauf zurück, blickten meine Frau und ich darauf zurück und sehnten uns nach einem weiteren Moment, der so gut wie der gerade vergangene war, und alles löste sich in Veränderung und Begehren auf.

Es wird Zeit für mein letztes Abendmahl. Ich muss mich auf den Weg machen und meine Gäste abholen. Ich schaue zurück und sehne mich nach jedem beliebigen anderen Moment als dem, der mich in wenigen Stunden erwartet. Und so gehe ich auf den Korridor hinaus, gleite dorthin, wo die zwölf Schläfer den Zustand des Todes nachahmen. Ich werde mit den Händen winken, und sie werden sich erheben und mir folgen.

Ich bleibe vor ihnen stehen, den zwölf träumenden Träumern. Es gibt fünf Kammern, die ich noch nicht betreten habe, fünf Besucher, die ich nicht mehr werde befragen können. Und während ich es noch bedaure, überkommt mich ein vertrautes Gefühl, vertraut und gleichzeitig sehr seltsam. Die fünf liegen dicht beieinander an diesem Ende des Korridors, drei zu meiner Linken, Seite an Seite, zwei ihnen gegenüber, ebenfalls Seite an Seite. Ich blicke auf die erste Tür zu meiner Linken *und falle aus dem Himmel auf den Mittelkreis einer Landemarkierung zu, das Helikopterdeck einer Hochsee-Ölbohrinsel, aber da ist kein Helikopter, ich stürze ganz allein in die Tiefe*, und ich blicke auf die nächste Tür, und *die Blitzlichter flammen auf, und ich weine bereits, ich bin so glücklich und schwebe perfekt über den Miss-Texas-Laufsteg, ein unsichtbares Seil an meiner Schädeldecke, das straff gespannt bis in den Himmel reicht, hält mich gerade aufgerichtet wie Gottes schönstes Spielzeug, seine wundervolle Marionette Misty*, und ich blicke zur nächsten Tür, fühle mich plötzlich sehr nervös *und renne, so schnell ich kann durch einen dichten Wald, durch mit Ranken verfilzte Bäume, ich wage einen schnellen Blick zurück über die Schulter und entdecke den riesigen schuppigen Kopf eines Drachen, der einen Smoking trägt, und die Ärmel sind zu kurz, seine Krawatte sitzt schief, und er sagt: Okay, riskieren wir es, verlieben wir uns*, und ich will innehalten, aber ich wende mich der rechten Seite des Korridors zu, der ersten Tür, und *ich trete auf den Schreibtisch des Lehrers zu, und dort erstrahlt ein helles Licht, vor ihm auf dem Tisch liegt ein Apfel, und ich weiß, das Licht ist Gott, ich kann seine Fragen nicht beantworten und sehe mich nach Citrus um, sie hatte einige Erfahrungen mit diesem Typ gesammelt, aber ich kann sie nirgendwo entdecken, und ich sehe ihn an, ich sehe Gott an, er ist dieser große gelbe Lichtklecks, als wäre Schleim eine Weihnachtsdekoration, und ich sage: »Die einzige Art, dich zu lieben, ist, Religion zu hassen«, und er lächelt – frag mich nicht, wie,* und ich weiß, dass ich in ihren Köpfen bin, in diesem Moment, als gehörten sie zu meiner Spezies, ich habe die Gedanken von Digger, Misty, Mary und Jared gelesen, aber ich stelle fest, dass ich nicht glücklich darüber bin, und trotzdem wende ich mich dem einzig Verbliebenen zu, Trey, dem versessensten aller Glücksspieler aus dem Bus, und *ich stehe vor dem Geldspielautomaten, den ich mein Leben lang gesucht habe, er ist groß und strahlend und riecht nach Lavendel und Plätzchenteig, es ist der Mama-Geldspielautomat, es ist keine Gewinnaufstellung auf ihm vermerkt, und es gibt keinen Einwurfschlitz für Bargeld, er funktioniert nur mit Kreditkarten, aber das geht in Ordnung, ich habe meine Spielervorzugskarte, die an mir befestigt ist, mit einem Spiralband an meiner Tasche festgeklemmt wie meine Fäustlinge an den Ärmeln meines Wintermantels, und die Karte ist mit dem gesamten Geld geladen, das ich habe, mit jedem Penny und allem anderen dazu, was ich besitze, meiner Kleidung und meinen Möbeln, meinen Töpfen, Pfannen und den von meiner Mama handgenähten Topflappen, und auch all meine Witze sind in ihrem Magnetstreifen gespeichert, alle Tricks, die ich kenne, meine Erinnerungen, jeder Job, jedes Mädchen, jede versoffene Nacht, einfach alles, und ich schiebe die Karte in den Schlitz auf der Vorderseite des Automaten, ich ziehe den Hebel, und die Walzen in den Sichtfenstern wirbeln und wirbeln und wirbeln, ich kann meine Mama in den Sichtfenstern sehen, als wäre es einer dieser alten Peepshowautomaten, sie lächelt ihrem kleinen Jungen zu, und die Haustür steht offen, der Schnee wirbelt herein und um Mama herum, sie hat meine Fäustlinge mit Schnüren an meinen Mantelärmeln befestigt, und sie sagt: Geh jetzt, mein Süßer, und das Morgenlicht in der Tür ist durch den Schnee draußen blendend weiß, ich versuche, meine Chancen auszurechnen, was normalerweise leicht sein sollte, dieses Spiel ist ein Kinderspiel, die*

Chancen stehen tausend zu eins, zehntausend zu eins, dass sie am Ende des Tages hier sein und auf mich warten wird, wenn ich jetzt durch die Tür trete und die Straße entlang zur Schule gehe, aber an diesem Morgen wirbelt funkelnder Schnee herein, und mein Spielerinstinkt sagt mir, dass ich mit meinem Blatt zufrieden sein sollte, die Wahrscheinlichkeit spricht eindeutig dafür, die Karte zu ziehen, doch irgendetwas in meinem Kopf rät mir, es nicht zu tun, aber ich bin nur ein Kind und verstehe es nicht, und Mama sagt: Geh schon, sonst kommst du noch zu spät, und ich habe das Gefühl, dass sie nicht mehr da sein wird, wenn ich jetzt zur Tür hinausgehe und wieder nach Hause komme, aber ich traue meiner Vorahnung nicht und gehe hinaus, und eine Walze nach der anderen in den Sichtfenstern des Mama-Geldspielautomaten hört auf zu rotieren… klick, sie steht vor der Küchenspüle… klick, sie bricht zusammen, die Hände auf ihr Herz gepresst… klick, sie liegt tot auf dem Küchenboden, sie ist allein, und auch ich bin allein, und mir bleibt eine Lebensspanne voller Vorahnungen, und ich kämpfe darum, den Weg zurück zu meinem eigenen Ich zu finden, was auch immer das jetzt, nach all den Jahren mit den Stimmen und Träumen, sein mag, denn ich spüre, dass ich mich irgendwie verändert habe. Ich schäme mich für meine besonderen Kräfte, ich schäme mich, diese dunklen, intimen und verletzlichen Bewusstseins heimlich zu belauschen. Und so schreite ich vor den zwölf Türen auf und ab, wedele mit der Hand und rufe: »Kommt heraus!« Es rührt sich etwas in den Kammern, hinter den dunklen Spalten der Türen, und plötzlich fürchte ich mich, fürchte ich mich sogar vor diesen zwölf, und dann erscheinen sie, jeder Türrahmen wird von einem vertrauten Ich ausgefüllt, und ich sage: »Hi, ich heiße Desi.«

15

Und dann ist Edna an meiner Seite und sorgt dafür, dass sich unsere Gäste wie zu Hause fühlen. Sie erzählt ihnen alles über *Chicken Wiggle* und ihren grünen Salat mit selbst gemachtem Thousand-Island-Dressing – kein wirkliches Geheimnis, gesteht sie, Ketschup, Majonäse und Sweet-Pickle-Relish –, sie ist sehr geschickt in diesen Dingen, und dann führt sie unsere Besucher den Korridor entlang zur Empfangshalle. Sie blickt mich über die Schulter hinweg an und sagt: »Komm nach, wann immer du meinst, bereit zu sein.«

Edna ist eine aufmerksame, umsichtige Ehefrau. Vielleicht weiß sie besser, was in mir vorgeht, als ich es ihr zutraue. Vielleicht gilt das für alle. Vielleicht weiß ich rein gar nichts über diese Geschöpfe. Ich hinke ihnen hinterher. Es macht mich traurig, nicht dazuzugehören. Aber das ist mein Schicksal.

Wir betreten die Empfangshalle. Der Bus steht noch immer in der Mitte, aber in der Nähe der Tür ist jetzt ein großer runder Tisch mit einem weißen Laken aufgebaut, gedeckt für dreizehn Personen.

»Bitte«, sagt Edna und deutet auf den Tisch. »Da sind Platzkarten.«

Die Schar der zwölf Gäste löst sich auf, sie gehen um den Tisch herum und lesen die Karten. Ich schiebe mich neben meine Frau Edna Bradshaw.

»Es sind nur dreizehn Sitzplätze«, stelle ich fest.

»Nun, ich werde bestimmt alle Hände voll damit zu tun haben, euch zu bedienen«, sagt sie. »Ich werde zwischendurch einen kleinen Happen in der Küche essen.«

»Es tut mir Leid«, sage ich.

»Das hier ist alles, was du über die Erde wissen musst. Nicht nötig, alle dort unten zu belästigen.« Edna hat eine Aussage gemacht, die eine Frage stellt, denn sie blickt mich abwartend an. Sie hat gefragt: Hast du immer noch vor, dich um Mitternacht zu zeigen? Ich fürchte, dass die Antwort, die ich darauf habe, nicht die ist, die Edna hören möchte. Also sage ich gar nichts.

Am Tisch ist Unruhe aufgekommen.

»Sie können das nicht machen!«, ruft eine Stimme.

Ich blicke auf. Es ist Viola Stackhouse. Sie hat einen Arm ausgestreckt und deutet mit dem Zeigefinger über den Tisch auf Citrus, die mit einer Platzkarte in der Hand neben einem Stuhl steht. Arthur Stackhouse sitzt bereits, Viola hat ihm die andere Hand auf die Schulter gelegt. »Ich weiß, wessen Platz das ist«, fügt sie hinzu. »Meiner.«

»Möchten Sie nicht lieber neben Ihrem Mann sitzen?«, fragt Citrus.

»Ich bin glücklich, neben unserem Gastgeber sitzen zu dürfen«, sagt Viola. »Ich *möchte* dort sitzen.«

»Ich weiß, wer Er ist«, sagt Citrus.

»Das wissen wir alle«, erwidert Viola.

»Sie wissen es? Nicht so wie ich.«

»Er hat meine Hände gehalten«, sagt Viola. Dann beugt sie sich zu Arthur hinab und stellt klar: »Wie ein Vater.«

»Er ist der Vater von allen«, sagt Citrus. »Und Er hat auch meine Hände gehalten. Er hat sie gehalten, mich ins Bett gebracht und meine Hände getätschelt. Wie ein richtiger Vater. Wie der allerhöchste Vater.«

»Ich konnte seinen Herzschlag fühlen«, sagt Viola.

Ich nehme das Rucken eines Kopfes in der Nähe wahr und sehe nach. Edna hat die Lippen zu einem schmalen Strich zusammengepresst und die Stirn gerunzelt. Sie hat diesen Gesichtsausdruck eindeutig für mich aufgesetzt.

»Ich konnte Sein Herz auch fühlen«, sagt Citrus.

Ednas Augenbrauen sinken tiefer herab und nähern sich einander.

»Das konnte ich auch, als er meine Hände berührt hat.« Das war eine andere Stimme.

Edna dreht sich zu der Sprecherin um.

Es ist Claudia. »Das ist die Art, wie der Außerirdische mit anderen umgeht«, fährt sie fort.

»Ich bin ein freundlicher Bursche«, füge ich hinzu.

Und alle Gesichter wenden sich mir zu, als wären sie überrascht, dass ich da bin. Es scheint ihnen einfacher zu fallen, über mich zu sprechen, als mich anzusehen.

Ich nehme Ednas Hand. »Das ist meine Frau Edna Bradshaw«, erkläre ich an alle gerichtet. »Wir sind ein glückliches Paar. Meine Spezies kann jedem einen Herzschlag schenken, aber mein Herz habe ich Edna geschenkt.«

Sie blickt zu mir auf, ihre Stirn hat sich geglättet, sie lächelt, und ihre Augen füllen sich einmal mehr mit Tränen. Sie stellt sich auf die Zehenspitzen und küsst mich auf die Wange.

Vom Tisch her erklingen ein paar mitfühlende Seufzer, wortlose Geräusche, die ich an dieser Spezies schätze. »Ahhh!«

»Darf ich zu deiner Rechten sitzen, Vater?«, fragt Citrus.

»Ich habe für die NASA gearbeitet...«, beginnt Claudia.

»Es war meine Platzkarte...«, fällt ihr Viola ins Wort.

»Ich kann das problemlos klären«, mischt sich Hudson ein. »Er benötigt einen Berater zu seiner Rechten.«

»Ihr seid doch alle bescheuert, wenn ihr mich fragt«, sagt Misty. »Er ist ein Außerirdischer.«

»Er ist Jesus, der wiedergekommen ist!«, ruft Citrus.

»Ich wollte Sie mit meinen Worten nicht beleidigen, Mr. Desi«, fügt Misty eilig hinzu. »Ich meine nur, wir sollten den Platz akzeptieren, den Sie uns zuweisen.«

»Sie wollen niemandem etwas Böses antun, hab ich Recht?«, fragt Digger. Er schiebt sich neben Misty und legt einen Arm um sie.

»Niemandem!«, rufe ich. »Natürlich nicht. Bitte, setzen Sie sich. Ich möchte, dass Sie das Brot mit einem freundlichen Außerirdischen brechen, und dann werde ich ein bisschen in Ihren Köpfen rumstochern.«

Kaum habe ich das gesagt, reißt mindestens ein halbes Dutzend meiner Gäste die Augen weit auf und zuckt zurück. Zum Glück verstehe ich sofort, was los ist. »Bitte, ich benutze nur eine Redewendung, die ich von Ihnen gelernt habe. Meine Spezies stochert nicht buchstäblich in irgendwelchen Köpfen herum. Himmel, nein! Ich suche nur Ihren Rat.«

Viola verlässt den Stuhl ihres Mannes und geht um den Tisch herum zu Citrus. »Wer soll es also sein?«

»Ich glaube, wir brauchen noch einen Platz am Tisch«, sage ich. »Diejenige, die uns dieses Mahl bereitet hat, soll zu meiner Rechten sitzen. Meine Frau Edna Bradshaw.«

Edna drückt meine Hand. »O du Außerirdischer. Ich schätze, ich kann das einrichten. Ich besorge noch einen Stuhl.«

»Ich werde Ihnen helfen«, bietet ihr Viola an.

»Danke, Liebes«, sagt Edna und die beiden Frauen verschwinden.

Ich nähere mich der Tafel.

Citrus macht Anstalten, sich links neben mich zu schieben, aber Lucky kommt ihr zuvor und hält ihr seine Platzkarte vor die Augen.

Citrus' schwarze Lippen werden schmal. Sie senkt den Kopf.

»Es ist alles in Ordnung«, sage ich zu ihr. »Sie sind mir nahe, wo auch immer Sie sitzen.«

Sie blickt zu mir auf. »Natürlich«, erwidert sie. »Vergib mir die Schwäche meines Glaubens.«

Ich zögere und versuche, diese Bemerkung zu übersetzen. Es steht jetzt ein Wissen zwischen uns, und das macht mich traurig. Traurig, weil ich keine Gelegenheit mehr habe, mit ihr zu sprechen und sie unmittelbar zu hören. Bevor ich antworten kann, geht sie zu ihrem Sitzplatz.

Einige unserer Gäste stehen noch, andere sitzen bereits. »Bitte«, sage ich und deute auf die Stühle.

»Das alles ist wirklich seltsam«, sagt Trey.

»Erkennen Sie denn nicht, dass wir Auserwählte sind?«, kommt mir Citrus zuvor.

»Wozu auserwählt?«, erkundigt sich Digger, ohne verängstigt zu klingen.

»Er liebt uns«, sagt Citrus.

Das lässt mich auf der Stelle erstarren. Ich stehe vor meinem Platz an der Tafel, die Hände auf die Rückenlehne meines Stuhls gelegt. Und dann höre ich, wie Edna Citrus' Aussage bekräftigt. »Er ist das liebevollste Geschöpf, dem Sie jemals begegnen werden«, erklingt ihre Stimme vom anderen Ende des Raumes.

Ich blicke in ihre Richtung. Sie bringt einen großen Metallstuhl, der sich nicht von all den anderen unterscheidet, und stellt ihn neben den meinen. Dann dreht sie sich um und eilt wieder davon. Ich schiebe das Thema Liebe vorerst beiseite.

»Sie alle sind zweifellos *ausgewählt*«, sage ich. »Da dies die letzten Stunden meiner Beobachtungsphase sind, sind Sie sogar etwas ganz Besonderes.«

»Ist dies das Ende der Welt?« Eine leise, zitternde Stimme am anderen Ende des Tisches stellt die Frage, Mary Wynn, deren vietnamesischer Name *großzügig* bedeutet.

Ich kann nicht umhin, in diesem Moment meinen eigenen Ängsten Ausdruck zu verleihen. »Nicht von Ihrer Welt, nein. Vielleicht von meiner.«

Digger, Trey und Hudson bleiben stehen. »Bitte, Gentlemen«, wende ich mich an sie. »Ich heiße Sie an meinem Tisch willkommen. Ich bin ein freundlicher Bursche. Meine Frau ist die Köchin Ihrer Träume. Bitte, nehmen Sie Platz.«

Sie folgen meiner Einladung, und ich setze mich ebenfalls. Ich bin meiner Frau dankbar, ich bin glücklich, an diesem Tisch zu sitzen, der gleich mit *Chicken Wiggle* und allen Beilagen gedeckt werden wird. Ich bin glücklich, bei diesen Geschöpfen zu sein. Bei diesen Freunden, die ich liebe. Ja.

Ich betrachte die auf mich gerichteten Gesichter, und ich wünsche mir, sie zu berühren, ihre Hände in die meinen zu nehmen. Ich wünsche mir, die Gefühle, die ich für sie empfinde, auf direktem Weg in die tiefsten Winkel ihres Geistes zu pflanzen. Und dann entdecke ich vor mir einen großen Krug mit Presbyterianer-Punsch. Die blassgrüne Flüssigkeit ist völlig reglos und wird von einer weißen Schaumschicht bedeckt. Ich spüre das Blut durch meine Adern strömen und blicke in die wartenden Gesichter meiner Gäste. Ihre Gläser sind leer. Ich ergreife den Krug. Zuerst schenke ich mir etwas Punsch ein, nur ein kleines bisschen. Ich fürchte mich vor dieser Flüssigkeit, aber wenn ich den anderen etwas von mir geben will, muss ich meine Furcht überwinden.

»Dieser Presbyterianer-Punsch hat genau die Farbe von außerirdischem Blut«, sage ich. »Die Farbe meines Blutes. Trinken Sie davon und seien Sie sich gewiss, dass ich Sie liebe.«

Ich gebe den Krug Lucky, der sich einschenkt und ihn weiterreicht, aber er zögert zu trinken. Der Krug wandert weiter zu Claudia. Der Presbyterianer-Punsch ergießt sich in ihr Glas, und für mich fühlt es sich an, als käme er direkt aus mir, aus meinem Körper. Ich spüre eine zunehmende Leere in mir, je weiter der Krug gereicht wird und je mehr Gläser gefüllt werden, ich werde schwächer, und mein Blut wandert durch die Hände meiner Gäste weiter. Sie halten ihre Gläser fest, nur Misty führt das ihre an die Lippen, aber Digger hält sie mit einer sanften Berührung zurück und nickt in Richtung der anderen wartenden Gäste, worauf Misty ihr Glas wieder sinken lässt. Als Citrus sich aus dem Krug einschenkt, sieht sie mich an, lächelt mir wissend zu und sagt: »Ich wusste, dass du das tun würdest.« Sie gibt den Krug weiter, und neben mir erklingt Edna Bradshaws Stimme: »Es tut mir so Leid, aber ich habe erst im letzten Moment bemerkt, dass mir der Tee ausgegangen ist. Zu diesem Essen würde natürlich eigentlich Eistee gehören. Es ist alles so feierlich, weil wir Silvester und das Ende des Jahrtausends haben. Obwohl, hatten wir nicht schon letztes Jahr einen Jahrtausendwechsel? Wie auch immer, jedenfalls habe ich mir gedacht, ein süßes Getränk zum Essen wäre schön, und deshalb habe ich Presbyterianer-Punsch gemacht, weil der bei unserer ersten Zusammenkunft ein so großer Erfolg war, nicht wahr?« Ich bin froh, dass Edna Bradshaw hier ist und Viola Stackhouse, die neben ihr steht, um meiner Frau beim Servieren zu helfen. »Bitte, setzt euch zu uns«, sage ich mit vor Schwäche leiser Stimme. »Trinkt mit uns.« Sie nehmen Platz, und schließlich ist der Krug bei meiner Frau angekommen. Sie schenkt sich den Rest ein, der gerade noch für einige Fingerbreit in ihrem Glas reicht, und ich fühle mich schwach und leer, ich spüre irgendwie, dass ich mich buchstäblich in den Händen dieser zwölf Menschen befinde, die ich auf ihrer nächtlichen Jagd nach dem Glück entführt habe, in den Händen dieser zwölf von mir Auserwählten und in denen meiner Frau Edna Bradshaw, die ich ebenfalls ausgewählt habe. Sie stellt den leeren Krug ab, und es kostet mich eine gewaltige Kraftanstrengung, als ich mein Glas hebe und sage: »Bitte, trinkt mit mir.«

»Tut dies in Gedenken an Desi«, sagt Citrus.

Bei diesen Worten wenden sich ihr einige Gesichter zu, aber alle trinken, und ich folge ihrem Beispiel. Ich erwarte den Geschmack von Blut, den salzigen Meeresgeschmack meines außerirdischen Blutes, aber ich schmecke süß und prickelnd, ich bin *die Pause, die erfrischt*, ich spüre, wie ich wieder mit Energie aufgeladen werde, als meine Gäste um mich herum trinken, und meine Kräfte kehren zurück. Wir alle setzen unsere Gläser ab.

»Das war schön«, sagt Edna Bradshaw. Sie erhebt sich. »Aber wenn wir noch in diesem Jahrtausend essen wollen, muss ich noch ein paar Dinge erledigen.« Sie setzt sich in Bewegung. Viola will ebenfalls aufstehen, aber Edna ruft ihr zu: »Alles in Ordnung, Viola, Schatz. Ich schaffe das schon allein.«

Die anderen sitzen vor mir und warten. In wenigen Stunden werde ich einem ganzen, mit Fremden bevölkerten Planeten bedeutende Dinge zu verkünden haben. Jetzt aber sitzen diese zwölf vor mir, die ich kenne und die sich an mich zu gewöhnen beginnen, und doch fehlen mir die Worte. Ich stecke in großen Schwierigkeiten.

Unvermittelt bricht Trey das Schweigen. »Ich wusste, dass das die ganze Zeit in den Karten enthalten war. Ich habe früher einmal ein UFO gesehen. Es hatte rote und gelbe Lichter, es ist ganz gleichmäßig über einen Waldrand geflogen und dann verschwunden. Diesen Anblick habe ich nie vergessen.«

»Ich habe auch eins gesehen«, sagt Digger.

Misty wirft ihrem Mann einen kurzen Blick über den Tisch hinweg zu. »Du hast mir nie etwas davon gesagt.«

»Es tut mir Leid, Sie zu unterbrechen«, sage ich. »Aber es ist sehr unwahrscheinlich, dass irgendjemand von Ihnen uns gesehen hat. Mr. Trey, wo genau war das?«

»Oben in Michigan. Vor ungefähr dreißig Jahren. Ich werde es nie vergessen.«

»Und Sie, Mr. Digger?«

»In einem Sumpf in der Nähe des Golfs.«

»Was Sie beide gesehen haben, war Sumpfgas, das Ergebnis von verfaulenden Pflanzen, die beim Gärungsprozess Methan, Schwefelwasserstoff und Phosphorwasserstoff freisetzen.«

»O nein«, widerspricht Trey. »Bei allem gebotenen Respekt, Mr. Außerirdischer. Es war an einem Wintertag, ich war stocknüchtern, und was ich gesehen habe, habe ich gesehen.«

»Genau.« Digger unterstreicht seine Solidarität mit Trey, indem er mit der flachen Hand auf den Tisch schlägt. »Ich weiß, wie Sumpfgas aussieht, und mein UFO hatte damit überhaupt nichts zu tun.«

Ich spüre, wie leichte Verärgerung in mir hochsteigt. »Bei allem Respekt auch Ihnen gegenüber, Mr. Trey und Mr. Digger, aber es gibt nur einen wahren Ursprung von UFOs auf diesem Planeten namens Erde. Und das ist mein Heimatplanet.«

Trey trifft eine dieser Feststellungen in Form einer Frage. »Sie behaupten, es gäbe dort draußen niemanden außer Ihnen?«

»Das natürlich nicht«, sage ich. »Aber wir sind die einzige Spezies, die Ihren Planeten besucht.«

»Woher wissen Sie das?«, fragt Digger.

»Einen Moment!«, ruft Citrus. »Ihr kapiert das alle nicht richtig, oder?«

Ich bin noch immer mit Diggers Frage beschäftigt, und ich stelle fest, dass meine Verärgerung zunimmt. »Woher?«, frage ich zurück. »Ich bin ein Außerirdischer. Ich muss es schließlich wissen.«

»Er ist der eine wahre Außerirdische!«, ruft Citrus. »Weil es nur einen einzigen wahren Gott gibt!«

»Wir haben immer gewusst, dass es irgendein mächtigeres und besseres Wesen gibt, das über uns wacht«, sagt Jared. »In der einen Zeitepoche ist es ein Zimmermann, in einer anderen ein Außerirdischer.«

»Hey«, sagt Citrus zu Jared. »Liebe gedeiht.«

»Liebe gedeiht«, erwidert Jared. Ich spüre, dass ein semantisches Ritual zwischen den beiden abläuft.

Misty hebt die Hand, als würde sie sich in einem Klassenzimmer zu Wort melden, aber sie spricht sofort, ohne eine Erlaubnis abzuwarten. »Entschuldigung, aber soll das heißen, dass dieser Außerirdische Jesus Christus oder so was ist?«

»Haben Sie Nuklearwaffen an Bord dieses Schiffes?«, erkundigt sich Arthur.

Viola fuchtelt mit der Hand in seine Richtung. »Was redest du da für einen Unsinn?«

»Das ist kein Unsinn«, sagt Arthur. »Ich möchte nur wissen, was unser Gastgeber mit dem Planeten Erde vorhat.«

»Das ist es, was wir alle wissen wollen«, schließt sich ihm Digger an.

»Sei still«, fordert Misty Digger auf. »Du kannst dich nicht immer so aufführen, als würdest du für alle sprechen.«

Digger bedenkt Misty mit einem verblüfften Stirnrunzeln und neigt den Kopf zur Seite. Ich spüre, dass er es nicht gewohnt ist, von ihr kritisiert zu werden. Vielleicht haben die äußeren Umstände Misty ermutigt.

»Niemand muss sich Sorgen über unsere Absichten machen«, sage ich. »Wie ich Ihnen bereits bei unserem ersten Treffen erklärt habe, möchte ich mich nur mit Ihnen unterhalten.«

»Mein Gefährte neigt dazu, sich Sorgen zu machen«, sagt Hank leise. Er sitzt ganz in meiner Nähe, direkt hinter Ednas und Violas Plätzen. »Wir werden seit einigen Tagen vermisst, nicht wahr?«

»Das bedauere ich. Mir ist klar, dass Sie alle ein großes Geheimnis umgibt. Normalerweise gehen wir sehr diskret vor, wenn wir Gäste an Bord holen.«

Edna ist wieder erschienen, ein Tablett mit Salatschalen in den Händen, das sie auf einem Serviertischchen abstellt. Viola springt auf. Claudia will ihr folgen, aber Viola winkt sie zurück. »Zwei sind genug.«

»Warum sind Sie plötzlich indiskret geworden?« Ich erkenne Hudsons Stimme, drehe mich zu ihm um und nicke ihm anerkennend zu, als eine Salatschale geräuschvoll vor mir abgestellt wird.

»Es sind besondere Umstände«, sage ich. »Sie alle werden in wenigen Stunden wieder auf den Planeten zurückkehren und meine ersten Gäste sein, die sich hinterher an alles erinnern können.«

Meine Frau Edna Bradshaw setzt sich neben mich, stellt ihre eigene Salatschale vor sich ab und erklärt: »Ich wollte ganz einfach, dass er dieses letzte kleine Mahl mit Ihnen allen einnimmt, damit er nicht darüber nachdenkt, dass er heute Nacht persönlich dort hinabsteigen muss.«

»Sie lassen uns unsere Erinnerung«, sagt Hudson, »aber wenn wir die Wahrheit sagen, wird man uns für verrückt halten.«

»Ich werde Ihre Aussagen persönlich bestätigen«, sage ich. Ich zögere und sehe Edna an. Es behagt mir nicht, ihre Hoffnung auf eine derart öffentliche Art zu zerstören, aber ich muss mich diesen Leuten erklären, damit sie mich beraten können.

»Das hier auf dem Salat ist das hausgemachte Thousand-Island-Dressing, von dem ich gesprochen habe«, überbrückt Edna mein Schweigen. »Ich wollte eigentlich auch noch einen Krabbencocktail machen, aber alles musste ganz schnell gehen, und ich konnte nicht selbst einkaufen, so wie die Situation war. Dazu bräuchte ich all die speziellen Maschinen und so.«

»Das ist gut«, sagt Viola und hebt eine Gabel mit Blattsalat hoch, von dem das selbst gemachte Dressing tropft.

Ein zustimmendes Murmeln am Tisch bekräftigt die Qualität des Salates. Meine Frau Edna Bradshaw nimmt das Kompliment mit einem bescheidenen Niederschlagen der Augen entgegen.

»Was für eine Bestätigung?«, will Hudson wissen.

Ich muss jetzt in klaren Bahnen denken. Und in unkomplizierten. Die Zeit rückt näher. »Um Mitternacht muss ich öffentlich auf Ihren Planeten hinabsteigen und ihm die Existenz meiner Spezies und dadurch indirekt auch die einer Menge anderer Spezies im All enthüllen«, sage ich.

Diese Ankündigung ruft wortlose Laute der Überraschung und des Interesses am Tisch hervor, aber bemerkenswerter für mich ist das durchdringende Geräusch, das der Stuhl meiner Frau verursacht, als er über den Boden ruckt. Ich sehe zu ihr auf. Sie ist aufgesprungen. »Ich muss jetzt die Vorspeisen und so weiter holen«, verkündet sie. Aber sie bleibt einfach stehen und kämpft darum, die Miene der fröhlichen Gastgeberin aufrechtzuerhalten. Mein Blick wandert von ihrem Gesicht zu ihren zitternden Händen.

»Bitte, machen Sie sich keine Mühe, Edna, Schatz«, sagt Viola. »Sie haben schon genug getan. Wir können alle in die Küche gehen und uns selbst bedienen.«

»Natürlich«, stimmt ihr Claudia zu, und auch die anderen sagen »natürlich« und »kein Problem«. Alle stehen auf und Viola zeigt ihnen den Weg in die Küche.

Edna bleibt neben mir stehen und überlässt es unseren Gästen, sich selbst zu bedienen. Ich weiß, dass ich mit ihr sprechen sollte, jetzt, da wir allein sind, aber ich habe Angst. Dann legt sie mir eine Hand auf die Schulter. »Es tut mir Leid, Desi, Liebling«, sagt sie. »Ich benehme mich wie ein kleines Kind. Ein Mann ist das, was sein Beruf ist, schätze ich, und er muss tun, was er tun muss, denn Befehl ist nun mal Befehl, ganz egal, ob es ein schmutziger Job ist, denn irgendjemand muss ihn ja erledigen, und wenn man ihm nicht helfen kann, sollte man ihm wenigstens nicht im Weg stehen, und ich will dir nicht im Weg stehen, aus Respekt für dich, Desi, du ehrenhafter und pflichtbewusster Außerirdischer, du, hier ist deine Wurst, und da ist die Tür.« Plötzlich krallt sie ihre Hand fest in meine Schulter. »Ich drehe jetzt ein bisschen durch, das ist mir klar, auf meine übliche plappernde Art. Aber genau das hast du ja so an mir gemocht, als du mich und meine Freundinnen damals mit deinen Maschinen belauscht hast, noch bevor wir uns zum ersten Mal auf dem Parkplatz des Wal-Mart Supercenter in Bovary begegnet sind. War es nicht so? Ist es nicht das, was du mir gesagt hast? Dass dir die Art, wie ich geredet habe, gefallen hat?«

Ich möchte der süßen und fleißigen Wortschmiedin, die meine Frau Edna Bradshaw ist, bestätigen, dass sie Recht hat, aber sie hält nach diesen Fragen nicht einmal kurz inne, um Luft zu holen, sondern fährt ohne Unterbrechung fort: »Und der Beweis dafür war, dass du mich um eine Verabredung gebeten hast, nachdem du mir lange Zeit – wie lange, Monate? – zugehört hattest, und dann hast du mich gebeten, dich zu heiraten, und dazu ist es nicht etwa gekommen, weil ich den Mund gehalten hätte, obwohl mir etwas tief in mir dazu geraten hat, aber ich habe diesen Rat nie befolgt, du hast mein wahres Ich gehört, und trotzdem wolltest du mich immer noch heiraten, und das war sehr süß von dir, sehr lieb.«

Jetzt muss ich darauf bestehen, ein paar eigene Worte einzuwerfen, und mit Bedauern setze ich mich über die Stimme meiner Frau hinweg. »Es war nicht lieb von mir, Edna Bradshaw«, sage ich. »Ich *wollte* dich heiraten. Ich habe das bekommen, was ich wollte.«

»Siehst du, was für eine gute Idee das war?«, fragt sie, lässt meine Schulter los und geht in die Küche.

Ich folge ihr nicht, ich bleibe, wo ich bin. Jetzt kehrt Jared mit einem gefüllten Teller zurück, hinter ihm Mary und Lucky und andere. Ich senke den Blick und lenke meine Aufmerksamkeit in mich hinein. Ich beginne, lautlos vor mich hin zu summen, eine Verweigerungshaltung, wie mir bewusst wird, eine Fluchtreaktion, aber ich möchte jetzt am liebsten mit meinem Leben allein gelassen werden – wozu natürlich noch immer meine Frau Edna Bradshaw und unser gelber Kater Eddie gehören würden –, nein, ich *sehne* mich danach, dass man uns drei allein lässt, ich fürchte, dies ist mehr als ein bloßes *Wollen*. Und wie so viele *Sehnsüchte* ist auch diese unmöglich zu erfüllen, denn auch die Sehnsüchte all dieser Personen, die gerade ihre mit *Chicken Wiggle* beladenen Teller an meinen Tisch tragen, *ihre* Sehnsüchte sind ein untrennbarer Bestandteil dessen, was mich am stärksten bewegt. Ich würde ein tiefes Gefühl für sie alle mit mir an den Ort nehmen, an den ich mich allein zurückziehen möchte, und nicht nur ein Gefühl für sie, sondern auch für all diejenigen, mit denen ich im Laufe der Jahre gesprochen habe, die mich gänzlich vergessen haben oder mittlerweile tot sind. Auch sie würden mich begleiten, wohin auch immer ich gehen würde.

Ein angenehmer Gedanke kommt mir jetzt in den Sinn. Die Erinnerung an mich, an Desi, den Außerirdischen, wird in den Köpfen meiner Gäste, die hier an diesem Tisch sitzen, nicht ausgelöscht werden. Und als der letzte Gast – Viola Stackhouse – aus der Küche kommt und an der Tafel Platz nimmt, wedeln meine Hände albern vor mir herum in dem Bemühen, etwas für meine Besucher zu tun, für jeden Einzelnen von ihnen. Etwas Warmes streicht an meinem Gesicht vorbei, und vor mir auf dem Tisch landen ein Weidenkorb und ein gefüllter Teller. Edna setzt sich mit ihrem eigenen Teller neben mich und deutet auf den Korb. »Warum reichst du nicht das selbst gemachte Buttermilchgebäck herum, Desi, Liebling?«, fragt sie.

Ich nehme den Korb, schlage das Tuch über ihm zurück, und in ihm liegen viele Gebäckstücke. Ich halte einen großen dampfenden Schatz von Edna Bradshaws hausgemachtem Buttermilchgebäck in den Händen, und ich bin froh darüber, denn das ist etwas, das ich für diese zerbrechlichen Geschöpfe vor mir tun kann – noch während ich erkenne, dass ich selbst zerbrechlich bin, dass alles empfindungsfähige Leben im Universum zerbrechlich ist –, und ich sage: »Hier, nehmen Sie sich Gebäck.«

Ich nehme mir ein Stück, gebe Lucky den Korb, der ebenfalls eines nimmt und den Korb weiterreicht. Die Gebäckstücke wandern um den Tisch herum, und ich sehe, dass jeder eines in den Händen hält. Niemand legt es weg oder isst es. Der Korb erreicht Edna. Sie nimmt ein Gebäckstück heraus und stellt ihn vor uns ab. Ich blicke verwundert in die Runde. »Warum essen Sie nicht?«, frage ich.

Einige meiner Gäste betrachten ihr Gebäck und wirken ebenfalls verblüfft, aber trotzdem isst immer noch keiner. Und dann sagt Citrus: »Weil sie zu verstehen beginnen, deshalb. Wir warten darauf, dass du das Brot brichst.«

Ich starre das Gebäck in meiner Hand an. Dann blicke ich auf und in all die mir zugewandten Gesichter.

»Nichts ist so wunderbar wie etwas, das frisch aus dem Ofen kommt«, sage ich.

Damit breche ich das Gebäck, und eine Stimme – ich weiß nicht genau welche, denn sie klingt nur für einen Sekundenbruchteil allein auf – beginnt: »Nichts ...«, und dann gesellen sich die anderen hinzu, alle Stimmen, glaube ich, und sie intonieren: »Nichts ist so wunderbar wie etwas, das frisch aus dem Ofen kommt.«

Ich habe mein Gebäck in zwei Stücke zerbrochen, und alle anderen brechen das ihre ebenfalls in zwei Stücke. Alle Augen ruhen auf mir. Ich mag es nicht, wenn mir irgendjemand beim Essen zusieht, ganz besonders nicht Angehörige einer anderen intelligenten Spezies, aber alle warten unverkennbar auf mich, und ich schiebe mir ein Stück in den Mund. Es ist, gemessen an den Umgangsformen, die in Bovary, Alabama, gepflegt werden, ein viel zu großes Stück, aber mein Mund ist ebenfalls groß, der Druck, der auf mir lastet, ist hoch, und so schiebe ich mir die ganze Hälfte in den Mund und warte, dass die anderen den Blick abwenden, bevor ich zu kauen beginne, denn ich rechne damit, dass mir beim Kauen unabsichtlich Krümel aus dem Mund fallen werden. Aber alle sind meinem Beispiel gefolgt. Alle haben sie sich eine ganze Hälfte in den Mund geschoben, ihre Wangen wölben sich, und noch immer warten sie, ohne zu kauen.

Also kaue ich. Und sie kauen ebenfalls.

»Sehen Sie, wie gut das alles ist?«, fragt Edna. Da sie den Mund voller Gebäck hat, klingt ihre Stimme gedämpft. Ich registriere eine zunehmende Nervosität bei meiner Frau, denn sie würde gemäß den in Bovary herrschenden Umgangsformen normalerweise nie mit vollem Mund sprechen.

»Gut«, bestätigt Viola, wobei ihr ein paar Krümel aus dem Mund rieseln.

»Sehr gut«, sagt Misty, die ebenfalls Krümel versprüht. »Verzeihung«, fügt sie hinzu, erreicht damit das gleiche Resultat, für das sie sich gerade entschuldigt hat, und hält sich eine Hand vor den Mund.

»Das ist schon in Ordnung«, sage ich, krümle dabei selbst und hoffe, dass sich niemand unbehaglich fühlt.

»Danke.« Aus Mistys Mund lösen sich weitere Krümel.

»Ja«, sagt Claudia. »Das alles ist sehr gut.« Noch mehr Krümel.

»Halleluja!«, ruft Citrus, den Kopf ein wenig erhoben, und bläst eine Krümelfontäne in die Luft. Auch die anderen verleihen ihrer Freude über das Gebäck, das Abendessen und die Dinge im Allgemeinen, wie ich vermute, Ausdruck. Ich höre

Kommentare wie »Die sind wunderbar«, »Das schmeckt wirklich gut« und »Essen wir«, und die Luft über dem Tisch ist von weißen Krümeln *ofenfrischer, hausgemachter Köstlichkeit* erfüllt, die den Geist dieses Essens für uns alle sichtbar widerspiegeln.

Ich betrachte den Teller vor mir. Der Hauptgang ist ein komplexes Gericht, grüne Erbsen, Stücke von roten Pfefferschoten und hellbraunen Pilzen, alles in ein Gewirr von Eiernudeln eingebettet, darunter natürlich noch weiße Fleischwürfel, und wieder überfällt mich eine Furcht, die ich nicht abschütteln kann. Diese Hühnchen sind für uns gestorben. Ich formuliere es so, um es in ein möglichst wenig beängstigendes Licht zu tauchen, was nichts an der Tatsache ändert, dass die Hühnchen geschlachtet und in Würfel geschnitten wurden. Sie sind gestorben, um diese anderen Geschöpfe zu ernähren und sie am Leben zu erhalten. Es ist ein Verhaltensmuster, das sich auf diesem Planeten ständig wiederholt, was sich zum Beispiel an ebendiesen Hühnern zeigt, die bereit sind, umherhuschende Insekten zu fressen. Und es ist ein Muster, das, wie ich zugeben muss, überall im Universum beobachtet werden kann, auch wenn meine eigene Spezies diese Praxis aufgegeben hat. Wir essen keine empfindungsfähigen Lebewesen. Andererseits stellt sich die Frage nach einer möglicherweise verborgenen Empfindungsfähigkeit von Gemüse. Es gibt noch so viele Dinge, die meine Spezies nicht weiß. Über all das nachzudenken, ist das Kennzeichen der wilden Spirale eines Geistes, der um sein eigenes Leben fürchtet.

»Bin ich dieses Hühnchen?«, frage ich.

Einen Moment lang verstehen die anderen nicht, was ich damit meine. »Ich wäre es bestimmt«, sagt Hudson schließlich, »wenn mir das bevorstehen würde, was Ihnen bevorsteht.«

Jetzt bin ich verblüfft. Aber ich habe gelernt, in Momenten wie diesem meinen Impuls zu unterdrücken, alle Aussagen wortwörtlich zu nehmen. Plötzlich erinnere ich mich an die

Redewendung. Ein *Hühnchen* zu sein bedeutet, Angst zu haben. Das macht die Dinge noch viel schlimmer. Diejenigen, denen ich heute Nacht gegenübertreten muss, wissen, dass Hühner Gefühle haben. Besonders das Gefühl von Angst. Also muss ihnen erst recht bewusst sein, auf welche Weise sie das Leben von Milliarden ihrer Mitgeschöpfe beenden. Vorzeitig. In einem Zustand größter Panik. Brutal gepackt und geköpft. Gerupft, ausgenommen, gekocht und gegessen. Die *Worte* dieser Welt enthalten selbst die Tatsache, dass Hühner furchtsame Kreaturen sind, die sich zweifellos nach einem Leben frei von ebendieser Furcht sehnen. Wie kann ich denjenigen gegenübertreten, die sich vorsätzlich über solche Gefühle bei anderen lustig machen?

Ich betrachte die zwölf Menschen, die an diesem Tisch sitzen und mit ihren Zähnen das Fleisch anderer Geschöpfe zermahlen. Nicht zwölf, es sind dreizehn. Denn meine Frau isst wie sie. Es war ihre Entscheidung, Hühnchen zu servieren. Und doch weiß ich, wie sanftmütig und liebevoll meine Frau Edna Bradshaw ist.

»Was genau müssen Sie heute Nacht unten auf der Erde tun?«, erkundigt sich Hudson.

»Ich muss um Mitternacht öffentlich auf Ihren Planeten herabsteigen und seinen Bewohnern die Existenz von …«, erwidere ich mechanisch.

»Klar, klar«, unterbricht mich Hudson. »Aber was dann?«

»Das ist es, was ich immer noch zu entscheiden versuche«, sage ich.

»Ziemlich spät dafür, was?«, meint Digger.

»Ja«, sage ich. »Ich fürchte, das ist es.«

Claudia beugt sich in meine Richtung und streckt die Hand aus. »Haben Sie keine detaillierten Anweisungen erhalten, was Sie nach der Enthüllung sagen und tun sollen? Irgendetwas in dieser Art?«

»Nein«, sage ich. Und es kommt zu einer weiteren eindeutigen, aber wortlosen Reaktion meiner Gäste. Einem tiefen brummenden Geräusch. Sie glauben, dass ich in Schwierigkeiten stecke, das steht fest.

»So verhalten wir uns als Spezies«, erkläre ich. »Ich bin der führende Spezialist für diesen Planeten. Deshalb haben meine Vorgesetzten meine Direktive so schlicht wie möglich formuliert und es mir überlassen, sie so auszuführen, wie es mir angebracht erscheint.«

»Aber wie steht es mit Botschaftern, mit technischen Beratern und so weiter?«, fragt Hudson.

»Das alles kommt später«, sage ich. »Sie müssen sich zuerst mit dem fundamentalen Prinzip auseinander setzen, bevor diese zweitrangigen Dinge geschehen können.«

»Das ist es also?«, hakt Hudson nach.

»Es?«

»Sie gehen runter, Sie sagen: ›Hier bin ich‹, und machen dann die Biege?«

Einmal mehr kämpfe ich mit dem Phänomen der bildhaften Redewendungen.

»Abreisen«, sagt Hudson. »Sie reisen ab.«

»Ja.«

»Gleich danach?« Seine Frage drückt aus, dass er damit nicht einverstanden ist.

»Das liegt an mir«, sage ich und füge hinzu: »Das ist gut.« Plötzlich bin ich Hudson und auch den anderen sehr dankbar dafür, Druck auf mich auszuüben. »Es ist gut, dass Sie mir diese Fragen stellen. Denn ich benötige Ihre Hilfe, um herauszufinden, wie ich vorgehen soll.«

Überall am Tisch klingt ein Räuspern auf und werden Schultern gereckt. Ich glaube, meine Gäste sind erfreut, die Rolle der Ratgeber spielen zu dürfen.

»Wollen Ihre Leute… wollen *Sie* keinen weiteren Kontakt mit uns, nachdem Sie sich gezeigt haben?«, fragt Claudia mit einem Anflug von Schärfe in der Stimme.

»Für eine Weile nicht«, sage ich. »Wir hoffen, dass diese grundlegenden Tatsachen Sie dazu ermutigen werden, Ihre

Differenzen zu beenden. Sie sind ein Volk, Sie alle. Wir werden uns von Ihnen fern halten, bis Sie gelernt haben, miteinander zu leben.«

Claudias Stimme wird weicher. »Haben Sie das schon auf anderen Welten getan?«

»Ich persönlich nicht. Aber als Spezies, ja.«

Lucky, der neben mir sitzt, beugt sich etwas vor. »Wie läuft das normalerweise ab?«

»Es ist nicht fair, Vergleiche zu ziehen«, sage ich.

»Sie erwarten also nicht, dass sich der Planet Erde schnell ändern wird«, stellt Hudson fest.

»Glauben Sie das?« Ich bemerke, wie natürlich ich mich durch meine eigene instinktive Wortwahl jetzt dieser seltsamen Technik bediene, eine Aussage als Frage zu formulieren. Das gefällt mir.

Und Hudson nickt mir mit einem Lächeln zu, das mir ebenfalls Freude macht – mehr noch, es macht mich glücklich –, ein Wir-verstehen-einander-Lächeln. Und auch die Art, wie Lucky sich zu mir vorbeugt, macht mich glücklich, ebenso wie die ernste Aufmerksamkeit in allen Gesichtern. »Meine Freunde …«, beginne ich, ohne darüber nachzudenken, wie ich den Satz beenden soll. Es ist eine schlichte Feststellung. »Das ist alles«, sage ich. »Sie sind meine Freunde.«

Digger legt beide Hände flach auf den Tisch. »Also, was müssen Sie entscheiden, wozu Sie unsere Hilfe brauchen?«

»Herausfinden, wer Sie sind, die Bewohner der Erde.« Es überrascht mich nicht, ratlose Blicke und verständnisloses Blinzeln für meine Worte zu ernten. Während ich noch spreche, wird mir bereits klar, dass mein ursprüngliches Ziel, zu dem dieses Abendessen führen sollte, unrealistisch war. Also lasse ich sie schnell vom Haken. »Aber das erwarte ich gar nicht von Ihnen. Sie haben mir durch Ihre Geduld auf diesem Schiff bereits genug gegeben.«

»Was dann?«, fragt Digger.

»Was ich dort unten sagen soll.« Wieder spreche ich nur

eine Notwendigkeit aus und weiß im selben Moment, dass mir nicht geholfen werden kann. »Aber die Worte müssen von mir selbst kommen«, sage ich. »Das ist mir klar. Es wäre ein Fehler, Ihre Vorschläge zu benutzen, egal wie gut sie auch sein mögen, und sie einfach nachzuplappern.«

»Dann gibt es nichts für uns zu tun?« Viola klingt enttäuscht.

Citrus erhebt sich. »Eines gibt es. Etwas Großes, das nur wir für Desi tun können. Wir werden den Menschen erzählen, was wir über diese zweite Ankunft wissen, nachdem er ...«, sie sucht nach Worten, »... gegangen ist«, schließt sie.

»Sie haben Recht, Citrus«, sage ich. »Ich muss an einen Ort hinabsteigen, wo mich sehr viele Menschen sehen werden, einschließlich der Kabelfernsehsender. Aber Ihre Erinnerungen an mich, an dieses Schiff, an meine Frau Edna Bradshaw und ihre *hausgemachten südlichen Köstlichkeiten* werden sehr hilfreich sein, das Verständnis der Menschen zu bündeln.«

»Oh, Mann!«, ruft Hudson. »Ein Buchvertrag!«

»Die Larry-King-Show«, sagt Claudia.

»Ich habe Angst«, sagt Mary.

Lucky dreht sich auf seinem Stuhl neben mir um und streckt die Hand nach seiner Freundin aus. »Es ist alles in Ordnung«, beruhigt er sie.

»Ja«, sage ich zu ihr. »Sie brauchen keine Verantwortung ...«

»Es ist schon schwer genug zu versuchen, die zu sein, die ich bin«, sagt sie.

»Niemand hat jemals von Thaddeus oder Johannes, dem Sohn des Alphaeus gehört.« Das kommt von Citrus, die immer noch steht. Wir alle sehen sie an, und sie fügt hinzu: »Und doch gehörten auch sie zu den ersten zwölf. Sie müssen keine große Rolle spielen, Mary.«

»Versuchen wir immer noch zu sagen, dass Mr. Desi Jesus ist?«, fragt Misty.

»Ich bin nicht Jesus«, sage ich mit Nachdruck.

»Du bist der *Nächste*«, sagt Citrus.

»Ich bin …«

»Alles wurde neu geschaffen«, sagt Citrus. »Es muss immer neu geschaffen werden.«

»Ich bin Desi.«

»Mein Daddy wird dich nie anerkennen«, stellt Citrus fest.

»Eigentlich heiße ich ursprünglich gar nicht *Desi*…«

Citrus hebt beide Arme, die Handflächen nach oben gedreht. »Es werden viele sein, die dich nicht anerkennen.«

»Meine Frau Edna Bradshaw hat mir diesen Namen gegeben.«

»Sie werden sich gegen dich wenden.«

»Meinen richtigen Namen könnten Sie nicht aussprechen.«

»Sie werden dich kreuzigen.«

Nachdem Citrus das laut verkündet hat, erstarren alle. Natürlich werde ich augenblicklich aus meinem Exkurs über meinen Namen gerissen. Das allgemeine Murmeln – ich schätze, es ging dabei um mögliche Auftritte in Late-Night-Talkshows und Werbeverträge für verschiedene Produkte – verstummt plötzlich. Wir alle starren Citrus an, die mich ansieht. Sie reckt die Arme noch immer in die Höhe, lässt sie in der nachfolgenden Stille aber langsam sinken.

»Wo genau beabsichtigen Sie zu erscheinen?«, bricht Hudson schließlich das Schweigen.

»Ja«, sage ich, »das ist etwas, wobei Sie mir helfen *können*.«

»New York City«, sagt Citrus sofort. »Auf dem Times Square.«

Wieder steigt Angst in mir auf. Angst vor Citrus, die wie eine Prophetin klingt. Citrus, die das Schlimmste anspricht, das mir zustoßen könnte. Citrus, die jetzt *meinen* Traum anzapft. Den Traum vom Times Square.

Und auch Hudson macht mir Angst. »Das ist die logische Wahl«, sagt er.

Ich weiß, dass es logisch ist.

»Große Medienpräsenz«, sagt Digger.

»Ich mache mir Sorgen«, wirft Claudia ein.

»Es ist die *einzige* Wahl«, behauptet Citrus.

»Sorgen worüber?«, fragt meine Frau Edna Bradshaw, die bisher geschwiegen hat. Sie meint Claudia.

Claudia wendet sich Edna zu und deutet auf Citrus. »Über das, was sie gesagt hat. Wenn irgendwo die Gefahr besteht, dass ein unbewaffneter Außerirdischer gekreuzigt wird, der plötzlich in einer fliegenden Untertasse erscheint und eine riesige betrunkene Masse in Panik versetzt, dann genau dort.«

»Wenn?«, frage ich.

»Es *besteht* Gefahr«, sagt Claudia.

»Es gibt eine *Unvermeidbarkeit*«, sagt Hudson.

»Houston wäre auch nicht besser.« Ich drehe mich zu dem Sprecher um. Es ist Hank. Er ballt beide Hände zu Fäusten, streckt Daumen und Zeigefinger aus und krümmt mehrmals die Daumen. Ich verstehe die Geste nicht.

Hudson erklärt es mir. »Schusswaffen«, sagt er. »Die Leute haben sie in ihren Autos.«

Lucky beugt sich wieder zu mir herüber. »*Jede* große Menge wird durchdrehen.«

»Ich fürchte, das stimmt«, sagt Claudia.

»Muss es unbedingt heute Nacht geschehen?«, fragt Edna sehr leise.

Ich wende mich ihr zu. Ich weiß, wie schwer es für sie ist, sich das alles anzuhören. »Es tut mir Leid, mein Zuckerhase. Das ist einer der wenigen Punkte, wo meine Befehle eindeutig sind. Auf eurem Planeten betrachtet man den Jahrtausendwechsel als einen heilbringenden Moment.« Ich spüre einen scharfen Schmerz in mir, als ich diesen Satz ausspreche. *Euer* Planet. Ich gehöre nicht dazu. Ich bin auf eine entscheidende Weise sogar von meiner Frau Edna Bradshaw getrennt.

»Kommen Sie mit uns zum Casino.« Edna blickt wie ich in die Richtung, aus der dieser Vorschlag kommt. Er stammt von Trey.

»Das ist eine gute Idee«, sagt sie. Ihre Miene hellt sich auf. »Wir können alle zusammen gehen.«

Es sind starke Versuchungen, denen ich mich jetzt ausgesetzt sehe. Ich fürchte, dieses Abendessen war ein Fehler. Ich bin, wer ich bin. »Es ist erforderlich, dass eine große Menge anwesend ist«, sage ich. »Es müssen wichtige Medien vor Ort sein. Videobänder. Zeitlupe. Einzelstandbilder. Die Aufnahmen müssen in den nächsten Jahren immer wieder abgespielt werden. So bedauerlich es auch ist, diese Diskussion muss jetzt beendet werden.«

Ich fürchte, meine Gäste haben aus meiner Stimme eine Schärfe herausgehört, die nicht von mir beabsichtigt war. Alle verstummen mit düsteren Mienen.

»Ich denke, es ist Zeit für die Pastete«, sagt Edna schließlich.

»Bitte, sorge du für unsere Gäste«, sage ich. Ich bin traurig und schwermütig. »Ich werde keinen Nachtisch essen. Meine Zeit ist nahe. Ich muss jetzt allein sein und mich vorbereiten.«

Ich stehe auf.

»Ich dachte, Sie wollten uns zeigen, wie man richtig groß im Casino gewinnt«, sagt Trey.

»Das war nur voreiliges Gerede aus meinem losen Mundwerk, so wie immer«, sagt Edna. »Es tut mir Leid, dass ich Sie getäuscht habe. Ich wollte Ihnen damit nur begreiflich machen, wie klug und gut mein Mann ist.« Ich brauche sie gar nicht anzusehen, um zu wissen, dass ihr Tränen in die Augen treten.

Ich fühle mich schuldig, das in meinem Namen gegebene Versprechen nicht zu erfüllen. Ich denke über das nach, was ich zu diesem Thema in Erfahrung gebracht habe. »Spielen Sie an den Automaten mit dem Hebel«, sage ich. »Es gibt viermal ein Klicken. Erfassen Sie den Moment. Machen Sie sich klar, wie viel Sie zu verlieren bereit sind, und wenn Sie es verloren haben, hören Sie auf und gehen Sie.«

Einen Moment lang herrscht Schweigen. »Das ist alles?«, fragt Trey dann.

»Ich bin nicht so schlau, wie ich aussehe«, sage ich.

»Und Sie sprechen mit einem Kerl, dem man den Spitznamen ›Trey‹ und nicht ›Ace‹ gegeben hat. Ich brauche schon etwas mehr.«

Ich wünschte, ich hätte mehr an Hilfe anzubieten, aber ich weiß nicht, was ich sagen soll. Dann meldet sich Hudson zu Wort und lenkt Treys Aufmerksamkeit von mir ab, indem er ihn anspricht. »Wenn Desi tut, was er sagt, wenn er uns unsere Erinnerungen an all das hier lässt, dann gibt er Ihnen etwas sehr viel Wertvolleres als nur ein paar Tipps für das Glücksspiel. Buchverträge. Vortragsreisen. Oprahs Show. Sie sind ein gemachter Mann … Ace.«

»Sie alle werden sich erinnern«, verspreche ich. »Ich möchte sehr, dass Sie sich erinnern.« Damit drehe ich mich um. Edna berührt meine Hand. Es gelingt mir, ihr zuzulächeln, und ich weiß, dass sie versteht, warum ich allein sein muss.

Als ich den Raum verlasse, höre ich Edna fragen: »Wer möchte Pastete?«

»Ich!«, antwortet ihr ein Stimmenchor, und ich bin froh, dass sie bekommen werden, was sie wollen.

16

Ich entferne mich von dem Stimmengewirr und tauche in die Stille der Korridore meines Schiffes ein. Ich bin innerlich leer. Das heißt, in meinem Kopf. Irgendwo anders in mir – genau in diesem Irgendwo, von dem ich durch die Bewohner dieses Planeten erfahren habe –, bin ich viel zu voll. Ich will, ich sehne mich, *ich yak, yak, yak, ich yada, yada, yada.* Ich biege einmal ab und dann noch einmal, öffne eine Tür, ohne darüber nachzudenken, und ich finde mich in der Objektehalle wieder. Ich bleibe stehen. Eine atemlose Stille liegt in der Luft. Aus allen Richtungen leuchtet ein schwaches blaues Licht. Die Regale sind mit Gegenständen von dem Planeten Erde voll gestopft. Ich warte auf den richtigen Moment. Ein Klicken. Zwei. Drei. Ich lausche. Auf das geräuschlose Kreiseln. Innen und außen. Ich trete vor. Und ich bin …

… ein Gartenzwerg, ein Schweizer Armeemesser und eine Rechenmaschine, so groß wie das tragbare Fernsehgerät auf der einen Seite und so silbern wie die Pontiac-Radkappe auf der anderen Seite, und es sind etliche Radkappen mehr überall verstaut, und eine Vielzahl von Regenschirmen, einzelnen Handschuhen und Socken – wir haben eine Menge Socken gesammelt, aber immer nur eine aus einem Paar –, ein Schlagstock, mit dem man sein Auto beschützen und die Schurken davon abhalten kann, sich zu holen, was sie wollen, eine *heizbare Körpermassagematte* mit Magneten und der Abbildung einer Frau auf der Schachtel, die auf der Seite liegt, den Kopf in den Nacken geworfen hat und sich so wohl fühlt wie die *Wohlfühl-Barbiepuppe* neben ihr in ihrem fuchsroten Minikleid mit Spagettiträgern und dem knielangen schillernden Mantel mit den kunstpelzbesetzten Ärmeln und Säumen und den schicken rosa tropfenförmigen Ohrringen, die sich so stark von ihrem wunderbar schwarzen Haar und den lavendelfarbenen Augen abheben, eine flügellose altmodische Spielzeugente, *Quacker the Beanie Baby Duck* mit Originalpreisschild, eine Lavalampe, die selbst jetzt noch eine orangene Sonne gebiert, und ich treibe auf dem Kamm der Wellen in mir dahin, die unter mir brechen, aber während sie brechen, rollen bereits andere heran und heben mich in die Höhe, und ich bin eine Uhr in Katzengestalt, einc *Krazy Kat Klock*, die den Rest der mir verbliebenen Zeit wegtickt, ihre Augen jagen hin und her, ich bin Mr. und Mrs. Potato Head, die Seite an Seite nebeneinander stehen und darauf warten, dass ich sie anspreche, dass ich ihnen erkläre, was meine Existenz für sie bedeutet, die darauf warten, mich zu bitten, ihre Gesichtszüge so zu verändern, dass neue vergnügliche Kombinationen bei ihnen beiden entstehen, und ich bin eine Tasche voller Golfschläger, eine Gartenschere, eine mit dem Bild einer weiten grünen Landschaft, einer Scheune, Kühen und einer orangenen Sonne bemalte Säge, ich bin ein Stück Seife an einer Kette, ein Dreiklingenrasierapparat mit Gummilamellen, ein Cocktailshaker in Form eines Kegels, eine stählerne *Tom-Corbett-Space-Cadet*-Frühstücksbox, und mir wird jetzt schwindlig, ich fühle mich, als hinge ich am Haken dieser kleinen Anglerfigur dort vor mir, die mich aus meiner Unterwasserwelt in diese andere Welt aus Luft und Licht zieht, und ich bin ein in der Dunkelheit glühender Rosenkranz, länger als mein Körper, ein *Crosley*-Kathodenröhren-Tischradio, ein *Body Hug*, ein riesiges Kissen zum Umarmen, an dem man sich in der Nacht festklammert, das sich den eigenen Körperkonturen anpasst, pflegeleicht und geruchlos ist, und das ist der Haken, der tief in mir sitzt, die Einsamkeit dieser Dinge, das furchtbare Streben in diesen Dingen, und ich bin ein batteriebetriebener Schnurrbart-Trimmer, ein Nasenhaarschneider, ein Paar selbsthaftender, langer, formvollendeter, wunderschöner Kunstwimpern, ein Wasser-BH, natürlicher als jeder andere gefütterte BH (nicht für längeren Gebrauch bei kalter Witterung geeignet), ein flötender Stoffaffe, der »Ich liebe dich« sagt – und was soll ich mit all diesen Sachen tun, was soll ich tun, und wohin werde ich gehen? –, und ich bin eine Freiheitsstatue aus Messing, die ihre Fackel in die Höhe hält und deren Bauch ein Thermometer ist, und neben ihr ein gusseisernes Empire State Building, ebenfalls mit Thermometer, und vor diesen Gegenständen bleibe ich stehen, es gibt etwas, das ich unbedingt tun muss, einen Ort, den aufzusuchen logisch ist – Little Old New York, New York, the Big Apple, the Big Burg, the Big City, Father Knickerbocker, the Empire City, Jumpin' Jitterburg, the Melting Pot, the Little Old Hell of a Town If I Can Make It There I Can Make It Anywhere –, und aus dem Augenwinkel nehme ich das bläulich-schwarze metallische Schimmern von Claudias Pistole wahr, aber ich blicke nicht in ihre Richtung, ich konzentriere mich darauf, die Temperaturanzeige auf den beiden Thermometern abzulesen, und da steht sowohl zweiundsiebzig als auch einundachtzig Grad Fahrenheit, und einen Moment lang gibt es überhaupt keine Logik, es gibt nur das Durcheinander von *Dingen* und von irgendwoher das Klingeln einer Uhr – vielleicht ist es Krazy Kat, vielleicht irgendeine andere Uhr –, und ich bin ein jämmerlicher, verwirrter Haufen Materie, der sich danach sehnt, frei zu atmen, aber ich bin nicht frei, meine Zeit ist fast gekommen, und ich bin dazu verurteilt, meinen Weg zu beschreiten. Ich bin heimatlos und sturmgepeitscht, und ich habe meine eigene Fackel, die ich in die Höhe halten muss.

17

Und so finde ich mich neben der Tür des Busses wieder, der sein GLÜCK auf der Frontseite trägt. Meine Zeit ist abgelaufen und mein GLÜCK ebenfalls, befürchte ich. Meine Frau Edna Bradshaw ist bei mir, und die zwölf Besucher, die sich an mich erinnern werden – diese lieben zwölf –, sind bereit, auf die Erde zurückzukehren. Ich schüttle jede Hand, die mir gereicht wird, und ich wünsche mir, ihnen wenigstens ein oder zwei Herzschläge zu übermitteln. Aber es ist schwierig. Meine Hände sind steif, meine Fingerkuppen haben sich zusammengezogen. Und ich erkenne, dass mir wichtige Dinge entgehen. Ich bin aus *dem Augenblick* herausgefallen und habe damit gegen etwas verstoßen, das ich, wie ich glaube behaupten zu können, von diesem Planeten gelernt habe. Aber es gibt nichts, was ich dagegen tun kann, denn allein schon darüber nachzudenken, was mir entgeht, bringt mich dazu, dass ich noch mehr verpasse, und mir bleiben nur Fragmente: Digger, um dessen Mund sich ein harter Zug gräbt, Misty, deren Augen sich mit Tränen füllen ... ich spreche mit ihnen, und sie gehen weiter zu meiner Frau Edna Bradshaw, die sich warmherzig von ihnen verabschiedet. Ich bekomme nicht mit, was sie sagen, ich vergesse ihre Gesichter bereits, so wie sie auch mich vielleicht vergessen werden, selbst ohne meine Hilfe, und ... »Glück ... «, dringt jetzt Treys Stimme an mein Ohr, der an mir vorbeigeht, und ich glaube, dass ich ihm meinerseits Glück wünsche, aber ich kann jetzt das Pochen meines eigenen Herzens hören, das in meinem Schädel hämmert, die Furcht lodert heiß in mir, Marys Hand ist feucht, und dann ist sie gegangen, Lucky erzählt mir irgendetwas von Adlern, auch seine Augen glitzern feucht, und ich reiße mich noch mehr zusammen ... Arthur ist hier und dann fort, Violas Gesicht taucht vor mir auf, und sie spricht davon, dass man wissen muss, wann es Zeit ist aufzugeben, und da sind mehr von diesen Tränen, diesen verwirrenden Tränen, Violas Augen sind voll davon, jetzt quellen sie über, und plötzlich läuft alles langsamer ab. Mein Gehör wird wieder klarer. Viola ist weitergegangen, und meine Frau sagt gerade: »Viola, Schatz, ich wünschte, ich könnte Ihnen eine Telefonnummer oder so etwas geben.«

»Ich auch«, erwidert Viola. »Beamen Sie mich jederzeit hoch, wenn Sie Hilfe beim Einkaufen brauchen.«

Die beiden Frauen lachen. Jared schüttelt mir die Hand. Ich wende mich ihm zu. »Das ist alles so abgefahren«, sagt er.

»Ich danke Ihnen«, sage ich.

Er geht weiter zu meiner Frau, und ich erwarte, dass Citrus direkt nach ihm kommt, aber es ist Hank, der meinen Unterarm mit der freien Hand umfasst, während wir uns die Hände schütteln. »Fahren Sie vorsichtig«, ermahne ich ihn. »Aber erst nachdem die Räder die Straße berührt haben.«

»Seien Sie auch vorsichtig«, sagt er und tritt auf Edna zu.

Nur Claudia, Hudson und Citrus befinden sich jetzt noch außerhalb des Busses. Sie halten sich im Hintergrund, treten von einem Fuß auf den anderen, und jeder versucht, so scheint es mir, sich als Letzter zu verabschieden.

»Es ist keine Zeit mehr zu verlieren«, sage ich zu ihnen. Claudia wirft den beiden anderen einen kurzen angewiderten Blick zu und tritt vor. »Auf Wiedersehen, Desi«, sagt sie. »Danke, dass Sie zumindest eine der großen Fragen beantwortet haben.«

»Sie sind nicht allein«, erwidere ich.

Claudia lächelt. »Sie auch nicht.«

»Warten Sie!«, rufe ich, als ich mich plötzlich an das metallische Schimmern in der Objektehalle erinnere. »Ich habe noch Ihre Pistole.«

»Behalten Sie sie«, sagt sie. »Das ist ein kleiner Schritt für die Frauen.« Sie senkt abrupt den Kopf, um ihre Tränen zu verbergen, vermute ich, und geht weiter.

Ich drehe mich um und sehe, dass sich auch Hudson umdreht, aber wir können Citrus beide nirgendwo entdecken. Hudson schüttelt den Kopf. »Die macht Schwierigkeiten, Mann.«

»Ich bin mir sicher, dass sie auftauchen wird, sobald Sie in den Bus steigen.«

Hudson nickt, streckt mir die Hand entgegen, und ich schüttle sie. »Hören Sie«, sagt er. »Ihre Befehle verlangen doch nicht von Ihnen, Ihr Risiko zu *maximieren*, oder?«

»Nein«, bestätige ich. »So interpretiere ich sie nicht.«

»Dann tun Sie's nicht. Suchen Sie sich einen hübschen ruhigen Ort aus.«

»Aber er darf nicht ruhig sein. Der Eindruck, den ich hinterlasse, muss lange anhalten.«

Hudson zuckt mit den Achseln und klopft mir leicht auf die Schulter. »Dann versuchen Sie, auf Ihren mageren Arsch aufzupassen, klar?«

»Sie kennen zu lernen war ein Geschenk des Himmels«, sage ich.

Hudson ist einen Moment lang verwirrt, aber dann lächelt er. Er geht weiter zu meiner Frau Edna Bradshaw. »Sind Sie sicher, dass ich Ihnen nicht ein Stückchen Süßkartoffelpastete einpacken soll?«, fragt sie ihn.

Und während Hudson dieses Angebot höflich ablehnt, flüstert Citrus' Stimme ganz in der Nähe meines Ohres: »Ich werde dich nicht dreimal verleugnen. Auch nicht ein einziges Mal.«

»Gut«, sage ich. Sie steht dicht hinter mir, als wollte sie sich dort verstecken.

»Vergiss nicht«, beschwört sie mich. »Er ist nicht vom Kreuz herabgestiegen. Er hat die anderen gerettet. Sich selbst aber konnte Er nicht retten.«

»Ich bin ein freundlicher Bursche«, sage ich.

»New York«, sagt sie.

»Ein ganz normaler Junge«, füge ich hinzu.

»Times Square. Das ist dein Golgatha.«

»Was ist hier los?«, fragt meine Frau Edna Bradshaw. »Sie süßes kleines Ding, noch immer dieses Zeugs auf Ihren Lippen, dass lässt sie aussehen, als würden sie Ihnen jeden Moment aus dem Gesicht fallen. Kommen Sie her, sagen Sie Ihrer Freundin Edna Auf Wiedersehen und versprechen Sie mir, dass ich Ihnen eines Tages das Gesicht neu zurechtmachen darf.«

Edna zieht Citrus an der Hand mit sich, aber Citrus reißt sich los und taumelt zu mir zurück.

»Bitte«, sagt sie. Sie baut sich vor mir auf und weiß offenbar selbst nicht, was sie vorhat. »Vater«, flüstert sie. Und dann: »Meister.« Sie schließt die Augen, und etwas Dunkles senkt sich über sie, dann öffnet sie die Augen wieder, schiebt sich an mir hoch und küsst mich auf die Wange.

Ich sehe meine Bestimmung. Millionen Augen sind auf mich gerichtet. Ich sinke zu ihnen hinab, die Augen werden groß, die Leiber wogen, und die Hände greifen nach mir.

»Machen Sie schon, steigen Sie in den Bus«, sagt Edna.

Der Druck und die Hitze von Citrus sind fort.

Ich sehe, wie sie den Bus betritt. Hank steht in der Tür und dreht sich zur Seite, um Citrus hineinzulassen, aber er blickt mich dabei an.

Dann ist nur noch er in der offenen Tür. Er dreht sich wieder zu mir um. »Mr. Desi«, sagt er.

Die Menge ist noch immer in meinem Kopf. Eine Million Stimmen – zwei Millionen – erheben sich vor Angst und dann vor Wut, und ich stehe in Flammen. *Eine Flamme mit solch einem verzehrenden Verlangen.* Aber wonach? Wonach?

»Sie sollten in New Orleans erscheinen«, sagt Hank. »Dort könnten die Leute verstehen.«

»The Big Easy«, sage ich.

»Einfach den Highway entlang.«

»Let the Good Times Roll«, sage ich.

»Ich bin mir sicher, dass sie dort heute Nacht eine große Party feiern werden«, sagt Hank. »Jede Menge Presse.«

»Ich danke Ihnen für den Vorschlag.«

»*Ich* würde mich dort jedenfalls wohl fühlen«, sagt Hank. Er zwinkert, nickt mir zu und verschwindet im Zwielicht des Busses. Die Tür schließt sich.

Dann ist meine Frau Edna Bradshaw neben mir, hakt sich bei mir unter und legt einen Arm um mich. Gemeinsam durchqueren wir die große Empfangshalle. An der Tür drehen wir uns um. Dort ist eine Abdeckung, die ich öffne. Überall an den Seitenfenstern des Busses pressen sich Gesichter gegen die Scheiben. Unsere Freunde sehen uns an und winken uns zu, Edna und ich winken zurück. Dann berühre ich die Armaturen. Ein helles Licht erfüllt die Empfangshalle, der Boden unter dem Bus gleitet zur Seite, der Bus sinkt in die Tiefe, die Hände winken immer noch, der Bus sinkt weiter, bis die Gesichter von der Kante der Öffnung verschluckt werden, dann verschwinden auch die Fingerspitzen der winkenden Hände und das Dach des Busses, der Boden schließt sich wieder, das Licht erlischt, und plötzlich packt mich die Furcht wie eine raue Faust in meinem Inneren, als wären meine Freunde gerade mit einem großen Schiff in ein wässriges Grab gesunken. Aber ich weiß, dass die Räder ihres Busses schon bald wieder über die Interstate 10 rollen werden. Meine Freunde werden sich einmal mehr auf die Jagd nach ihrem Glück begeben. Und ich werde das Gleiche tun.

18

Wenn ein Mädchen aus Bovary, Alabama, plötzlich mit einem waschechten Außerirdischen verheiratet ist, in ferne Galaxien hinausfliegt und versucht, ihm dort draußen im All eine gute Ehefrau zu sein, obwohl sie bis zu diesem Zeitpunkt Angst vor Veränderungen hatte und davor, ein Risiko einzugehen und sich zu weit von zu Hause zu entfernen – und sehen wir den Tatsachen ins Auge, wenn ich »Mädchen« sage, meine ich nicht wirklich ein Mädchen, ich meine eine Frau von vierzig und ein paar Jahren, die bis zu diesem außerordentlichen Ereignis ein Leben geführt hat, das man in den Friseursalons von Bovary als »würdevolle Schlichtheit« oder »einfachen südlichen Charme« oder manchmal auch nur als »verlorene Hoffnungen und verspielte Chancen« bezeichnet – ich kann das alles jetzt zugeben, dass ich vierzig und ein paar Jahre alt bin und lange ein solches Leben geführt habe… wenn so eine Frau wie ich sich plötzlich allein in einem unsichtbaren Raumschiff auf einer Straußengraswiese hinter dem Grundstück wieder findet, auf dem einmal ihr Wohnwagen gestanden hat, an der gleichen Stelle, an der ihr außerirdischer Ehemann genau dasselbe Raumschiff in der Nacht geparkt hat, in der er ihr einen Antrag machte, nachdem sie sich zuvor auf dem Parkplatz des rund um die Uhr geöffneten Wal-Mart Supercenters begegnet waren, als hätte Gott persönlich gewollt, dass wir uns begegnen… wenn sie schließlich ganz allein in einem fremden Schiff sitzt, von ihrem gelben Kater Eddie einmal abgesehen, der in ihrem Schoß schnurrt, und wenn sie nicht weiß, ob ihr süßer, geliebter außerirdischer Mann vielleicht genau in diesem Moment von einer wütenden Menschenmenge in Stücke gerissen wird und sie von ihm die Anweisung erhalten hat, bis zwei Stunden nach Mitternacht Ostküstenzeit zu warten und eine bestimmte Taste zu drücken, falls er sich bis dahin nicht bei ihr gemeldet hat, wenn sie dann das Schiff verlassen und versuchen soll, ihr früheres Leben in ihrer Heimatstadt wieder aufzunehmen und einige Tage lang keine Zeitungen zu lesen, weil unter diesen Umständen die Nachrichten über das, was ihrem Ehemann zugestoßen sein könnte, mit Sicherheit nur schlimm sein können, und wenn eine solche Frau – das bin natürlich ich – sogar die Möglichkeit hat, ihre Stimme aufzuzeichnen, während sie wartet, weil ihr Mann es ihr gezeigt hat, während er sich von ihr verabschiedet, sie in seinem Raumschiff abgesetzt und sie auf seine süße lippenlose Art geküsst hat… obwohl keine Lippen zu haben, eigentlich keine Art ist, sondern eher ein Zustand, was nur beweist, wie sehr ich ihn liebe, weil die Berührung seines außerirdischen Mundes mich glücklicher macht, als ich es mir jemals habe vorstellen können – und ich bete, dass ich noch einmal die Gelegenheit bekomme, so glücklich zu sein –, aber er hat mich geküsst und mir gezeigt, was ich tun soll, und jetzt sitze ich hier in einer solchen Situation und habe sogar die Möglichkeit zu reden – und ich glaube nicht, dass dieses Aufzeichnungsgerät ein Tonband oder so etwas Ähnliches enthält, das irgendwann zu Ende ist, ich kann so lange weiterreden, wie ich will… aber wenn eine Frau – sogar so eine Frau wie ich – sich in einer solchen Lage wieder findet, dann fehlen ihr so ziemlich die Worte, und genau das ist mir jetzt passiert. Nur eines bleibt mir noch zu sagen: Als sich die Schleuse des Raumschiffs schloss und ich meinen außerirdischen Ehemann vielleicht zum letzten Mal sah, da tat er etwas, das ich nie zuvor bei ihm gesehen habe.

Desi weinte.

19

Citrus' Kuss brennt noch immer auf meiner Wange, als ich meine Hand zur Leitkonsole meines Schiffes ausstrecke. Ich habe meine Frau Edna Bradshaw bereits zusammen mit unserem gelben Kater Eddie an einen Ort gebracht, wo sie warten und wieder ihr irdisches Leben aufnehmen kann, sollte ihren außerirdischen Ehemann tatsächlich das Schicksal des *ermordeten Gottes* ereilen.

Und ich habe geweint. Als ich Edna Bradshaw fortschickte, ohne zu wissen, ob ich sie jemals wieder sehen würde, da fand ich schließlich den Weg zu dem ganz persönlichen Meer der Erdlinge. Ich öffnete eine Tür in mir, und da war es. Ich schritt vorwärts und in die Wellen hinein, und überall um mich herum erklangen Stimmen, all die Stimmen, die ich in meinen eigenen Mund genommen habe, all die Stimmen derjenigen, die wussten, wie man intensiv in dem sinnlichen Raum zwischen verschiedenen Bewusstseinen lebt. Und das Meer stieg empor, füllte meine Augen, ich schloss die Tür des Beibootes, und Edna weinte ebenfalls.

Und doch ist es nicht die Spur meiner ersten Tränen, die ich jetzt fühle, während ich vor den Leitkonsolen sitze und die letzten Entscheidungen treffe, die mein Schicksal besiegeln werden – es ist Citrus' Kuss, der wie ein Brandzeichen auf meiner Haut brennt. Und das Brandzeichen lautet NYC. New York City. Ich bin *adressiert, versiegelt und verschickt*. Ich bewege die Hand, und mein Raumschiff gleitet in ruhigem Flug über Louisiana, Mississippi, Alabama und weiter, erreicht die Appalachen in Virginia, und alles, was ich denken kann, ist: *New York, ich komme*. Ja, ich verstehe, dass diese Ankunft, die ich gerade in die Wege leite – diese Ankunft eines astreinen, unverfälschten echten Weltraumaliens, an dessen Existenz nicht der geringste Zweifel besteht –, besonders angesichts dieses geschichtsträchtigen Millenniumswechsels, eine ebenso spektakuläre Nachricht für den Planeten Erde sein wird, als wäre ich die Wiederkunft des Mannes, für den mich Citrus hält.

Aber noch während mir diese Gedanken durch den Kopf gehen, denke ich auch an meine zwölf Auserwählten, die durch die Nacht rasen. *Kommen Sie nach Louisiana und amüsieren Sie sich.* Dann erinnere ich mich an Hudsons und Hanks Worte. Ich muss das Risiko nicht maximieren. Es könnte einen Ort geben, an dem man eher geneigt ist, mich zu akzeptieren. Und ich denke an meine große leckere Pecannusskugel von einer Ehefrau, die an dem Ort wartet, an dem ich einst um sie geworben habe, die jetzt Angst um mich hat und damit rechnen muss, Witwe zu werden. Und ich denke an mich. Ich, ich, ich, ich. Warum nicht ich? Ich bin. Das bin ich. Was will ich? Wonach *sehne* ich mich?

Okay, denke ich. Okay. Eine Bewegung meiner Hand, und ich bin wieder in Louisiana. Ich jage auf die *Blütenstadt* zu, die *Königin des Südens*, die *Stadt der Sorglosigkeit*, New Orleans. Und ich ziehe die Informationen zu Rate, die wir über diese Stadt gesammelt haben. Mitternacht rückt näher, und jetzt schwebe ich zwanzig Meilen hoch genau über dem Punkt von New Orleans, der mir nach allem, was wir erforscht haben, genau die richtige Stelle für mein Vorhaben zu sein scheint. Ich vergrößere das Abbild von New Orleans auf meinem Sichtschirm und sehe die Biegung des Mississippi durch das French Quarter, und dort sind ein öffentlicher Park und ein großer Platz, ich fahre das Bild näher heran und sehe mein Ziel, ich vergrößere es und erkenne, dass die Entscheidung für New Orleans kein bloßer Fluchtversuch war. Auch hier hat sich eine gewaltige Menschenmenge versammelt, ebenfalls dazu prädestiniert auszuflippen, nehme ich an, und Hank hatte Recht. Die Medien sind reichlich vertreten. Zu viel von allem, Menschen, Medien und das Potenzial für eine Massenpanik. Ich kann keinen Unterschied zwischen diesem Ort und dem Times Square erkennen. Hier ist es genauso schlimm. Aber ich darf keine weiteren Kompromisse mehr eingehen.

Und so programmiere ich mein Raumschiff mit einem festen Zeitablauf. Ich befestige ein Funkgerät für die Verbindung mit dem Stimmenrecorder des Schiffes an dem Revers meines frisch gestärkten weißen Hemdes, zu dem ich meine Tabascokrawatte und den grauen Nadelstreifenanzug trage, und ich bin bereit, dieses Schiff mit keiner anderen Fracht als den in ihm gespeicherten Stimmen allein zu meinem Heimatplaneten zurückzuschicken, sollte ich heute Nacht sterben. Mein Vermächtnis. Und ich werde zumindest zufrieden darüber sein, dass meine Frau ihr altes Leben wieder aufnehmen kann. Zufrieden damit, dass die Stücke und Fetzen meines Körpers von Feuer oder Würmern verzehrt oder in der Tiefsee versinken werden oder man sie sogar in geheimen Regierungslaboratorien in luftdichten Behältern aufbewahren wird. Zufrieden damit. Ja. Zufrieden, weil ich im Tod hier auf dem Planeten Erde sein werde. Zufrieden, weil ich so in gewisser Weise nahe bei Edna Bradshaw, Minnie Butterworth, Whiplash Willie Jones, Herbert Jenkins, Viola Stackhouse, Hudson Smith, Claudia Lambert und dem Rest von ihnen allen sein kann. Und das ist so wahr wie die Bibel.

Ich bewege eine Hand und mein Raumschiff sinkt herab, geradewegs abwärts aus einer Höhe von zwanzig Meilen über dem Jackson Square im French Quarter von New Orleans, Louisiana, auf zehn Meilen, fünf Meilen, eine Meile. Noch ist das Schiff gut getarnt und unsichtbar. Auf dem Bildschirm sehe ich eine erwartungsvoll wogende Menge, denn dem Millennium bleibt nur noch wenig mehr als eine Minute, und ich komme, ich komme zu dir, Planet Erde, bald werdet ihr alle verstehen. Jetzt bin ich nur noch eine halbe Meile, eine Viertelmeile hoch, meine Hand ist bereit, die Tarnvorrichtung abzuschalten, mein Körper ist in Aufruhr wie die Menge unter mir, erregt durch die Hitze der Sterne, die ihr Geschöpfe dort unten nur als winzige Punkte uralten Lichtes kennt, ich falle euch entgegen, ich falle, und jetzt bewege ich die Hand, lasse das Schiff für alle sichtbar werden, und unter mir ist die St. Louis Cathedral mit ihren drei spitzen Türmen, und der mittlere, der höchste Turm, deutete genau auf diesen wunderbaren Anblick, auf dieses Raumschiff aus den Tiefen des Weltalls. Ich schalte auf Automatikbetrieb um und gleite schnell in die Mitte der Kommandozentrale.

Und dort warte ich, steif, *ohne ein Lied in meinem Herzen*, das Licht flammt auf, dringt mir in die Augen, umhüllt mich fest, und ich beginne herabzusinken. Ich schließe die Augen und versuche, *eine fröhliche Melodie zu pfeifen*, aber mein Mund ist zu verspannt, um ihn zu spitzen, und ich habe das Schiff hinter mir gelassen, ich schwebe durch die Nachtluft, öffne die Augen, und da sind Lichtbahnen, aufblühende Feuerwerksfontänen und das ständige Dröhnen menschlicher Stimmen unter mir, ich blicke in die Tiefe, der hohe Mittelturm der Kathedrale zielt genau auf mich, ich bewege die Hand, verstelle den Leitstrahl und gleite zur Seite, der Platz vor der Kathedrale breitet sich vor mir aus und brodelt vor Leben, und ich bin bereit, sie zu sehen, all die auf mich, auf diesen außergewöhnlichen Anblick gerichteten Gesichter, einen Außerirdischen, der einen Filzhut, einen grauen Anzug und eine mit Tabascoflaschen bedruckte Krawatte trägt und in einem Lichtstrahl herabsinkt. Ich richte meinen Blick aus. Ich blinzle mit meinen großen, alten außerirdischen Augen, schärfe meine überlegene Sehkraft und sinke hinab in ein weites Meer aus Plüsch, Federn und Masken, ich passiere die Spitze des Turmes und nähere mich einem riesigen rosafarbenen Kaninchen – dem *Batteriehasen von Energizer, der länger durchhält* –, einer menschlichen Coladose, das Gesicht vom Ring des Abzugverschlusses eingerahmt, einer Kriegerin mit Brustplatten aus Plastik, die ein Schwert aus Alufolie schwenkt, einem fast nackten Neptun mit Dreizack und einem mit Muscheln besetzten Suspensorium, einem Mann, der in einer großen Ganzkörper-Gummihülle mit noppenbesetztem Kopf steckt, einer Horde Motorradfahrern in schwarzem Leder, in deren Jacken und Hosen breite freie Streifen klaffen, unter denen ihre nackte Haut zu sehen ist, und ich lasse den Blick weiter über die Menge schweifen, einige Gesichter sind eindeutig auf mich gerichtet, einige Hände deuten auf mich und winken, und mir wird klar, dass ich die Gelegenheit verpasse, ich bin der Zuschauer, nicht das Spektakel, ich winke zurück, und drei Nonnen entdecken mich, erwidern mein Winken, schlagen gleichzeitig die Hände auf ihre Brust – es ist die *Mea-culpa*-Geste, sie glauben, gesündigt zu haben –, und ich will die Arme zum Zeichen des Mitgefühls vor ihnen ausbreiten, aber bevor ich es tun kann, reißen alle ihre Ordenstracht weit auf und enthüllen ihre Brüste – drei rosafarbene staunende Augenpaare starren zu mir empor –, die Nonnen klappen die Ordenstracht wieder zu und erhalten Applaus von den Umstehenden und Küsse von den Motorradfahrern, und ich gerate in dieser Lichtsäule in Verwirrung, ich durchforste die Menge mit den Blicken, versuche zu verstehen, und plötzlich erkenne ich, dass ich endlich die Aufmerksamkeit des größten Teils der Menge gewonnen habe, ich spüre alle Blicke auf mir ruhen, die Nonnen haben mich etwas gelehrt – eine kostbare Lektion, die ich längst schon hätte lernen sollen –, ich habe mich gekleidet, als wäre ich selbst ein Erdling, was für ein grober Schnitzer … ich schleudere meinen Hut und die Krawatte von mir, und jetzt ist wenigstens mein außerirdisches Gesicht unverhüllt – ich werde nicht scheitern mit dem, was ich tun muss –, ich erhebe meine Stimme, damit man mich weithin hören kann, und ich plane meine Ansprache nicht, ich vertraue darauf, dass ich die richtigen Worte finden werde, und ich beginne: »Ich bin ein freundlicher Bursche von einem fernen Planeten. Ihr seid nicht allein.« Doch obwohl meine Stimme laut ist, ist die Menge lauter – sie ist wahrlich nicht allein, sie ist eine einzige Stimme, sie erzeugt ein Geräusch wie das in einem Sturm tosende Meer –, und ich sinke tiefer herab, ich komme näher und näher, aber ich spüre, dass der Moment, da alle Augen auf mich gerichtet waren, verstrichen ist, die meisten Blicke haben ihre ursprüngliche Richtung nicht verändert, nicht einmal nachdem ich mich weiter abwärts bewegt habe, obwohl mein Gesicht jetzt deutlich sichtbar ist... ich werfe einen Blick zurück und über mich, und es ist die Uhr, zu der sie alle emporgestarrt haben – zu der sie noch immer emporstarren –, das neue Millennium bricht gleich an, nur noch wenige Sekunden, sie alle konzentrieren sich auf diesen Moment, auf diesen Moment in ihren Empfindungen, in ihrer Gemeinschaft... ich lasse meinen Blick über sie wandern, und sie sind in der Tat ein gewaltiges Meer, sie werden von einer großen Woge erfasst, alle zusammen, Häschen und Motorradfahrer, Neptun und Nonne, Coladose und Kondom, sie sind *ein* Volk, und ich weiß, warum ich meinen riesigen Fehler begangen habe, warum ich wie einer von ihnen gekleidet herabgestiegen bin... ich falle in meiner Lichtsäule an dem großen Eingangsportal der Kathedrale vorbei, und ich erkenne jetzt deutlich meine eigene Sehnsucht, noch während ein mit Straußenfedern geschmückter Mann und eine Frau in Kampfkleidung sich rückwärts gegen die Menge stemmen, um mir Platz zu machen. Und die Menge schreit: »Drei, zwei, eins!«, und dann brandet dröhnender Jubel auf, meine Augen sind voller Tränen, die Woge hebt uns alle empor, ich schwimme in die Menge hinein, umarme und werde umarmt, küsse und werde geküsst.

20

Ich bin. Immer noch. Ich bin mehr als jemals zuvor. Ich habe das Schiff dorthin zurückgeschickt, woher es gekommen ist. Ich habe meiner Spezies empfohlen, sich der Erde für mindestens ein oder zwei Jahrhunderte fern zu halten. Meine Frau Edna Bradshaw und ich haben eine kleine Wohnung in einem alten Sklavenhaus auf einem Hinterhof voller Jasmin und Bougainvillea im French Quarter von New Orleans bezogen.

Edna arbeitet als Friseurin. Die Leute plaudern mit ihr, und sie plaudert mit ihnen. Das macht sie glücklich, und ich werde ihr immer dankbar für ihre Bereitschaft sein, all das aufzugeben, um meine Frau zu werden, und das zu einem Zeitpunkt, als wir nie mit diesem Ausgang der Ereignisse hätten rechnen können. Eddie, dem gelben Kater, gefällt unser kleines Heim ebenfalls, obwohl ich manchmal einen Gecko aus seinen Krallen retten muss.

Ich fühle mich hier zu Hause. Ich arbeite auf dem Jackson Square. Meine Kollegen sind die Feuerschlucker, Jongleure, Maler und Wahrsager. Ich sitze an einem kleinen Tisch, und auf meinem Schild steht: SPRECHEN SIE MIT EINEM AUSSERIRDISCHEN. Ich mache das, was ich schon immer getan habe. Ich lausche den Stimmen dieses Planeten, einer nach der anderen. Ich bin ein guter Zuhörer. Einige Leute halten mich für einen echten Außerirdischen, der ihnen einen flüchtigen Einblick in die unendliche und geheimnisvolle Vielfalt des Universums ermöglicht. Andere glauben, ich wäre nur einer der ihren in einem Kostüm, ein an die Erde gefesseltes Geschöpf, das in der Zeit gefangen ist und sich seinen weiteren Weg herbeisehnt.

Schaut euch um. Hört einander zu. Ich bin beides, und ihr seid es auch. Also lasst uns nach nebenan gehen, ihr und ich, und gemeinsam ein brennendes Dessert zu uns nehmen. Kürzlich bin ich auf den Gedanken gekommen, dass man aus einer herrlich flambierten Banane eine Offenbarung beziehen kann.